RACHAEL ANDERSON

A ascensão de Lady Notley

Série Tanglewood - Livro 2

Tradução: S. T. Silveira

pausa ;

Copyright © 2017 The Rise of Miss Notley by Rachael Anderson
Published by arrangement with Bookcase Literary Agency

Todos os direitos reservados.
Nenhuma parte deste livro pode ser usada ou reproduzida de
qualquer maneira, incluindo o uso na Internet, sem a permissão
por escrito do autor.

Esta é uma obra de ficção. Nomes, lugares, personagens e eventos
são fictícios em todos os aspectos. Quaisquer semelhanças com
eventos e pessoas reais, vivas ou mortas, são mera coincidência.
Quaisquer marcas registradas, nomes de produtos ou recursos
nomeados são usados apenas como referência e são considerados
propriedade de seus respectivos proprietários.

EDITORA
Silvia Tocci Masini

REVISÃO
Sabrina Inserra
Andresa Vidal Vilchenski

CAPA
Larissa Carvalho Mazzoni (sobre imagem de
zoranm/ IStock)

DIAGRAMAÇÃO
Larissa Carvalho Mazzoni

Dados Internacionais de Catalogação na Publicação (CIP)
(Câmara Brasileira do Livro, SP, Brasil)

Anderson, Rachael
A ascenção de Lady Notley / Rachael Anderson ; tradução S. T.
Silveira. -- São Paulo : Editora Pausa, 2020. -- (Série Tanglewood ; 2)

Título original: The rise of miss Notley
ISBN 978-65-5070-016-4

1. Ficção norte-americana I. Título II. Série.

20-33540   CDD-813

Índices para catálogo sistemático:
1. Ficção : Literatura norte-americana   813

Maria Alice Ferreira - Bibliotecária - CRB-8/7964

*Oh, que teia emaranhada estamos a fiar
Quando primeiro praticamos a enganar!!
— Sir Walter Scott, Marmion*

1

A SENHORITA CORALYNN NOTLEY estava parada nas escadas do Langtry Park, dirigindo um olhar suplicante para o majestoso mordomo.

— Perdoe-me por chegar tão cedo, Sims, mas tenho de falar com Lady Harriett imediatamente. — Havia uma brisa congelante no ar da manhã de setembro, e ela cruzou os braços junto ao peito, desejando ter tido tempo de vestir suas luvas mais quentes. A caminhada quase congelou seus dedos.

O idoso pareceu levar uma eternidade para responder.

— Receio que ela ainda esteja indisposta, Srta. Notley. Talvez você possa voltar...

— Eu vou esperar — disse Cora, porque não podia voltar para casa agora, não quando a vida dela tinha virado do avesso. Lady Harriett era realmente a única pessoa com quem se sentia à vontade para trocar confidências, e ela precisava conversar com alguém. — Por favor, Sims. Este é um assunto de grande urgência.

Sims hesitou. As suas sobrancelhas cinzentas, quase inexistentes, enrugaram-se, fazendo-o parecer um pouco como uma ameixa. Em qualquer outro dia, ou qualquer outra manhã, Cora teria rido. Mas ela não estava com disposição para rir, então apertou sua bolsa com mais força nas mãos e implorou com os olhos. *Por favor, não me mande embora.*

— Sims, o que você está fazendo? — uma voz feminina soou por trás do homem. Ele piscou duas vezes antes de se virar, usando seu corpo grande para bloquear a visão de Cora do interior da casa.

— Lady Drayson — ele disse —, a Sra. acordou muito cedo.

— Eu não conseguia dormir — ela respondeu. — Esse pequeno começa a me chutar no momento em que o sol espreita pelas janelas. A única coisa que o acalma é um passeio pela casa e um copo de leite quente.

— Entendo. — Sims virou a cabeça para o lado e limpou a garganta. Suas bochechas enrugadas exibiam um tom rosado, como se estivessem envergonhadas pela maneira franca como Lady Drayson falou de seu filho por nascer.

— Por favor, diga, por que você deve manter a porta entreaberta? — Lady Drayson perguntou. — Há uma corrente de ar bastante fria entrando pela abertura.

Sims limpou a garganta novamente e se afastou, revelando Cora.

— Temos uma visita, minha senhora. A Srta. Notley insiste em falar com Lady Harriett imediatamente. Eu disse a ela que...

— Céus, Sims, deixe a pobre jovem entrar. Ela vai pegar um resfriado se ficar do lado de fora.

— Sim, minha senhora. — Ele se afastou e abriu mais a porta, acenando para Cora entrar, o que ela fez.

Cora poderia ter abraçado Lady Drayson por sua bondade, mas ao invés disso, contentou-se com um sorriso grato. A Condessa de Drayson estava no sopé das escadas usando um roupão rosa pálido e chinelos combinando. Seu lindo e longo cabelo estava preso em uma trança que se estendia elegantemente sobre seu ombro e uma pequena protuberância aparecia em sua – outrora pequena – cintura. Embora Cora não conhecesse Lady Drayson tão bem quanto Lady Harriett, ela sabia que a condessa era gentil e amável.

— Obrigada, minha senhora — disse Cora, mergulhando em uma rápida reverência.

Lady Drayson descartou a formalidade com um aceno de mão, sua expressão se tornando preocupada enquanto sondava o rosto de Cora.

— Espero que você esteja bem, Srta. Notley.

— Eu estou — Cora apressou-se em dizer, sentindo-se estranha por importunar a família daquela maneira. Ela devia parecer uma jovem sem refinamento. — Ou melhor, estou bem fisicamente, minha senhora, mas ansiosa no espírito.

Lady Drayson deu à mão de Cora um aperto reconfortante e sorriu com simpatia.

— Sims, por favor leve a Srta. Notley à sala de estar. Vou assumir a tarefa de despertar Harriett.

— Oh, não — protestou Cora. — Eu esperarei até que ela se levante. Eu só... bem, não queria ficar em casa.

— Entendo — disse Lady Drayson. — Mas Harriett vai querer ser despertada, garanto-lhe.

Cora sentiu alívio por um momento. Ela ficou andando de um lado para o outro em seu quarto a noite toda, desde que ouvira a conversa entre seu pai e o Sr. Gowen. Mesmo agora, o estômago dela revirou com lembrança. Cora sempre soube que era de pouco valor aos olhos de seus pais, mas agora ela entendia exatamente o quão pouco isso significava.

— Obrigada, Lady Drayson. Fico-lhe muito grata.

Lady Drayson acenou com a cabeça antes de levantar as saias de seu roupão e subir as escadas. Mesmo em seu estado de crescimento, ela parecia equilibrada, graciosa e feliz. Cora pensou nas poucas vezes em que vira Lorde e Lady Drayson dirigindo ou andando pelos terrenos de sua vasta propriedade, com suas cabeças inclinadas em conversas, sorrindo e dando risadas. Pareciam tão bem adequados um ao outro. Isso fez com que Cora almejasse o mesmo, embora soubesse que nunca poderia tê-lo.

— Queira me seguir, Srta. Notley — disse Sims, abrindo caminho para a sala de estar. Ele abriu as grandes portas de madeira e ficou de lado, permitindo que Cora passasse. — Por favor, fique à vontade. Talvez tenha que esperar um pouco, pois Lady Harriett não é facilmente acordada.

Cora afundou em uma cadeira coberta de brocados cor de creme. Os dedos dela tamborilavam em seu colo e os pés se recusavam a ficar quietos. Ela não pertencia a esta casa. Chamar Lady Harriett de amiga a tornava quase petulante, mas Lady Harriett *era* sua amiga – sua única amiga, na verdade. Filha de um rico comerciante, Cora se sentira muitas vezes presa entre dois mundos – o mundo em que havia nascido e o mundo ao qual seus pais aspiravam. Se seu pai conquistasse o que desejava, Cora seria obrigada a pagar o preço dessas aspirações.

Incapaz de permanecer sentada por mais tempo, levantou-se e começou a andar em círculos ao redor dos belos móveis. A jovem não parou para apreciar a linda vista das janelas ou admirar a lareira de mármore esculpida de forma intricada, como havia feito na primeira vez em que fora apresentada a esta sala. Ela simplesmente andou e esperou, ficando cada vez mais zangada com seu tolo pai. Como ele se atrevia a tratá-la como uma mercadoria para ser vendida ou comercializada?

— Cora. — Lady Harriett correu para a sala, seu vestido lavanda roçando o chão enquanto segurava as mãos fechadas da amiga. — O que aconteceu? — Seu cabelo de ébano estava frisado ao redor de seu rosto de uma forma indisciplinada. Cora nunca tinha visto Lady Harriett em um estado tão descuidado antes. Isso a fez pensar sobre seu próprio estado. Seu cabelo castanho-avermelhado ainda estava preso em um coque? Agora que Cora pensou nisso, ela podia senti-lo balançar na nuca enquanto várias mexas faziam cócegas em suas bochechas. Como era estranho não ter notado isso antes.

Mas não importava. Que coisa tola para se preocupar em tal momento. Ela segurou as mãos de Lady Harriett com mais força.

— Meu pai fez um acordo com o Sr. Gowen ontem à noite. Em troca da apresentação da minha família na sociedade, o Sr. Gowen vai me aceitar como sua esposa, juntamente com o meu dote de vinte mil libras.

Lady Harriett arfou, seus grandes olhos castanhos se arregalando em choque.

— O Sr. Gowen? Mas ele tem o dobro da sua idade, é corpulento e... é a criatura mais nojenta de toda Essex, possivelmente até mesmo da Inglaterra. — A careta em seu rosto mostrava exatamente como ela o achava nojento.

— Não se esqueça do título — acrescentou Cora, para que Lady Harriett não esquecesse de seu atributo redentor, pelo menos aos olhos de seus pais.

— Mas ele é apenas um barão. Um barão bastante desagradável. Ninguém com bom senso tem algum interesse por esse homem — argumentou Lady Harriett, claramente sem entender por que o pai de Cora teria negociado tal acordo.

Cora suspirou. Como ela poderia entender? Nem mesmo Cora, que conhecia bem seus pais, conseguia compreender.

— Seu nome de família remota a várias gerações e as portas da sociedade ainda estão abertas para ele, independentemente de ele ser ou não muito querido. Além disso, que outra opção existe? Temo que nenhum duque me queira, nem mesmo por vinte mil libras.

A mandíbula de Lady Harriett enrijeceu com determinação.

— Você não pode se casar com ele. Eu não vou deixar.

— Claro que não vou me casar com ele — respondeu Cora, pois ela já havia decidido aquilo. O Sr. Gowen olhava para ela, e para a maioria das mulheres, da mesma forma com a qual ele olharia para um ganso assado no vapor. Isso lhe dava arrepios. Ela se tornaria uma copeira antes de virar esposa dele. — Meu pai vai me deserdar se eu não concordar, supondo que ele não me estrangule primeiro. Sei que preciso me afastar, e em breve, mas... bem, eu realmente não tenho para onde ir. Pelo menos ainda não.

Sentindo-se exausta de repente, Cora afundou na cadeira de brocado creme mais uma vez.

— O que você quer dizer com "não tem para onde ir"? — disse Lady Harriett. — Você vai morar aqui conosco, é claro. — Como se aquilo fosse remediar tudo.

Cora forçou seus lábios em algo que ela esperava que se parecesse com um sorriso. Era típico de Lady Harriett fazer tal convite sem parar para considerar as consequências. Isso a lembrou do primeiro dia em que se encontraram, quando ambas pararam ao mesmo tempo em uma chapelaria e viram um novo chapéu em exposição.

— Que bela criação! — falaram em uníssono, apenas para imediatamente se encararem com uma certa apreensão.

Lady Harriett colou um sorriso no rosto, mas não conseguiu esconder o olhar analítico em seus olhos.

— Sim, esse pedaço de renda é muito bonito, não é? — Ela gesticulou para uma tira de renda que estava sobre uma mesa perto do chapéu.

Cora recusou-se a ser intimidada e caminhou até o expositor, levantando o chapéu para inspeção.

— Não me referia às rendas, mas a isto. — Era uma bela criação, feita de linho branco firmemente apertado e realçado com fitas de cetim da mesma cor. Cora estava à caça de tal coisa havia meses.

Lady Harriett tirou o chapéu das mãos de Cora e começou a olhar para ele também.

— Tenho certeza de que você estava se referindo ao laço. Este chapéu foi feito para a minha cabeça e nenhuma outra. — Ela removeu o bonito chapéu que usava e o substituiu pelo que estava em exposição. — Vê? Encaixa perfeitamente.

— Talvez, mas sua tez fica pálida de uma forma alarmante. Você parece um fantasma — disse Cora, imperturbável. — Talvez um pouco de ruge em suas bochechas ajudasse.

Lady Harriett levantou a sobrancelha perfeitamente arqueada.

— Acho interessante que você diga tal coisa, considerando que temos uma coloração semelhante.

Cora levantou o chapéu da cabeça de Lady Harriett e o colocou em sua própria.

— Aqueles com um olhar destreinado podem acreditar que é o caso, mas quando o virem na minha cabeça, concordarão que ele complementa minha tez de forma mais encantadora. Você não acha?

Harriett finalmente riu.

— Na verdade, sim — ela admitiu, estendendo a mão com um sorriso. — Eu não acredito que tenha tido o prazer de conhecê-la anteriormente. Eu sou Lady Harriett Cavendish, de Langtry Park.

Cora se alarmou por um momento. *Lady* Harriett? Como a irmã do Conde de Drayson? Oh, Deus. Cora não deveria ter tirado o cobiçado chapéu de uma cabeça tão distinta sem ter a sua permissão. O que a dama deve pensar dela?

Sem saber o que mais poderia fazer, Cora apertou as mãos e ofereceu um sorriso tenso em retorno.

— Srta. Coralynn Notley, de Mooreston.

Lady Harriett certamente exigiria ter o chapéu de volta agora. Seria um desperdício para uma bela criação honrar a cabeça de uma criatura tão humilde como Cora. Mas Lady Harriett a surpreendeu.

— Ah — disse ela. — Creio que você é nova na região. Já ouvi falar do Sr. Notley.

— Sim. — Cora segurou o chapéu para Lady Harriett. — Eu só estava brincando. Realmente fica muito melhor em você. — Ela tinha pensado que seria o fim da conversa, pois uma lady de boa criação não socializava com a filha de um comerciante. Mas Cora estava errada de novo. Muito errada. Não só Lady Harriett tinha insistido que a jovem ficasse com o chapéu, como tinha convidado a ela e sua mãe para tomarem chá no dia seguinte.

Mas Cora não havia contado à sua mãe sobre a nova conhecida. Ela simplesmente visitava Lady Harriett sozinha – algo que continuou a fazer nos meses seguintes. Até aquele dia, seus pais não sabiam que ela era uma conhecida íntima de Lady Harriett Cavendish e Cora queria que continuasse assim. Essa era a razão pela qual ela nunca poderia aceitar de bom grado o convite de Lady Harriett para viver em Langtry Park.

— Você é muito gentil, minha amiga — disse Cora. — E sabe a razão pela qual eu nunca poderia ficar aqui. Meu pai acabaria descobrindo e me recuso a dar a ele a satisfação de qualquer ligação com a sua família. Espero, ao invés disso, que você conheça alguém que precisa de uma governanta, de preferência em algum lugar longe daqui, onde meu pai nunca me encontrará.

Os olhos de Lady Harriett se estreitaram.

— Você não pode ir embora.

— Não posso ficar.

— Mas...

— Lady Harriett, por favor — disse Cora calmamente. — Tive a noite toda para pensar nisso e a única solução é que eu desapareça. Apesar de eu já ter atingido a maioridade, meu pai é desonesto e manipulador. Se eu ficar, ele vai encontrar uma maneira de me forçar ao matrimônio.

— Ele não vai precisar — disse Lady Harriett. — Eu serei a pessoa que introduzirá sua família na sociedade. Ele não vai precisar das ligações do Sr. Gowen.

Cora já tinha previsto tal oferta e estava com a resposta pronta.

— A que preço, Lady Harriett? Você não conhece meu pai. Ele vai desfilar a nossa família, nos tornando motivo de chacota e, ao fazê-lo, vai manchar o bom nome dos Cavendish. Se você é minha amiga como diz, nunca sujeitaria a mim e a sua família a isso. Minhas visitas a Langtry Park nos últimos meses foram uma pausa, uma fuga abençoada. Se você receber meus pais aqui também... — Cora se encolheu com o pensamento, imaginando seus pais atravessando o umbral da mansão e dizendo todo tipo de coisas ofensivas e vulgares. Cora nunca desejaria aquilo a ninguém, muito menos à família Cavendish.

— Isso nunca vai acontecer. — Lady Harriett se aproximou da campainha e deu um puxão forte. Quando uma camareira apareceu, ela instruiu a jovem a ir buscar o resto da família. — Por favor, chame todos, Molly. Colin também.

— Lady Harriett, o que você está fazendo?

Cora entrou em pânico. Ela não tinha nenhum desejo de sobrecarregar a família inteira com seus problemas, muito menos Lorde e Lady Drayson. Deus, ela nunca deveria ter vindo.

— Relaxe, minha amiga. Estou apenas convocando reforços — disse Lady Harriett, acomodando-se perfeitamente no sofá. — Tenho certeza absoluta de que todos juntos encontraremos a solução perfeita.

Se ao menos Cora pudesse sentir-se tão confiante.

2

A CARRUAGEM CHACOALHAVA de um lado para o outro enquanto se deslocava a um ritmo rápido. O olhar de Cora permaneceu voltado para fora da janela, embora o cenário já tivesse mudado de árvores e prados para sombras e lagoas iluminadas pela lua. Ela não conseguia desviar os olhos. Uma parte dela mal podia esperar para chegar ao seu destino, enquanto a outra desejava continuar cavalgando para sempre.

A única outra ocupante – Molly, uma camareira de confiança de Langtry Park –, tinha adormecido horas antes. Cora deveria estar igualmente cansada. Foi uma longa e árdua viagem de cinco dias desde Danbury, e ela dormira muito pouco durante esse tempo. Sua mente se recusou a descansar. Ela se agitava com pensamentos e preocupações sobre o futuro e sobre o que seu pai faria se soubesse que a família Cavendish estava envolvida no seu desaparecimento.

Eles haviam sido cuidadosos. Cora tinha fugido de seu quarto usando chinelos, que atravessaram o chão de mármore em Mooreston sem emitir nenhum som. Ela tinha levado apenas uma pequena mala com outro vestido e alguns itens de necessidade básica, além de uma bolsinha e uma pequena quantia de dinheiro. A porta dos criados tinha dado um pequeno rangido ao se abrir, mas ninguém se mexeu, e Cora conseguiu escapar para a escuridão da madrugada sem ser notada. Uma vez do lado de fora, ela havia caminhado até a estrada, onde uma grande e confortável carruagem de viagem, ostentando o brasão de Drayson na lateral, esperava para levá-la embora.

Agora aqui estava ela, cinco dias depois, sacudindo em algum lugar de Yorkshire, aproximando-se cada vez mais de Askern a cada volta das rodas e elevação dos cascos. O que seus pais pensaram quando a deram como desaparecida? Será que se importaram? Claro que sim. Quem se casaria com o Sr. Gowen se não fosse ela? A irmã mais nova de Cora, Rose, ainda não tinha 17 anos e era muito jovem e tímida para o gosto dele. Então sim, com certeza o Sr. e a Sra. Notley se importaram muito com a fuga de sua filha mais velha. Não era todos os dias que o cordeiro do sacrifício se perdia.

A carruagem parou de repente, e Cora teve que agarrar o braço de Molly para evitar que a camareira deslizasse para o chão. A jovem começou a acordar e imediatamente se encolheu no canto, apertando seus braços finos contra o peito.

— É um homem selvagem, senhorita? Que veio buscar os nossos xelins e a nossa virtude e...

— Não, Molly — disse Cora, gesticulando para fora da janela, indicando uma linda e brilhante casa. — Acho que estamos em Knotting Tree. Parece que finalmente chegamos ao nosso destino.

A mão de Molly foi para o coração e ela suspirou de alívio.

— Foi apenas um sonho.

Um sorriso sem alegria levantou os lábios de Cora enquanto ela olhava para a linda casa e se perguntava o que seria de sua vida agora.

— Às vezes os sonhos podem parecer tão reais, não podem, Molly?

— Com certeza podem, senhorita — concordou a camareira, enquanto endireitava o chapéu e alinhava a saia. — Eu nunca me senti tão assustada em toda a minha vida.

A porta se abriu, permitindo a entrada de uma rajada de ar frio, e o cocheiro estendeu a mão para Cora. Ela agarrou-a firmemente e desceu os degraus devagar e cautelosamente, respirando o ar que cheirava a madeira e frescor. Quando seus pés pousaram no chão, ela parou para recuperar o juízo. Será que o Sr. e a Sra. Shepherd ficariam tão felizes em vê-la quanto Lady Drayson e Lady Harriett a levaram a acreditar? Parecia improvável.

A porta da casa se abriu e dela saiu um homem cansado e sério que Cora só podia deduzir ser o mordomo. Atrás dele, surgiram um homem e uma mulher elegantes, que olhavam curiosamente para Cora. A mulher se parecia demais com a Condessa de Drayson para não ser sua mãe, e o homem parecia gentil e inteligente, assim como Lady Drayson o havia descrito. A Sra. Shepherd soltou o braço do marido, pegou suas saias e desceu rapidamente as escadas para conhecer Cora. O calor irradiava de sua expressão.

— Você deve Srta. Notley. A mensagem de Lucy chegou pelo correio apenas ontem, e desde então aguardamos ansiosamente a sua chegada. Não consigo lhe dizer o quanto estamos felizes por tê-la aqui, minha querida.

Ela não sabia dizer se era pela árdua jornada, pela falta de sono de muitos dias, ou pela gentileza com que fora recebida por estranhos, mas Cora sentiu sua compostura se desfazer quando as lágrimas começaram a se acumular em seus olhos. Quão diferente seria sua vida se ela tivesse nascido de pais como estes.

Pelo amor de Deus, pare de agir como um bebê, disse a si mesma severamente, enxugando rapidamente as lágrimas com as pontas dos dedos enluvados. Ela tinha muitas coisas para agradecer – à família Cavendish, e agora aos Shepherds. Cora precisava se ater a isso e não desejar algo que nunca poderia ter.

— Por favor, me chame de Cora. E me perdoe por me comportar como uma colegial tola — ela disse à Sra. Shepherd. — Eu não posso lhe dizer o quanto estou grata por sua gentil acolhida, especialmente considerando que a senhora não sabe nada sobre mim.

— Eu sei o suficiente — disse a Sra. Shepherd. — Lucy e Harriett pensam o melhor sobre você, então por que nós não deveríamos fazê-lo?

Cora não podia deixar de sorrir, e como se sentiu bem por isso. Ela poderia ter abraçado a Sra. Shepherd, mas a adorável mulher já estava agradecendo a Molly, ao cocheiro, e aos criados de libré por acompanharem a jovem em sua longa jornada.

O Sr. Shepherd também agradeceu, dizendo aos criados:

— Geoffries vai providenciar para que sejam bem cuidados antes de começarem sua jornada de volta para casa amanhã.

— Obrigado, senhor — respondeu o cocheiro, inclinando o chapéu.

O Sr. Shepherd guiou a esposa e Cora para dentro, e eles se dirigiram a uma bela sala de estar decorada em tons de vinho e dourado. Em uma mesa circular em frente ao sofá, o chá os esperava, junto com uma grande bandeja repleta de tudo, desde fatias grossas de pão e conservas, até presunto, queijo e bolos. O estômago da Srta. Notley roncava de uma forma pouco delicada, lembrando-lhe que ela não comia há horas.

— Nós já jantamos, mas tenho certeza de que você deve estar faminta — disse a Sra. Shepherd. — A cozinheira foi boa o bastante para trazer um sortimento de comida para você.

— Parece maravilhoso. — Cora sentou-se em uma cadeira perto da mesa. Os dedos dela coçavam para encher um prato, mas ela os apertou no colo, não querendo avançar na comida antes de seus anfitriões.

— De repente, descobri que também estou faminto — disse o Sr. Shepherd, batendo no estômago. — Espero que você não se importe, Cora, se eu encher um prato também.

— Claro que não — Cora riu. — Esta é sua casa, afinal de contas. Eu sou apenas uma convidada.

— Uma convidada muito bem-vinda — respondeu com um sorriso.

A Sra. Shepherd serviu uma xícara de chá para cada um, enquanto o Sr. Shepherd fazia um trabalho experiente preparando um prato bem cheio. Era uma surpresa que toda a comida se equilibrasse nele.

— Meu Deus, você *está* com fome — disse a esposa.

— Este prato não é para mim. — Ele olhou para Cora e segurou o prato. — Por favor, tenha a bondade de tirar isso de mim para que minha esposa pare de me importunar.

— O senhor prefere que ela importune sua convidada? — contra-atacou Cora, enquanto aceitava o prato com a maior gratidão.

— Parece injusto, eu sei, mas os convidados podem se safar muito melhor do que maridos. Eles podem ler um livro sempre que quiserem, comer o quanto quiserem, e recusar todos e quaisquer convites para jantar em outro lugar. Eu, por outro lado...

— Estão me fazendo parecer uma professora — interveio a Sra. Shepherd.

— Não, meu amor — argumentou o Sr. Shepherd. — Eu só estou apontando a diferença em nossos temperamentos. Você é uma borboleta primorosa, que gosta de bater as asas, e eu prefiro ficar dentro da minha crisálida com meus livros.

A Sra. Shepherd riu e balançou a cabeça.

— Crisálida, de fato. Pobre Cora. Você provavelmente não tinha ideia de que seria submetida a uma lição sobre a biologia dos insetos. Por favor, diga que não está lamentando sua decisão de vir para cá.

— Claro que não está — insistiu o marido. — Aposto que ela não conseguiria encontrar uma conversa tão divertida quanto esta em todos os salões de Londres.

— Considerando que nunca estive em nenhum salão de Londres, teria de concordar. — Cora comeu um pedacinho de bolo enquanto observava os seus anfitriões. O Sr. e a Sra. Shepherd lembravam-na de Lorde e Lady Drayson, pelo menos na forma como brincavam, sorriam e sentavam-se perto um do outro. Era assim que maridos e esposas se comportavam fora da casa dos Notley, ou era mais uma exceção do que a regra? Seus próprios pais sempre brigavam e arranjavam todas as desculpas para não ficarem na mesma sala que o outro.

— Você precisa se preparar — disse o Sr. Shepherd. — Minha esposa tem grandes planos para você, mas a melhor parte é que a maioria deles envolve você e não eu. Realmente, Cora, eu não posso dizer o quanto estou feliz por você ter vindo.

O olhar de Cora voou para a Sra. Shepherd.

— Planos? — ela perguntou, de repente ansiosa.

— Só quando você estiver se sentindo bem para isso — disse a Sra. Shepherd. — Eu pensei que uma ou duas compras seriam a coisa certa para seu novo começo. Lucy mencionou que você estaria viajando com pouca bagagem e que precisaria de alguns acréscimos ao seu guarda-roupa.

A comida que parecia deliciosa apenas alguns momentos antes perdeu repentinamente seu encanto. Uma expedição de compras? A Sra. Shepherd não sabia que Cora não tinha dinheiro para vestidos ou acessórios? Por que ela precisaria de tais coisas de qualquer maneira?

— Depois disso — acrescentou o Sr. Shepherd —, com certeza haverá chás da tarde, piqueniques, jantares, musicais, bailes e...

A mão gentil da esposa no braço dele o acalmou.

— Minha querida, você parece bastante pálida — disse a Sra. Shepherd. — Está tudo bem?

— Sim. Quero dizer... não. Quero dizer... — Oh, Deus, por onde começar? Ela colocou o prato de comida na mesa e levantou os olhos ansiosos para seus anfitriões. — Eu não sei o quanto Lady Drayson lhes disse, mas eu não vim com a esperança de ser lançada na sociedade local. Em vez disso, é meu desejo que vocês me ajudem a encontrar uma posição de governanta em outra casa, que me conceda pelo menos uma pequena quantia para a minha independência. Eu tenho muito pouco dinheiro comigo e não quero ser um fardo para vocês por muito tempo.

A Sra. Shepherd inclinou-se para a frente e colocou a mão no joelho de Cora.

— Minha querida menina, não pensamos em você como um fardo. Quando a mensagem de Lucy chegou até nós, ficamos emocionados com a perspectiva de acolhê-la em nossa casa, especialmente agora que vimos por nós mesmos como você é bela, gentil e refinada. É nosso maior desejo ajudá-la a encontrar um jovem adequado, de sua escolha, para que seus pais não tenham mais nenhum poder sobre você. Como podemos conseguir isso se não entrar na sociedade? Certamente você deve saber que se tornar uma governanta vai diminuir suas chances de fazer um casamento adequado.

— Eu sei disso — falou Cora. — Mas a senhora deve entender que sou apenas a filha de um comerciante e não tenho nenhum desejo de me casar acima da minha posição. O mundo refinado não é o meu mundo, e eu não quero passar o resto da vida tentando ser alguém que não sou. Eu já me sinto como uma desajustada. Vejam, fui criada com os luxos que a classe alta desfruta – mais vestidos do que qualquer moça deveria precisar, servos e mais servos, um quarto do tamanho de uma modesta casa de campo de um fazendeiro, e qualquer outra conveniência que o dinheiro possa comprar. Em vez de frequentar a escola de meninas como as outras jovens do meu nível, meus pais recrutaram uma governanta e tutores para me treinarem em tudo, de latim à etiqueta. Em outras palavras, fui educada para ser um membro da classe alta, mas não sou um deles. Percebem o dilema em que me encontro? Sinto-me como um gatinho perdido que foi acolhido por um puro-sangue.

A sobrancelha da Sra. Shepherd franziu de preocupação e ela acenou devagar.

— Eu entendo porque você se sente dessa forma. Houve um tempo em que eu sentia o mesmo.

— Verdade? — Cora perguntou, curiosa para ouvir mais. Ela nunca tinha conhecido ninguém que pudesse sequer começar a entendê-la. Lady Harriett sempre fez uma tentativa corajosa, mas como poderia realmente compreender como era sua vida quando nunca tinha vivido num mundo diferente do seu próprio?

A Sra. Shepherd deu um tapinha na mão de Cora antes de recuperar o prato descartado da mesa e entregá-lo de volta a ela.

— É tarde e estamos a impedindo de comer. Eu proponho que continuemos esta discussão amanhã, quando estivermos descansados e tivermos algum tempo para pensar um pouco mais sobre o assunto. Por ora, vamos deixá-la desfrutar da sua comida em paz. Assim que estiver pronta, toque o sino, por favor, e Katy vai levá-la ao seu quarto.

— Obrigada, Sr. e Sra. Shepherd, por abrirem seus corações e sua casa para mim. Estou muito grata.

Eles acenaram com a cabeça e se levantaram, movendo-se em direção à porta, mas o Sr. Shepherd se deteve e olhou de volta para Cora, com a expressão pensativa.

— Eu quero que você saiba, Cora, que um gatinho perdido se encaixa muito bem com um time de puros-sangues. Nós tivemos um que fez uma casa em nossos estábulos na semana passada.

Cora teve que sorrir para isso.

— Eu acho que o senhor está me enganando.

O humor brilhava nos olhos dele.

— Eu nunca a enganaria, minha querida, pelo menos não com assuntos importantes. Desejo-lhe uma boa noite.

Eles partiram, deixando Cora com sua comida e seus pensamentos. Ela se inclinou para trás na cadeira e olhou a espaçosa sala ao seu redor, pensando como o espaço deveria parecer adorável à luz do dia. Respirou fundo, notando que a sala cheirava a algo abafado, como se não fosse muito usada. O cheiro a confortou. Os aposentos favoritos de Cora sempre foram aqueles que não eram frequentados pelo resto de sua família.

Novamente faminta, recuperou o prato e comeu o que sobrara nele, desfrutando dos vários sabores e texturas da comida. Quando restaram apenas migalhas, ela devolveu o prato à mesa e levantou-se, cansada. Só levou alguns instantes depois de tocar o sino para uma jovem entrar na sala. Apesar de alta, ela inclinou-se como se estivesse tentando parecer mais baixa. O cabelo dela era cor de mel e estava puxado para trás num coque firme, com alguns fios escapando. Ela fez uma rápida reverência e manteve seu olhar treinado no tapete.

— A senhorita está pronta para se retirar?

— Você deve ser Katy — disse Cora.

A jovem arriscou dar uma olhada em Cora e ofereceu um sorriso tímido.

— Sim, senhorita. Katy Thompson, ao seu dispor.

Sua doce natureza deixou Cora imediatamente à vontade.

— Você gosta de trabalhar aqui, Katy?

A camareira pareceu surpresa com a pergunta, e sua resposta demorou para sair.

— Sim, senhorita. Eu gosto muito. O Sr. e a Sra. Shepherd me aceitaram depois que o Sr. Ludlow... bem, me dispensou, suponho que poderia dizer isso. Eles têm sido bons para mim, me dando uma segunda chance, portanto...

— Quem é o Sr. Ludlow? — perguntou Cora.

— Oh. É o vizinho mais próximo ao leste, senhorita. Proprietário de Tanglewood. Lá se passam mais servos do que grãos de farinha pelas mãos da minha mãe.

Cora franziu o cenho com a descrição.

— O Sr. Ludlow é tão mal-humorado assim que os empregados não conseguem trabalhar para ele por muito tempo?

— Exatamente — disse Katy. — Mas, com certeza, é impertinente também. Não existem segundas chances com ele. Se cometer um erro, é melhor começar a procurar trabalho em outro lugar. Ainda ontem, ele mandou a governanta fazer as malas.

— Verdade? — Cora ficou intrigada. Soava como um mistério.

A criada acenou com a cabeça.

— Eu mesma ouvi isso de um dos criados. — Um rubor coloriu suas bochechas enquanto ela sorria. — Ele é muito gentil comigo.

— Ele soa como um criado muito inteligente, então.

— Eu não sei quanto a isso. — O rubor dela se aprofundou, e seu olhar encontrou o tapete mais uma vez.

O olhar de Cora se desviou para uma pintura na parede, e ela deu alguns passos adiante, notando os detalhes do vaso de bronze e as delicadas pinceladas usadas para criar as pétalas das flores. Que tipo de pessoa pintou isto? Poderia ter sido qualquer um – uma senhora realizada ou um artista humilde. Como era interessante a arte da pintura. Para a classe alta, era um passatempo – uma maneira aceitável de uma senhora desperdiçar seu tempo. Para a classe baixa, era um meio de sobrevivência.

Qual pessoa colocava mais valor nessa habilidade? Cora se perguntava, pensando em suas próprias habilidades e em como elas eram úteis, especialmente se ela não pertencesse à sociedade. Talvez esse fosse o cerne da questão. Se ela conseguisse encontrar algo verdadeiramente útil para fazer com sua vida, poderia finalmente encontrar seu lugar neste mundo.

Ela virou-se e encarou a camareira.

— Diga-me, Katy, como é que alguém procuraria uma vaga de governanta?

As sobrancelhas de Katy se uniram com um olhar de confusão.

— Você teria que se candidatar ao mordomo, suponho. Mas por que gostaria de saber uma coisa dessas?

Cora hesitou, percebendo que Katy não entenderia. Muito poucos conseguiriam, pensou ela. Nem mesmo sua irmã, Rose, parecia ter encontrado falhas no modo de vida de seus pais. Ela não parecia encontrar falhas em nada.

— Estou apenas curiosa. Eu nunca procurei uma posição de qualquer natureza. Você simplesmente me fez pensar como é que alguém o faria.

— Fique grata por não ter feito isso, senhorita. Não há nada de grandioso em trabalhar.

— Talvez não, Katy. Mas devo dizer que ficaria grata a você se me levasse ao meu quarto. Foi um dia longo e cansativo para nós duas, imagino.

— Claro, Srta.. — Katy se curvou mais uma vez. Ela deu alguns passos em direção à porta antes de acrescentar: — É um lindo quarto, Srta. O Sr. e a Sra. Shepherd queriam que você tivesse um dos quartos mais grandiosos de toda a casa.

Cora forçou um sorriso nos lábios, mesmo que um forte sentimento de culpa pesasse sobre ela. Certamente ela não merecia um grande quarto, assim como não merecia entrar na sociedade local. O Sr. Shepherd podia dizer tudo o que ele quisesse sobre gatinhos e puros-sangues, mas não importava o quão bem eles se dessem em seus estábulos, um ainda era um felino e o outro um cavalo. Não havia como mudar isso.

3

—Cora, CERTAMENTE NÃO ESTÁ FALANDO SÉRIO.
— A Sra. Shepherd agarrou o garfo enquanto olhava para Cora do outro lado da mesa durante o café da manhã. — Uma governanta?

Cora fingiu uma calma que não sentia. Na noite anterior, quando tomara a decisão de seguir esse curso, parecia a coisa certa a fazer. Mas agora, à luz do dia e com a Sra. Shepherd olhando para ela como se tivesse enlouquecido, sua confiança diminuiu.

— Sim, uma governanta.

— Mas... por quê?

— Eu acho que a propriedade vizinha... — Tanglewood, creio eu... — está precisando de uma nova governanta, e como estou precisando de uma posição, pensei que a vaga seria providencial.

— Você é filha de um *comerciante*, não de um agricultor. E uma herdeira — disse a Sra. Shepherd firmemente. — Pense apenas no que isso poderia fazer à sua reputação.

Cora *tinha* pensado naquilo. Tarde da noite, quando ela havia percorrido tudo em sua mente, a probabilidade de uma reputação arruinada tinha certamente surgido. Na verdade, a Sra. Shepherd tinha chegado no mesmo ponto que convencera Cora a seguir em frente com esse plano.

— Eu sei que é provável que isso arruíne minha reputação, mas não me influencia — respondeu Cora.

Os olhos da Sra. Shepherd se arregalaram em espanto. Ela olhou para o marido brevemente, mas ele parecia absorvido em uma carta que acabara de receber, então a Sra. Shepherd voltou para Cora.

— Você parece... satisfeita com a perspectiva. Não consigo entender.

— Não consegue? — O Sr. Shepherd finalmente falou, deixando sua correspondência de lado e voltando a atenção para a esposa. — Se o Sr. Notley descobrir o paradeiro de sua filha mais velha, você acha que o Sr. Gowen estará inclinado a se casar com uma garota que fugiu para se tornar uma governanta ao invés de se casar com ele? Tenho certeza de que até mesmo seu orgulho tem limites. Uma filha de comerciante é uma coisa; uma governanta é outra.

— É exatamente o que estou tentando dizer — respondeu a Sra. Shepherd. — Minha querida, se você seguir este plano, nenhuma porta da sociedade estará aberta para você novamente.

— Eu compreendo. — Cora se absteve de acrescentar que nenhuma porta estava aberta para ela agora.

A Sra. Shepherd pressionou os lábios e cuidadosamente pousou o garfo. Quando ergueu os olhos para Cora mais uma vez, eles estavam cheios de preocupação.

— Você também entende que não será apenas o Sr. Gowen que você desencorajará? Serão todos os outros possíveis pretendentes?

Cora acenou com a cabeça.

— Sim, mas infelizmente, o único tipo de pretendente que não ficará desencorajado pelas minhas conexões inferiores será aquele que quiser mais a riqueza de meu pai do que a mim. E não desejo tal casamento.

— Especialmente não agora que ela tinha visto em primeira mão que existiam uniões felizes.

— Mas nem todos os homens são assim — pressionou a Sra. Shepherd. — Eu fui costureira, você sabe, e... bem, eu não sou mais uma costureira.

O sorriso de Cora se suavizou.

— Se ao menos eu pudesse ser tão afortunada.

— Você pode ser. — A Sra. Shepherd dirigiu um olhar suplicante para o marido, que agora estava mastigando uma grossa fatia de bacon como se nada estivesse errado. Quando ele encontrou o olhar da esposa, engoliu, pousou o garfo e limpou a garganta.

— Eu acho que é uma ideia brilhante.

— Como assim? — A Sra. Shepherd olhou para o marido, mas ele não se importou.

— Diga-me, Cora — ele disse. — O quanto você sabe sobre secar e bater ervas?

— Ervas? — Cora franziu o cenho. O que é que as ervas tinham a ver com alguma coisa?

— Você sabe fazer conservas? Bolos? Você gosta de destilar água?
— Eu, er...
— E quanto a manter as contas do lar, administrar as criadas e a cozinheira, e provisionar tudo, desde velas a lençóis?

Cora podia agora ver que ele estava apontando para a sua falta de qualificação. Embora a sua linha de interrogatório a enervasse, ela recusou-se a deixar-se dissuadir.

Ela levantou o queixo.

— Eu sempre tive um firme domínio de números, senhor, e quanto ao resto... bem, eu sou uma rápida aprendiz. Acredito que me darei bem.

— Então estamos de acordo — disse ele, pegando sua correspondência mais uma vez. — Você vai se tornar uma governanta admirável, tenho certeza. A Sra. Shepherd e eu lhe desejamos muito boa sorte.

Sem saber como responder, Cora olhou para a Sra. Shepherd, observando que ela não parecia mais tão frenética. As linhas de preocupação tinham desaparecido, juntamente com todos e quaisquer argumentos. Ela sentou-se de volta ao seu lugar e pegou o garfo para continuar a comer.

Sentindo-se de repente abandonada pela caridade de seus anfitriões, Cora esfaqueou os ovos do seu prato e deu uma garfada frustrada. Com ou sem a confiança deles, iria candidatar-se à posição de governanta em Tanglewood nesta tarde. Se ele a achasse tão desqualificada quanto provavelmente a consideraria, ela imploraria por um emprego na cozinha.

Antes que Cora perdesse a coragem, ela levantou o punho e bateu com força na porta da entrada de serviço. Enquanto esperava que a abrissem, esfregou os dedos sensíveis e olhou em volta. Tanto a casa como o terreno tinham uma beleza envelhecida, mas em contraste com o sentimento caloroso e acolhedor que rodeava Knotting Tree, o sentimento em Tanglewood era decididamente desagradável. Ela não conseguia explicar exatamente por quê. Talvez tenham sido os jardineiros que mal haviam olhado para ela, a criada que se recusara a olhar para cima quando ela passou apenas alguns momentos antes, ou a forma como a sua batida tinha ecoado pelo interior da casa, como se as paredes não passassem de uma concha cavernosa. O que quer que fosse, Cora não se importava.

A porta se abriu com um rangido e uma mulher alguns anos mais velha e vários centímetros mais alta atendeu. Ela usava uma touca branca, um vestido cinza e um avental que já fora branco, mas que tinha se tornado um cinza sujo. O cabelo ruivo dela estava bem preso em um coque apertado, e seus olhos frios e cinzentos se estreitaram enquanto inspecionava a recém-chegada.

— Você está precisando de alguma coisa?

Ninguém sorria nessa propriedade?, pensou Cora, enquanto forçava uma resposta alegre.

— Se me permite, gostaria de falar com o mordomo para me candidatar ao cargo de governanta.

Os olhos da mulher se alargaram um pouco antes que seus lábios se voltassem em escárnio. Ela deu uma gargalhada.

— Você? Uma governanta da casa? — Outra risada soou.

Cora ficou grata pela reação da criada. Isso irritou-a o suficiente para reafirmar sua determinação, e ela achou fácil encontrar o olhar da mulher diretamente.

— Se a senhora fizesse a gentileza de dizer ao mordomo que a Srta. Notley está aqui para vê-lo, eu ficaria muito grata. — Cora desejou ter se lembrado de perguntar a Katy o nome do mordomo.

— Se eu fizer a gentileza — imitou a empregada num tom zombeteiro. Ela riu enquanto deixava Cora em pé no degrau e saía em busca do mordomo ou, pelo menos, a jovem esperava que fosse para onde a mulher tinha ido. Ela suspirou e deu um passo para trás, se afastando da casa e olhando para as paredes de pedra cinza. Que tipo de pessoas trabalhavam e viviam dentro dela? Durante a maior parte de sua vida, as únicas pessoas que tinham sido gentis com Cora eram os criados de sua família. Especialmente a governanta. Foram eles que mostraram a Cora a diferença entre aspereza e requinte, desinteresse e preocupação genuína, tolerância e amor. Ela havia presumido que todos os criados eram assim. Aparentemente, não era esse o caso. O mordomo também riria dela?

Cora foi deixada esperando pelo que parecia ser uma eternidade. Quando a empregada finalmente reapareceu, sua expressão zombeteira foi substituída por um brilho azedo. Cora achou a mudança intrigante.

— O Sr. Ludlow quer falar com você imediatamente. — A empregada girou nos calcanhares, deixando Cora em estado de choque. *Sr. Ludlow?* O dono desta casa cavernosa; – que Katy descrevera como mal-humorado e impertinente? Céus. E pensar que ela estava preocupada com o mordomo rindo dela. O que diria ou faria o Sr. Ludlow? Um trabalho como governanta parecia altamente improvável agora. Sem outras opções, Cora respirou fundo e forçou seus pés para frente. Pelo menos teria uma boa história para contar quando voltasse a Knotting Tree, suficientemente humilhada.

4

JONATHAN ENCARAVA AS CINZAS de carvão na grande lareira, enquanto descansava a mão sobre o apoio de pedra polida. Elas brilhavam na luz da tarde que entrava por duas grandes janelas na parte oeste da casa. Deixando o braço cair para o lado, ele vagou até a janela mais próxima e olhou para fora, para a sua vasta propriedade. A vista dali tornara seu escritório um de seus ambientes favoritos da casa. O lago imaculado, a floresta selvagem, os jardins impecáveis – tudo isso podia ser visto desse lugar privilegiado. Ele achou a visão bastante inspiradora, especialmente quando pensou no estado miserável em que Tanglewood estava há apenas 15 meses. Agora olhe para isso. Era magnífico e de tirar o fôlego, assim como um dia ele imaginava que se tornaria.

Se ao menos seus criados pudessem despertar nele tanta esperança.

Jonathan apertou as mãos atrás das costas e franziu o cenho. Nos curtos 15 meses em que era dono de Tanglewood, ele já tinha passado por vários cavalariços, alguns lacaios e um punhado de camareiras – para não mencionar três governantas. Três! Ele não conseguia entender. Teria a integridade geral das pessoas se deteriorado tão lamentavelmente que ninguém podia ser confiável hoje em dia? Se não fosse por seu mordomo, administrador e criado, Jonathan não teria mais fé na humanidade.

— Senhor, a Srta. Notley está aqui para vê-lo.

— Obrigada, Sally. Você pode mandá-la entrar. — Sally parecia ser uma boa garota. Ela tinha uma arrogância de que ele não gostava, mas era uma trabalhadora árdua e confiável. Por isso ele estava grato.

Jonathan voltou-se da janela quando uma mulher entrou na sala – uma mulher *jovem*, muito mais jovem do que qualquer criada que ele já tinha contratado. Ela não podia ter mais de 20 anos. Ainda mais desconcertante era seu vestido. Embora simples, era bem-feito e mais fino do que a maioria das mulheres em seu posto utilizava. O chapéu que ela carregava parecia ainda mais refinado.

Ao invés de deixar cair o olhar no chão e oferecer a ele uma rápida reverência, como a maioria teria feito, ela encontrou o seu olhar com lindos olhos azuis. Olhos honestos. Olhos expressivos. Olhos que falavam de sua ansiedade e determinação, junto com a sua surpresa. Aparentemente, Jonathan também não era o que ela esperava. Talvez ela o tivesse imaginado mais velho, mais feio, ou mais frio, como ele a imaginara.

Ele gesticulou para uma poltrona ao lado da lareira.

— Você gostaria de se sentar, Srta. Notley?

— Sim. Obrigada, Sr. Ludlow. — O seu diálogo educado surpreendeu-o ainda mais. Ela se moveu graciosamente em direção à cadeira e sentou-se na borda do assento. A luz vinda das janelas brilhou no cabelo dela. Ele podia ver agora que a cor dos fios era um castanho-avermelhado rico ao invés do castanho-escuro que tinha suposto inicialmente. Suave e brilhante, obviamente tinha sido bem cuidado.

Quem era essa mulher e de onde ela viera? Jonathan nunca a havia visto antes. Ele estava certo de que se já tivesse tido um vislumbre dela, teria se lembrado daqueles olhos azuis, maçãs do rosto altas e lábios cheios. Ela era muito bonita.

— Foi-me dito que você está aqui para saber mais sobre a posição de governanta — disse ele, esclarecendo. Talvez ele tivesse entendido mal. Ele sentiu como se devesse oferecer-lhe algum refresco, e não entrevistá-la para uma posição. A Srta. Notley pressionou os lábios por um momento antes de endireitar os ombros.

— Está correto, senhor.

Ele continuou a observá-la, perguntando-se sobre as circunstâncias que a tinham levado a este momento.

— Você não é daqui, é?

— Eu vim de Essex.

— Essex está muito longe de Yorkshire. O que te trouxe até tão longe ao norte?

Ela engoliu e pareceu escolher as palavras cuidadosamente.

— Eu estava precisando de uma mudança, senhor.

— Uma mudança de cenário? — ele perguntou.

Ela hesitou um momento.

— Uma mudança de circunstâncias.

Jonathan esperou que ela continuasse, mas ela não o fez. O que isso significava, exatamente? Certamente uma posição de governanta não era a mudança que a maioria das pessoas desejaria. A menos que... Ela estava fugindo de alguma coisa? Ou, mais provavelmente, *alguém?*

— Você não está envolvida em algum tipo de problema com a lei, está?

— Não. — Os ombros dela relaxaram um pouco. — Eu não cometi nenhum erro aos olhos da lei, garanto-lhe. Sou uma pessoa íntegra.

Jonathan não tinha nenhuma razão para continuar bisbilhotando seus assuntos pessoais, mas suas respostas enigmáticas o intrigaram. O que a trouxera ali e por que ela queria ser sua governanta? Srta. Notley era mesmo o seu nome verdadeiro? Ela afirmou ser uma pessoa íntegra, mas seria realmente?

Jonathan havia dispensado sua governanta anterior apenas dois dias antes, então a Srta. Notley já deveria estar em Askern. Onde ela estava hospedada? Na pousada?

— Posso perguntar como você ouviu sobre a posição de governanta?

— Naturalmente. Katy Thompson é... uma conhecida minha. Acredito que ela já trabalhou como criada nesta casa e está atualmente empregada em Knotting Tree.

Knotting Tree, ponderou Jonathan, adicionando mentalmente outra peça no enigma que era a Srta. Notley. Os Shepherds também eram conhecidos dela? Não, como poderiam ser? Se ela fosse uma convidada em Knotting Tree, não estaria ali à procura de trabalho. Talvez fosse parente de Katy, embora ele achasse isso improvável também.

— Eu me lembro de Katy Thompson — disse Jonathan. A garota flertava escandalosamente com qualquer criado do sexo masculino, causando uma grande quantidade de transtornos em sua casa. Jonathan aguentou o quanto pôde, até que a flagrou beijando um de seus cavalariços durante o horário de trabalho. Ele não tolerava qualquer tipo de desonestidade e ambos haviam sido dispensados imediatamente.

Jonathan sentou-se em frente à Srta. Notley e a estudou por um momento.

— Perdoe a minha franqueza, mas você parece muito... jovem para estar procurando tal posição.

Ela levantou o queixo um pouco mais alto.

— Eu não tenho exatamente 22 anos, senhor, mas se isso é jovem, velha, ou a idade correta, é uma questão de opinião. Para os idosos, eu posso parecer muito jovem, de fato, mas para um bebê, eu pareceria bastante antiquada. A pergunta que o senhor deve responder por si mesmo é se eu sou a pessoa certa para o cargo ou não.

Jonathan achou sua franqueza revigorante e até sorriu um pouco.

— Você *é* a pessoa certa para o cargo?

— Isso é o senhor quem vai decidir. Eu não.

— Ah. — O sorriso dele se alargou, enquanto se aconchegava na cadeira e pressionava as pontas dos dedos juntas. — Bem, Srta. Notley, você deve estar feliz em saber que passou no primeiro teste.

As sobrancelhas dela se uniram em confusão.

— Que teste foi esse, senhor?

— Que você me reconhece como a figura de comando nesta casa. Eu devo admitir que você me parece o tipo de pessoa que pode ser propensa a ultrapassar os limites da autoridade.

O olhar dela se voltou para o colo por um momento, antes de encontrar o dele mais uma vez.

— Não posso negar que talvez eu ultrapasse os limites, como o senhor disse, mas se eu fizer isso, pode ficar à vontade para me colocar de volta no meu lugar. Irei sem reclamar, garanto-lhe.

Sua resposta suscitou um riso nele. Jonathan não se lembrava de ter tido uma entrevista tão interessante antes.

— Fale-me de suas qualificações — disse ele.

O pânico apareceu no rosto da Srta. Notley, e ela rapidamente desviou o olhar para o colo.

— Sim, claro. Minhas qualificações... — a voz dela desapareceu e a testa ficou sulcada.

Jonathan esfregou o queixo com o dedo indicador, desfrutando da maneira como ela se encolheu e se contorceu.

— Deve ser uma lista extensa se você não consegue pensar por onde começar — disse ele secamente.

Ela mordeu o lábio inferior por um momento. O olhar que ela finalmente dirigiu a ele foi de desgosto.

— Na verdade, senhor, a lista não é tão extensa assim.

Tentando esconder a diversão, ele perguntou:

— Você pode me dizer pelo menos uma coisa que pode recomendá-la?

A jovem lançou seus olhos sobre a sala como se estivesse procurando por inspiração. Quando o olhar dela pousou sobre a mesa dele, ela se iluminou.

— Eu tenho uma cabeça sólida para os números, senhor.

— Meu administrador cuida da maioria das contas.

— Oh. — Ela mordeu o lábio novamente e franziu a testa antes de se iluminar mais uma vez. — Eu sou uma administradora adequada de pessoas.

— Só adequada? — Jonathan não conseguiu evitar o riso que irrompeu com as palavras. A testa de Cora franziu novamente, e ele praticamente podia ver a mente dela se agitando. A jovem provavelmente estava tentando se lembrar de cada encontro que já tivera, avaliando se aquilo a tornara mais do que adequada para lidar com as pessoas ou não. — Diga-me uma coisa, Srta. Notley — disse Jonathan, sentindo um desejo inexplicável de socorrê-la. — Você poderia fazer com que as criadas desempenhassem suas tarefas com precisão e de forma pontual?

— Certamente.

— Você conseguiria dispensar uma criada que falhasse em realizar o que é esperado e procurar uma substituta adequada?

— Claro que sim.

— Você poderia controlar a compra dos artigos da casa e da despensa e trabalhar em conjunto com a minha cozinheira, a Sra. Caddy, para se certificar de que a copa e a despensa estejam bem abastecidas o tempo todo?

A senhorita Notley foi um pouco mais lenta para responder a essa pergunta.

— Eu acredito que sim.

Jonathan inclinou-se para frente, descansando os cotovelos sobre os joelhos.

— Uma governanta deve prestar contas de todos os lençóis, talheres, sabonetes, velas e afins. Em outras palavras, a despensa estaria inteiramente sob sua gestão. — Ele permitiu que ela refletisse sobre essas tarefas por um momento antes de acrescentar: — Você diz que tem uma cabeça boa para os números, então estou concluindo que as responsabilidades de inventário e abastecimento não devem ser um problema para você.

— Não, senhor. — Com base no modo como as costas dela se endireitaram ligeiramente, ela parecia ter pelo menos um pouco de confiança nisso.

— Quando eu tenho convidados para jantar — continuou Jonathan —, a Sra. Caddy prepara a comida, mas a governanta cuida para que seja servida de forma agradável, organizada e no horário certo. Isso é algo que você se sentiria confortável de supervisionar?

— Certamente — disse ela, embora a palavra soasse um pouco estrangulada, como se ela tivesse que forçá-la a sair.

— Por fim, há a questão da copa, que também é administrada pela governanta. Temos uma criada específica para esse local que ficará sob a responsabilidade dela, mas uma governanta deve saber fazer tudo, desde triturar açúcares e secar ervas, até picar legumes, fazer conservas e vinagres, destilar águas, e até mesmo preparar um chá calmante sempre que eu tiver dor de cabeça.

Com olhos arregalados e redondos, a Srta. Notley encarou-o com algo semelhante ao horror. Jonathan mal conseguia se abster de rir. Ele pressionou os lábios para mantê-los juntos e esperou pacientemente pela resposta.

Ela finalmente limpou a garganta e, quando falou, sua voz era forte e confiante.

— Eu posso ler uma ficha de receitas e seguir suas instruções com precisão. Eu também sou útil com a agulha.

— Meu valete e a criada da lavanderia normalmente fazem meus consertos.

Ela deixou escapar um suspiro e seus ombros caíram como se tivesse finalmente reconhecido a inutilidade desta entrevista.

— Claro que sim.

Jonathan colocou os dedos debaixo do queixo e a considerou, perguntando-se o que fazer. Ela era grosseiramente desqualificada, isso era certo, e ele seria um tolo em contratar uma pessoa assim. No entanto, havia algo nela que o fazia hesitar. Sua franqueza, talvez? Sua vulnerabilidade óbvia? A sua demonstração de força interior? Poderia ela, como sugeriu, aprender a ser uma governanta decente se tivesse oportunidade?

— Posso ver suas referências? — ele perguntou, procurando por alguma razão – qualquer razão – para mantê-la.

Surpreendentemente, os lábios dela começaram a se contrair, e ela expressou o que parecia ser uma risada. Quando seus os olhos azuis se encontraram com os dele, estavam cheios de humor.

— Sr. Ludlow, com certeza o senhor já deve saber que eu não tenho nenhuma referência. Como minha óbvia falta de experiência pode atestar, tudo que eu posso realmente oferecer é um coração disposto e um desejo de aprender, o que claramente não é suficiente. Por favor, me perdoe por ocupar tanto o seu tempo. Eu vou embora agora.

Ela pegou seu chapéu pelas fitas e Jonathan assistiu o seu levantar com sentimentos mistos. Oferecer-lhe o cargo, sem dúvida, causaria um tumulto em sua casa – ele já podia ouvir a Sra. Caddy resmungar sobre as muitas inabilidades da jovem. Mas ele nunca havia conhecido ninguém que tivesse falado com tanta honestidade. Era de fato uma qualidade rara e que ele não estava ansioso para deixar escapar entre os dedos. Ela parecia suficientemente inteligente, e talvez pudesse aprender rapidamente. A jovem também parecia o tipo genuíno que poderia conquistar e possivelmente unir o resto de sua equipe. Seria possível, uma vez que ela se instalasse e aprendesse seus deveres, que pudesse se tornar a governanta que ele estava procurando? Jonathan não sabia. Mas ela inspirou uma esperança que ele nunca tinha sentido em outro candidato.

Ela estava quase saindo pela porta quando a voz dele a parou:
— Eu sinto que é necessário salientar que você está ultrapassando os limites, Sra. Notley. Eu ainda não a dispensei.

O corpo dela congelou e ela virou-se lentamente. O olhar que ela lhe deu foi de perplexidade.
— O senhor quis dizer *Senhorita* Notley, não Sra. Notley, não é?

Ele levantou-se de sua cadeira e caminhou em direção a ela, apertando os dedos atrás das costas.
— Casada ou solteira, todas as criadas são chamadas de Sra., como uma demonstração de respeito.

A boca da jovem se separou um pouco antes de fechar.
— Significa que...
— Bem-vinda a Tanglewood, Sra. Notley. — Jonathan teve que resistir à mais estranha vontade de se curvar. — Rezo para que você seja tão boa em administrar a equipe feminina, quanto foi em me administrar.

Cora voltou a Knotting Tree com uma leveza no andar. Em sua alegria, a distância entre as duas propriedades parecia uma curta caminhada, em vez da longa jornada de apenas uma hora antes. Ela tinha feito o que havia planejado – o que os Shepherds e a atrevida empregada, Sally, a levaram a acreditar que não seria capaz de fazer. Foi-lhe oferecido o cargo de governanta em Tanglewood. Como aquilo tinha acontecido, ela não sabia dizer.

Ela pulou os degraus, e quando Geoffries abriu a porta e a levou pelo longo corredor até a biblioteca, seus pés praticamente trotaram pelo chão de mármore. A grandeza da sala, com suas longas fileiras de livros, mal se registraram na mente da Srta. Notley enquanto ela procurava seus anfitriões. Sentado em uma grande poltrona, o Sr. Shepherd lia um livro, enquanto a Sra. Shepherd se sentava a uma pequena mesa não muito longe, escrevendo o que parecia ser uma carta. Ambos olharam para cima quando Cora entrou. Ela rapidamente disfarçou o sorriso do rosto, sabendo que não achariam suas notícias tão agradáveis quanto ela tinha achado.

O Sr. Shepherd fechou o livro e o colocou em uma pequena mesa antes de ficar em pé e gesticular para que Cora se sentasse. A Sra. Shepherd também ficou em pé, vindo sentar-se ao lado de Cora no sofá.

— Você parece em conflito, Cora — disse o Sr. Shepherd. — Isso me deixa bastante intrigado. Que notícias você tem para nós?

Cora apertou os dedos para evitar que se mexessem.

— Estou em conflito, senhor. Embora eu acredite que as notícias sejam maravilhosas, preocupa-me que o senhor e a Sra. Shepherd as considerem perturbadoras.

Ele a observou por um momento, sem mostrar surpresa nem preocupação. A Sra. Shepherd, por outro lado, não podia esconder sua inquietação.

— Foi-lhe oferecido o cargo — ela disse.

— Sim. — Cora respondeu, quase se encolhendo enquanto o fazia. Era estranho como ela conhecia os Shepherds por menos de um dia e ainda assim desejava a boa opinião deles muito mais do que jamais havia desejado de sua própria mãe e pai.

— Entendo — disse finalmente o Sr. Shepherd, sua expressão ainda impassível.

Cora não tinha ideia do que ele estava pensando e desejava que aquele senhor não pudesse mascarar suas emoções tão facilmente. Ela nunca tinha sido capaz de esconder o que sentia.

— Stephen, certamente não podemos permitir...

— Não podemos *não* permitir, meu amor — ele corrigiu a esposa gentilmente, olhando para Cora. — Você tem certeza de que ponderou sobre isso, Srta. Notley?

— Eu tenho, senhor, e estou determinada. Tenho que me apresentar amanhã de manhã para o meu primeiro dia. — Ela pausou, escolhendo suas próximas palavras com cautela. — Eu sei que o senhor acha que estou prestes a cometer uma loucura monumental, mas a loucura é minha, não é?

Os lábios dele se abriram levemente.

— É sim.

A Sra. Shepherd lançou um olhar de advertência para o marido.

— Sim, mas você está sob nossos cuidados agora, e é, portanto, nosso dever assegurar que você entenda as consequências de sua escolha. Por favor, considere cuidadosamente antes de avançar com isso.

— Tanglewood parece tão vazia. — Cora disse abruptamente, precisando que eles entendessem. — Quando passei pelos seus muros, parecia que lhe faltava um coração e não senti muito apreço pelo lugar. Mas depois de ter falado com o Sr. Ludlow, me senti... de forma diferente. Eu não acredito mais que Tanglewood não tem um coração. Acredito que está simplesmente partido e precisando de conserto. — Cora pressionou os lábios, tentando transformar suas emoções em palavras. — Eu gostaria muito que a minha vida tivesse um propósito – fazer algo bom, algo de valor, algo que me faça sentir útil e necessária. Esta tarde, foi-me oferecida essa oportunidade e gostaria de aproveitá-la. Minha decisão não é mais sobre fugir ou me fazer parecer menos desejável para pessoas como o Sr. Gowen. Trata-se de descobrir quais capacidades eu tenho fora da sala de visitas e explorar todas e quaisquer possibilidades. Manchar minha reputação é apenas uma vantagem.

O Sr. Shepherd sorriu um pouco.

— Acredito que você é a única jovem dama que eu conheço que vê uma reputação manchada como uma vantagem.

Um sorriso surgiu em resposta nos lábios da jovem.

— Se vocês tiverem a infeliz experiência de conhecer o Sr. Gowen, ouso dizer que também considerariam isso positivo.

— Espero nunca ter essa oportunidade.

A sobrancelha da Sra. Shepherd permaneceu franzida.

— Diga-me, Cora, qual foi a sua opinião sobre o Sr. Ludlow?

— O Sr. Ludlow? — Cora pensou no momento em que tinha posto os olhos no homem. Ela havia notado a altura dele imediatamente e se surpreendeu como ele aparentava ser jovem. Ele não podia ter mais de 30 anos. Também era bonito, mas não da maneira habitual dos cavalheiros. O Sr. Ludlow tinha deixado o seu cabelo crescer mais do que estava na moda e o mantinha um pouco indisciplinado. Mas parecia combinar com sua personalidade, como se ele mesmo fosse um pouco indisciplinado ou até mesmo indomado. Ele se movia e falava com um ar de inteligência e confiança, e os seus olhos verdes a fizeram sentir-se transparente. Quando ele sorriu, uma covinha encantadora apareceu em sua bochecha esquerda. A visão disso teve um efeito desconcertante no estômago dela – quase como cócegas, mas não exatamente.

Cora quase tocou o estômago quando se lembrou disso, mas rapidamente se repreendeu por tal bobagem. Deus, ela estava prestes a ser a governanta do homem, não seu par para a próxima dança. Ela precisava se lembrar do seu lugar e não permitir que sua mente se debruçasse sobre o Sr. Ludlow, apesar de sua aparência agradável e misteriosa.

Cora forçou sua mente a outras coisas que havia notado – sua bondade, profissionalismo e sinceridade – e finalmente deu uma resposta à Sra. Shepherd.

— Eu o achei inteligente, eloquente e justo. Revelei minha inexperiência, ele declarou suas expectativas, e... bem, ele parecia satisfeito o suficiente com minhas respostas para me oferecer uma chance.

— Você foi perfeitamente clara sobre as suas... er... habilidades? A Sra. Shepherd pressionou.

— Ou a falta delas? — Cora sorriu. Se existia algo que ela tinha deixado perfeitamente claro, era isso. — Sim, eu certamente o fiz.

A anfitriã franziu o cenho.

— E ele, ainda assim, lhe ofereceu o cargo.

— Sim.

— Entendo. — A Sra. Shepherd caiu em um silêncio pensativo, não dizendo mais nada. Cora se perguntou o que a Sra. vira que ela não tinha percebido. O Sr. Ludlow estava errado ao oferecer-lhe o cargo? A Sra. Shepherd acreditava que ele tinha perdido o juízo?

Talvez ele tivesse, pensou Cora com uma careta.

Quando a Sra. Shepherd falou novamente, pareceu escolher as palavras cuidadosamente.

— Embora eu não possa compactuar com esse plano, concordo com o Sr. Shepherd que não estamos em posição de lhe dizer o que você deve ou não fazer com sua vida. Se você realmente quer seguir em frente com isso, tudo o que eu posso lhe oferecer é minha esperança de que essa experiência seja tudo o que você gostaria que fosse. Mas caso não seja, ou se você se encontrar em uma situação em que não queira mais estar, saiba que sempre terá um lugar aqui conosco.

— Sim — concordou o Sr. Shepherd. — E gostaríamos muito que nos fizesse uma visita na primeira tarde de folga. Ficaremos muito ansiosos por notícias.

Cora acenou com a cabeça quando um sentimento de nervosismo se instalou nela. A tensão no ar fez parecer que os Shepherds pressentiam algo que ela não percebia. Mas o quê?

— Obrigada por sua bondade comigo — disse Cora. — Se vocês realmente não se importam de ter uma governanta os visitando, eu certamente virei.

— Você poderia vir como uma copeira e nós a receberíamos de braços abertos — disse o Sr. Shepherd.

O coração de Cora se aqueceu com as palavras dele.

— É bom ouvir isso. Tenho muito medo de que quando o Sr. Ludlow perceber a extensão total da minha incompetência, ele certamente me reduziria à copeira.

O comentário produziu um sorriso na Sra. Shepherd. Era algo pequeno, que não alcançava seus olhos, mas era um sorriso mesmo assim. Cora teria que se contentar com isso.

— Você provavelmente receberá alguns uniformes para o trabalho — disse a Sra. Shepherd. — Mas acho que você vai querer algo mais do que o que trouxe para usar nas suas tardes de folga. Como me negou a oportunidade de te levar em um passeio de compras, você permitiria que eu te vestisse com alguns dos meus vestidos mais antigos? Parecemos ter uma altura e tamanho semelhantes. Tenho certeza de que podemos encontrar algumas peças que lhe servirão muito bem.

Cora nunca admitiria isso em voz alta, mas uma das coisas mais difíceis de deixar Danbury – além de se despedir de Lady Harriett – era se afastar de seu vasto guarda-roupa. Seu pai havia insistido que ela estivesse tão bem vestida quanto qualquer um da nobreza, e Cora nunca havia resistido nesse ponto. Que mulher não gostava de ter roupas bonitas para vestir? Era uma das bênçãos da riqueza de que mais sentiria falta.

Ela olhou com gratidão para a Sra. Shepherd.

— Eu gostaria muito.

— Estou feliz em ouvir isso. Por que você não vai até o seu quarto, e eu vou encontrá-la em pouco tempo?

Cora acenou com a cabeça e levantou-se devagar, sentindo-se estranhamente hesitante em sair. Enquanto andava pelo corredor e subia a grande escadaria, ela pensou em como sua vida estava prestes a mudar drasticamente. Hoje, ela era uma convidada bem-vinda e honrada, retornando ao seu luxuoso quarto de dormir. No dia seguinte, assumiria o papel de uma criada – uma que seria obrigada a procurar poeira e discrepâncias em vez de ter liberdade para desfrutar da beleza que a cercava.

Quando chegou ao patamar da escada, Cora percebeu que havia deixado seu chapéu favorito no sofá. Virando-se, ela apressou-se a descer as escadas. Geoffries não estava em nenhum lugar, então Cora levantou a mão para bater na porta da biblioteca, mas parou ao ouvir as vozes do Sr. e da Sra. Shepherd saindo através de uma pequena fenda.

— Mas sabemos tão pouco sobre ele — dizia a Sra. Shepherd. — Ele pode parecer encantador e gentil em compromissos sociais, mas nunca forneceu informações pessoais e ainda é um mistério para todos na cidade. Nós nem sabemos o que o trouxe até Askern, muito menos de onde ele veio. E se não for um cavalheiro? Certamente ele pôde ver que Cora foi bem educada e criada numa condição de alguma riqueza. Um olhar para seu vestido e chapéu tornaria isso muito óbvio, para não falar de seu discurso refinado. Não posso deixar de me perguntar sobre os motivos que o fizeram contratar uma bela jovem que não tem qualquer competência em tarefas domésticas. Eu temo pela segurança dela.

— Minha querida, você deve se acalmar — insistiu o Sr. Shepherd de uma maneira tão tranquila que ele parecia compreender todas as situações. — O Sr. Ludlow sempre se comportou como um cavalheiro, e até que se prove o contrário, ele deve ser considerado como tal. Dito isto, eu acho que já é hora de nos aproximarmos do nosso vizinho, não concorda?

— Sim — disse a Sra. Shepherd. — Eu tenho muitas perguntas que gostaria que ele respondesse.

O Sr. Shepherd riu.

— Você quer dizer entrevistá-lo como ele fez com a nossa Cora?

— Eu apenas acho justo que eu possa fazer isso — ela disse.

Ele riu.

— E nós vamos, juntos. Mas não declaradamente, é claro. Em vez disso, vamos sondar e questionar de uma forma sutil e amigável para que o Sr. Ludlow não seja mais esperto.

— E se detectarmos até mesmo a menor dose de indecência nele, você deve me prometer que removerá Cora de Tanglewood imediatamente.

— Claro que sim. — Um silêncio se seguiu antes que a voz do Sr. Shepherd soasse novamente. — Algo ainda está incomodando você. O que é?

— Eu sinto como se estivéssemos mandando nosso gatinho para os lobos. Talvez eu me preocupe demais.

— Isso é muito louvável, meu amor. Mas vá... Cora certamente a está esperando com os vestidos prometidos.

Cora rapidamente girou, levantou as saias, e correu de volta para as escadas e para o quarto. Ela fechou a porta, respirando fundo. Poucos momentos antes, sentia-se uma mulher confiante e pronta para enfrentar o mundo, mas agora sentia-se como uma adolescente ingênua, uma estudante sonhadora que não tinha noção de como era o mundo real. Seu coração bateu de maneira angustiante, e pela primeira vez desde que aceitou trabalho, Cora experimentou a dúvida.

5

JÁ NÃO ERA SEM TEMPO. — A Sra. Caddy era uma mulher baixa, redonda, com caracóis grisalhos crespos, presos em uma touca branca. Ela estava curvada sobre um grande monte de massa, amassando-a com mãos fortes. Quando ela olhou para cima, sua expressão parecia cansada e abatida, como se a aparição de Cora fosse mais um aborrecimento do que um alívio. — As criadas estão acordadas há horas.

Cora apertou a mão na mala e se lembrou de que ela respondia ao Sr. Ludlow, não à Sra. Caddy.

— O Sr. Ludlow me disse que eu deveria vir de manhã. Ele não especificou um horário, e não pensei que a Sra. gostaria que eu chegasse durante o frenesi dos preparativos para o café da manhã, então eu vim agora.

— Claro que sim. Por que chegar mais cedo, quando você poderia me deixar organizando as bandejas sozinha? — A Sra. Caddy falou, bufando.

Ela utilizou a palavra *bandejas* no plural, como se um regimento de soldados residisse ali e não somente um homem. Cora levantou uma sobrancelha.

— O Sr. Ludlow está recebendo convidados no momento, ou a Sra. quis dizer que eu a deixei com a bandeja *dele* para arrumar? — Cora tentou suavizar suas palavras com um sorriso.

Infelizmente, o sorriso não atingiu o seu propósito. Cora foi premiada com um olhar duro antes de a Sra. Caddy começar a bater na bola de massa. Cora supôs que deveria ficar grata pela mulher ter descontado na massa e não nela.

— A senhora poderia me indicar o meu quarto, Sra. Caddy? — Cora perguntou, não sabendo para onde ir. A criada que tinha atendido a porta a levara à cozinha e saíra sem dizer uma palavra.

— Suba as escadas, primeiro quarto à direita.

— Obrigada.

— Já aviso que o meu quarto é o segundo, e me disseram que meu ronco pode acordar os mortos.

— Naturalmente que sim — Cora murmurou sob seu fôlego, enquanto carregava suas malas em direção às escadas. Com todos os vestidos novos que a Sra. Shepherd lhe forneceu, Cora precisara de mais malas. Ela sentia o peso da bagagem agora.

Um lacaio de cachos loiros e sardas que segurava uma vassoura parou sua caminhada e pegou a mala dela.

— Eu ficaria feliz em ajudar, se quiser. Meu nome é Harry. Acho que você é a nova governanta. Sra. Notley, né?

— Sim, e eu agradeço.

— Não vai fazer nada disso, Harry — chamou a cozinheira. — É melhor acabar de polir essa prata ou Sr. Watts vai polir o seu traseiro.

Harry revirou os olhos.

— Para que não se esqueça, Sra. Caddy, eu recebo ordens do Watts e não da senhora.

— Não seja tolo. Foi o que eu disse, que Watts irá polir o seu traseiro, não eu.

Harry escolheu ignorar o comentário e piscou para Cora.

— Deixe-me ser o primeiro a te dar uma boa recepção em Tanglewood, Sra. Notley. No caso de você ainda não ter notado, as pessoas estão um pouco confusas – a Sra. Caddy é a pior de todas. Aparentemente você está aqui para nos organizar.

— Está mais para organizar *você*. — A Sra. Caddy disse.

— Não ligue para ela — Harry falou alto o bastante para a Sra. Caddy ouvir. — Ela é apenas uma velha rabugenta que não gosta de ninguém e de nada.

Baseado em sua breve interação com a mulher, Cora não podia discordar da avaliação de Harry. Ela o seguiu escada acima, agradecida por pelo menos um rosto amigável. Harry depositou a mala no quarto antes de piscar para ela novamente.

— Você está precisando de mais alguma coisa, Sra. Notley?

— Não, obrigada, Harry. Parece que estou em dívida com você.

O sorriso dele tornou-se diabólico e seus olhos a examinaram. Ele encostou um ombro contra a parede.

— Quão grata você está, exatamente?

Sem apreciar o tom ou insinuação dele, Cora franziu o cenho e cruzou os braços.

— Se você está esperando de mim mais do que um obrigada, Harry, ficará desapontado. Eu sou uma governanta, não uma prostituta.

O rosto de Harry ficou vermelho e seu olhar baixou para o chão.

— Desculpe, Sra. Notley. Eu estava apenas brincando um pouquinho, só isso. Não tive segundas intenções com isso, eu juro.

Cora suspirou, sem querer fazer inimizade com a única pessoa que tinha sido gentil com ela.

— Brincar é muito bom, Harry — disse ela. — Mas não às custas da reputação de uma pessoa. Aceitarei de bom grado as suas desculpas se aceitar a minha oferta de amizade, e só de amizade.

O sorriso dele voltou, junto com um brilho de aprovação em seus olhos. Ele se afastou da parede.

— Eu acho que você está indo muito bem aqui, Sra. Notley. Verdade seja dita, eu ficaria feliz em chamar você de amiga. É difícil vir boas pessoas para cá.

— Amigos, então — ela respondeu, agradecida por ele não ter se ofendido com suas palavras. — Obrigada novamente por sua ajuda com a minha mala.

— Se alguma vez precisar de alguma coisa, basta gritar, e eu venho correndo. — Ele passou por ela e trotou pelas escadas abaixo, os braços um pouco longos balançando desajeitadamente ao seu lado. Ele deveria ser alguns anos mais velho que Cora, mas parecia mais jovem, de alguma forma.

Ela exalou profundamente e entrou em seu novo quarto. Comparado com o que estava acostumada, esse espaço era pequeno e simples, mas também era maior do que ela esperava, provavelmente porque era o quarto da governanta. Havia uma cama, um guarda-roupa e até mesmo uma cadeira confortável. Acima da cama, uma pequena janela com vista para a área selvagem ao lado da casa deixava entrar uma quantidade razoável de luz. Cora sorriu para a vista, sabendo que qualquer tempo livre que ela pudesse ter poderia ser agradavelmente passado ali mesmo.

A jovem apressou-se a desempacotar seus poucos pertences, incluindo os três vestidos extras que a Sra. Shepherd insistira em lhe dar. Eles eram lindas criações em rosa, pêssego e musselina azul, que complementavam a tez mais escura de Cora, adicionando alguma cor alegre ao seu guarda-roupa simples e patético. Em cima do baú, ela encontrou quatro vestidos cinza claro, aventais brancos e algumas toucas. Ela os acariciou com delicadeza, tentando não comparar aquela falta de elegância com os vestidos que havia acabado de desempacotar.

Uma vez instalada, vestiu seu novo uniforme, amarrou o avental na cintura e colocou a touca na cabeça. O pequeno espelho ao lado da cama deu a ela apenas um vislumbre de sua cabeça. Cora virou o rosto de um lado para o outro, examinando seu novo visual. *Não é tão terrível*, ela pensou, mesmo que a roupa a fizesse parecer um pouco pálida.

Sabendo que a Sra. Caddy provavelmente estava trabalhando em um grau ainda maior de impetuosidade, Cora deu uma última olhada no quarto antes de voltar para baixo, onde a cozinheira estava agora estendendo a massa batida sobre a mesa. A jovem se aproximou com cautela.

— Você sabe onde posso encontrar o Sr. Ludlow? — perguntou.

— Ele está examinando a propriedade com o administrador da terra — respondeu a cozinheira. Ela continuou a rolar a massa, não se preocupando em dizer mais nada.

— Oh. — Cora olhou em volta na cozinha, sem saber o que fazer ou para onde ir. O Sr. Ludlow sabia que ela chegaria esta manhã. Certamente, ele não havia pensado que ela poderia assumir seus deveres com a pouca informação que haviam discutido durante a reunião inicial. Cora precisava pelo menos de alguma direção e, pela frieza da recepção da Sra. Caddy, não viria dela.

Sally escolheu aquele momento para entrar na cozinha. Ela deu uma olhada em Cora e seus olhos se estreitaram.

— Suponho que agora vou ter que me reportar a você.

— Sim — respondeu Cora, lutando para fingir uma confiança que ela não sentia. A mulher era pelo menos cinco anos mais velha e mais alta do que ela. Era óbvio que desprezava a possibilidade de se reportar a alguém mais jovem e menos experiente. Se Cora não tivesse cuidado, as coisas entre as duas poderiam ficar complicadas. Ela precisava encontrar uma maneira de "administrar" Sally que não a fizesse sentir-se controlada. — Você é a Sally, não é?

— Sim, *Sra*. Notley. — Sally soou mais depreciativa do que respeitosa.

Cora deixou de lado a irritação da outra e falou em um tom alegre:

— Considerando que é o meu primeiro dia e não estou familiarizada com Tanglewood, eu espero que você esteja disposta a me mostrar um pouco da propriedade.

Sally imediatamente se eriçou e pareceu pronta para dar a Cora uma trégua, mas pareceu repensar sua reação, e o desprezo foi substituído por um olhar prudente. O sorriso que ela ofereceu a Cora era tudo menos genuíno.

— Eu adoraria te mostrar, Sra. Notley.

Cora de repente desejou poder retirar o pedido, mas agora que já tinha sido feito e aceito, tudo o que ela podia fazer era dizer:

— Obrigada, Sally.

— O que acha de começarmos pela copa? — Sally gesticulou para uma porta do outro lado da cozinha e começou a ir em direção a ela, sem esperar por uma resposta.

Cora a seguiu em um ritmo mais lento, esperando ser agredida no momento em que pisasse na sala, mas a criada se manteve a vários passos de distância. Cora não sabia o que pensar dela. Talvez esta fosse a sua maneira de tentar ser simpática? Como governanta, ela tinha o poder de demiti-la, afinal.

Cora olhou ao redor do lugar, observando que parecia tranquilo. E apertado. Uma enorme mesa de madeira estava posicionada no meio do recinto, sustentando todos os tipos de objetos e instrumentos interessantes. Ela nunca tinha visto a maioria deles e não podia imaginar para que eram usados. Havia ervas penduradas em uma corda ao longo de uma parede para secar, e duas paredes estavam forradas com prateleiras cheias de garrafas, frascos e potes de todos os tamanhos e formas. A última parede continha um fogão, que aquecia uma grande panela de alguma coisa. O vapor que subia dela fazia com que a sala ficasse abafada e quente. Cora já começava a transpirar. Ela olhou em volta, tentando não ficar desanimada com a perspectiva de precisar frequentar aquele lugar. Se não fosse pela pequena janela no canto de trás e da luz que ela permitia entrar no cômodo, a jovem poderia considerar demitir-se e voltar para Knotting Tree.

Sally começou a mostrar tudo o que estava na sala – para que cada aparelho era usado, onde as receitas eram guardadas e que ervas estavam penduradas no fio. Em seguida, explicou a grande variedade de produtos comestíveis que eram feitos na copa. Ela usou palavras que Cora nunca tinha ouvido antes e falou tão rápido que parecia uma língua diferente. Não demorou muito para a mente da jovem rodopiar, se espantar e se preocupar. Aquele tecido era usado para enrolar doces ou era um pano de limpeza? O que era destilação, exatamente? Sally tinha dito *barril*? Se assim fosse, para que era usado e como? Cora seria realmente obrigada a saber como recuperar vinhos e fazer bolos? Certamente essa responsabilidade cabia à cozinheira, não? Ela não se lembrava de o Sr. Ludlow ter mencionado nada sobre bolos.

Quanto mais Sally tagarelava, mais presunçosa e arrogante ela se tornava, como se estivesse muito satisfeita por sobrecarregar a nova governanta.

Não demorou muito para que Cora começasse a se perguntar se o martelo de madeira também poderia ser usado para atingir a criada.

Quando Sally finalmente terminou seu discurso, ela teve a audácia de se aproximar de Cora com um balanço em seus quadris e um desafio em seus olhos.

— Você não sabe nada sobre governança, sabe? Aparentemente, a única razão pela qual você ficou acima de mim é porque é mais jovem e mais bonita. Observe e veja. Assim que o Sr. Ludlow se divertir com você, estará fora daqui mais rápido do que Katy Thompson.

Ela propositadamente bateu no ombro da Sra. Notley ao deixar a sala, que a deixou sair sem comentários. Nada de bom viria de um confronto com Sally agora, não quando a mulher estava de mau humor. O pai de Cora e seu temperamento brusco haviam lhe ensinado isso. Mas irritou-a o fato de ter que ficar parada e manter a boca fechada quando tinha muita coisa para dizer à criada. Que tipo de casa era essa? E o que Sally quis dizer sobre Katy Thompson? O Sr. Ludlow era a razão pela qual Katy tinha ido embora? Ele havia se divertido com ela e a jogou fora assim que se cansou? Era por isso que ele tinha trabalhado com tantos criados e o motivo pelo qual os Shepherds pareciam tão preocupados? Cora não conseguia pensar em outra explicação.

Ela franziu o cenho e apertou a mandíbula enquanto a raiva tomava conta do seu espírito. Aparentemente, Harry não era a única pessoa que precisava de esclarecimentos sobre limites.

— A Sra. Notley ainda não chegou, Sra. Caddy? — uma voz profunda e reverberante ecoou da cozinha, soando como um estrondo de trovão.

— Apenas agora — disse a Sra. Caddy.

Antes que a cozinheira pudesse dizer algo mais, Cora saiu propositadamente da copa. Ela quase atropelou uma garota pequena e tímida, que passou por ela. *Era a criada da copa?* Cora se perguntou brevemente antes de deixar o pensamento de lado e focar no homem em frente a ela. Alto e corpulento, com os ombros mais largos que ela já vira, o tronco do homem lembrava a forma de uma caixa. Cora não podia deixar de se perguntar como suas pernas longas e magras sustentavam o peso. Ele parecia sem equilíbrio. Até mesmo seu rosto envelhecido era mais quadrado que oval, com sulcos profundos ao redor da boca e olhos.

Este deve ser Watts, pensou ela.

— Olá — disse Cora. — Eu sou a Sra. Notley.

— Então você finalmente chegou — ele disse.

Cora se absteve de informá-lo que havia chegado uma hora antes.

— Peço desculpas se fiz alguém esperar.

— Seu horário de chegada foi muito conveniente — disse ele de uma maneira formal, sem soar perturbado. — Fui instruído a ampliar seu conhecimento sobre Tanglewood e seus deveres, e só agora consegui ficar livre o suficiente para fazer isso. Se tivesse chegado mais cedo, teria sido obrigada a esperar. Eu sou Watts, o mordomo aqui em Tanglewood.

Sensivelmente tentada a arquear uma sobrancelha para a Sra. Caddy, com um olhar que diria: *Ouviu isso? Meu horário foi conveniente*, Cora preferiu focar sua atenção no mordomo.

— É um prazer conhecê-lo, Watts. Eu vou apreciar qualquer ajuda que possa me dar.

— Vamos começar pelo andar de cima? — ele perguntou. — Como governanta, você vai precisar entender quais são os padrões de exigência que as criadas devem manter. Se um trabalho não for feito corretamente, você e a criada serão responsabilizadas, pois você é a sua supervisora direta.

— Claro que sim. — Cora rezou para que a lista de expectativas para os quartos do andar de cima fosse mais curta e menos estranha para ela do que a da copa.

Watts caminhou para fora da cozinha com passos longos e rápidos, e Cora teve que ser ágil com seus pés para manter o ritmo dele. Os dois chegaram ao grande átrio, assim que a porta da frente se abriu. O Sr. Ludlow entrou, parecendo tão impecavelmente vestido e bonito quanto na primeira reunião. Ele acenou com a cabeça para Watts e Cora antes de tirar as luvas de montar e entregá-las a um valete ou a um criado de libré – Cora não podia ter certeza. O criado apenas aceitou as luvas e desapareceu no corredor.

— Bom dia, Sr. Ludlow. — A voz de Watts expandiu-se pelo vasto espaço, enchendo-o de uma riqueza que Cora achou estranhamente reconfortante.

— Bom dia, Watts. — O olhar do Sr. Ludlow deslizou para Cora. — Para você também, Sra. Notley. Espero que tenha se sentido bem-vinda e que não tenha ficado muito sobrecarregada no seu primeiro dia aqui. Seu traje parece servir muito bem.

— Sim — disse Cora com firmeza. Foi apreciação que ela percebeu no olhar dele? O pensamento a irritou ainda mais, e ela decidiu falar com ele o mais rápido possível. — Senhor, há um pequeno assunto que gostaria de discutir quando tiver um momento.

O Sr. Ludlow pareceu um pouco surpreso, e Watts imediatamente veio em seu socorro.

— É algo que talvez eu possa ajudá-la, Sra. Notley? O Sr. Ludlow é um homem ocupado.

— Eu entendo — disse Cora. — Mas receio que este seja um assunto que só o Sr. Ludlow pode esclarecer para mim, e não é urgente, de forma alguma. Qualquer momento livre será suficiente.

Depois de uma breve hesitação, o Sr. Ludlow indicou com um gesto uma bela sala localizada ao lado do grande hall.

— Tenho alguns minutos, Sra. Notley. Você gostaria de se juntar a mim na sala de estar?

— Oh, eu não quis dizer... — Cora lançou um olhar preocupado para o mordomo. Ela não esperava que a conversa fosse realizada imediatamente com seu empregador. — Watts estava prestes a me mostrar...

— Se agora é conveniente para o Sr. Ludlow, é conveniente para mim — disse Watts. — Você pode me encontrar na cozinha assim que terminar sua conversa.

Cora acenou com a cabeça e seguiu o Sr. Ludlow até a sala de estar. Ele fechou as portas e se manteve na frente delas com os braços cruzados, parecendo muito mais intimidador do que tinha sido durante a última reunião. Ele não disse nada, apenas levantou uma sobrancelha e esperou.

Pega desprevenida, Cora olhou para ele, tentando organizar seus pensamentos em palavras. Depois de alguns instantes de silêncio desajeitado, ele perdeu a paciência.

— Sobre o que gostaria de falar comigo, Sra. Notley? Ou devemos ficar aqui olhando um para o outro a tarde toda?

Sem saber como começar, Cora disse:

— Por que o senhor me contratou?

Ele piscou algumas vezes antes de franzir o cenho.

— Eu acredito que deixei isso perfeitamente claro. Você vai ser a governanta, não vai?

Isso seria mais difícil do que ela imaginava.

— Sim, é claro, mas tem havido algumas conversas, ou melhor, preocupações expressas... — Como é que alguém poderia colocar isso de forma delicada?

— Sobre... — ele insistiu, obviamente descontente por seu ritual da manhã ter sido perturbado.

— Sobre os motivos pelos quais me foi oferecida a posição — ela disse rapidamente, esperando que seria suficiente para fazê-lo entender o queria dizer.

Infelizmente, as sobrancelhas dele se uniram, confusas.

— O que está dizendo, Sra. Notley? Eu a contratei para realizar certos deveres que esperançosamente farão minha casa funcionar com maior fluidez. Que outra razão eu possivelmente poderia ter para oferecer-lhe a posição?

— O senhor me contratou para fazer um trabalho para o qual não estou capacitada — disse ela. — Embora eu seja grata pela oportunidade, também acho necessário esclarecer que vim aqui para ser uma governanta e apenas uma governanta. Mesmo que eu seja jovem e... — Sua voz se dissipou. Teria ela quase se referido a si mesma como bonita? Deus, aquilo estava ficando muito embaraçoso.

— Linda? — ele finalmente sugeriu, não parecendo gostar da direção que a conversa estava tomando.

— Eu ia dizer não repulsiva — ela mentiu.

— Muito bem — ele disse. — Mesmo que você seja jovem e não repulsiva... — Ele moveu sua mão em um gesto circular, instando-a a terminar o seu pensamento.

Cora endireitou os ombros e obrigou-se a continuar.

— Eu não sou o tipo de jovem que iria... confraternizar com seu empregador. — O rosto dela estava impregnado de calor, mas forçou seu olhar a permanecer firme.

— Entendo. — Ele andou lentamente em direção a ela, esfregando o queixo com a mão. A poucos passos de distância, ele parou e olhou para ela com curiosidade.

— Fiz alguma ação imprópria em relação a você?

— Não, senhor.

— Eu falei com você de uma maneira pouco profissional?

— Não.

— *Olhei* para você de uma maneira que a fez se sentir desconfortável?

— Não. — Cora pensou em como ele havia notado que o vestido dela servira bem, mas seria ridículo mencionar algo tão inconsequente. De repente, ela desejou não ter sentido necessidade de esclarecer nada. Ele fez com que ela se sentisse como se tivesse colocado o carro à frente dos bois, quando, na verdade, o que ela fez foi ver que o carro e os bois simplesmente estavam em seus devidos lugares. Isso fora assim tão errado?

— Posso perguntar quem, exatamente, a levou a acreditar que eu sou o tipo de homem capaz de, como você disse? *Confraternizar* com minhas criadas?

— Prefiro não dizer, senhor. — Embora Cora não sentisse lealdade para com Sally, ela se recusou a trazer os nomes do Sr. e da Sra. Shepherd para a conversa. — Eu não queria manchar seu nome ou causar qualquer ofensa, Sr. Ludlow. Apenas queria deixar meus sentimentos claros sobre o assunto.

— E você o fez.

— Ótimo. — Cora fez uma rápida reverência, ansiosa para fugir. — Eu vou procurar Watts agora.

Ela estava quase na porta quando a voz dele a parou.

— Mais uma vez, você está tentando fugir antes que tenhamos terminado nossa conversa.

Lentamente, ela virou-se e levantou os olhos para os dele.

— Eu nunca fugi, senhor.

— Como você chamaria essa sua rápida saída?

— Uma rápida saída — ela disse depressa, fazendo-o rir. — Peço desculpas. Eu pensei que nossa conversa tinha terminado.

— Não — ele disse. — Você apenas desejava que ela terminasse.

— E o senhor não? — Como ele poderia não querer deixar essa conversa embaraçosa para trás?

— Eu só acho justo que me deem a oportunidade de explicar meus pensamentos sobre o assunto.

Cora apertou os dedos e fez o seu melhor para não se preocupar.

O olhar do Sr. Ludlow se voltou para o tapete, e ele começou uma caminhada lenta e constante ao redor da pessoa dela como se estivesse pensando profundamente. Uma vez circulado todo o caminho, ele parou na frente dela e olhou diretamente nos seus olhos.

— Sra. Notley, eu gostaria que você soubesse que sua juventude, inexperiência, e... não-repulsividade — os lábios dele torceram um pouco quando disse isso — não pesaram nada a seu favor. Na verdade, eles pesavam *contra* você. O que mais me impressionou foi a sua integridade. Essa não é uma característica que uma pessoa pode aprender, como por exemplo aprender a fatiar um presunto ou organizar uma bandeja. Ao contrário, é uma qualidade que vem de dentro e tem um valor muito maior do que a experiência, idade, ou... beleza. — Ele sorriu, revelando a covinha encantadora.

Cora de repente sentiu como se seu coração fosse sair do peito. Ele bateu e bateu, ecoando alto em seus ouvidos. Ninguém jamais havia olhado para ela com tanto calor ou a elogiado com um discurso tão claro. Ela não podia deixar de se sentir atraída por ele de uma maneira que não era apropriada para a nova posição dela. A jovem imediatamente quebrou o contato visual.

— Obrigada por me explicar, Sr. Ludlow. Isso alivia muito a minha mente. Eu me esforçarei para não desapontar a confiança que o senhor depositou em mim.

— Tenho certeza que sim.

Ela se recusou a olhá-lo, preocupada que ele visse sua atração escrita claramente em seu rosto. Se ao menos ela pudesse achá-lo um pouco repulsivo.

— Estou dispensada agora, senhor?

— Você pode ir.

— Obrigada. — Ela fez uma rápida reverência e fez absolutamente o seu melhor para não correr da sala.

6

—O Sr. Ludlow está pedindo para ver você na sala de visitas, Sra. Notley. — A maneira alegre com que Sally falou sinalizou para Cora que o que quer que seu empregador quisesse falar com ela, não seria bom.

Cora deixou de lado o martelo que estava usando para bater açúcar e abriu e fechou as mãos, tentando aliviar a dor nas palmas e nos dedos. Os calos já começavam a se formar. Seu corpo cansado doía em lugares que ela não achava que pudesse doer, e tinha precisado de cada gota de força que possuía para se retirar de sua cama naquela manhã. Era um tipo de cansaço bom – o tipo que a deixava cansada demais para temer o que estava por vir. O único pensamento sobre *O que eu fiz agora?*, era mais fraco do que inquieto.

A primeira semana de trabalho de Cora foi desastrosa. Parecia que ela estava destinada a aprender a maneira correta de fazer as coisas ao executá-las de forma completamente errada. No dia em que fora ao mercado, ela tinha feito o que achava ser uma excelente pechincha com um corte particularmente macio de carne bovina, mas ao voltar para Tanglewood, a Sra. Caddy olhou para o pacote e jogou-o no lixo. Ela começou a dar à Cora uma grande lição sobre desperdiçar bons xelins em uma carne que não servia nem mesmo para os animais. Ela não explicou por que não era adequada para humanos ou animais, apenas repreendeu Cora por vários minutos, como se uma palestra pudesse impedi-la de comprar carne ruim novamente. Foi Watts quem a afastou finalmente, oferecendo um bom tutorial sobre a cor e as qualidades que ela precisava procurar na carne fresca e como se negociava um preço justo. A estima de Cora por Watts cresceu muito depois disso.

Nem um dia depois, uma toalha de mesa branca que ela havia levado para lavar, emergiu da água com uma tonalidade lavanda. *Lavanda*, na casa de um solteiro! Quando Cora se virou para Watts para pedir ajuda, ele mergulhou a mão no tanque e pegou um punhado de pétalas de flores ensopadas, segurando-as para inspecionar.

— As flores podem dar ao pano um aroma agradável, mas certamente você sabe que a cor vai sangrar das pétalas e tingir o pano permanentemente. Receio que agora seja impossível devolver a isso sua antiga cor branca.

Cora achou necessário defender-se.

— Eu posso ser inexperiente, Watts, mas não sou uma selvagem. Sei como se tinge o pano e não acrescentei essas pétalas ao lavatório. Eu apenas misturei o sabão com um pouco do pó daquele frasco, como a criada da lavanderia me ensinou a fazer.

— Talvez da próxima vez devesse certificar-se de que não há pétalas no tanque antes de começar.

Cora quase lhe disse que o tanque estava limpo – ela se certificara disso –, mas então se lembrou de que não havia sacudido o pano antes de adicioná-lo à água. Alguns dos crisântemos roxos que ela tinha usado como decoração da mesa na noite anterior devem ter sido levados junto com o tecido, então no fim era mesmo sua culpa.

Cora olhou para o tecido encharcado e arruinado. Talvez o Sr. Ludlow viesse a desfrutar daquele tom particular de lavanda? O olhar simpático no rosto de Watts não lhe deu muita esperança.

Infelizmente, aquilo não foi o fim dos seus infortúnios. Ela também havia queimado sua primeira fornada de bolos e enchido a cozinha com uma fumaça malcheirosa que ficou no ar pelo resto do dia, e, de acordo com a Sra. Caddy, deu a cada refeição um sabor pungente. Depois disso, havia o vaso quebrado, a cortina da cozinha que pegara fogo quando ela colocou uma vela acesa muito perto, e sua primeira tentativa de um chá restaurador dera errado. O Sr. Ludlow havia enviado o chá de volta imediatamente, junto com uma nota para Cora que dizia:

O chá pode não ter ajudado a dor em minha cabeça, mas certamente restaurou meu vigor. Eu nunca fugi da minha cama tão rapidamente.

Cora não tinha muita certeza sobre o que pensar de tal missiva, pelo menos não até que Harry tivesse experimentado o tal chá. Ele correu imediatamente à pia e cuspiu-o fora.

Foi isso que ele quis dizer com fugir, pensou Cora de forma sombria.

— Que porcaria você colocou nisso? — Ele suspirou, bebendo uma caneca de cerveja para afastar o sabor.

Cora descobriu mais tarde que tinha adicionado pimenta de caiena e não canela, como a receita pedira. Mas, em sua defesa, os dois potes tinham sido colocados incorretamente nas prateleiras e eram tão parecidos que ela não percebeu a diferença até que mergulhou o dedo no chá e provou ela mesma. O calor que queimou sua língua lhe sinalizou que algo diferente de canela havia sido adicionado.

Isso tinha sido no dia anterior, e agora, apenas horas antes de sua primeira tarde de folga, Cora estava sendo convocada por mais um problema. Por que outra razão o Sr. Ludlow estaria pedindo uma audiência com ela a esta hora da manhã? Se tudo estivesse correndo como deveria, ele a deixaria ir.

Do lado de fora do escritório do Sr. Ludlow, Cora ergueu os ombros e entrou, reunindo toda a força que ainda possuía. O patrão estava sentado em uma grande cadeira com encosto, olhando para uma bandeja de rolinhos doces que a Sra. Caddy tinha feito.

— Sente-se, Sra. Notley, — ele disse, gesticulando para a poltrona em frente a ele.

Cora afundou devagar, olhando-o com apreensão. Ele não parecia zangado ou irritado, apenas pensativo. Isso era bom ou ruim? Talvez ele quisesse apenas discutir com ela os próximos planos.

Ele pegou um prato contendo um dos rolinhos doces e o entregou para Cora.

— Posso te oferecer um lanche?

Ela balançou a cabeça lentamente, achando muito estranho da parte dele dizer tal coisa para a governanta. A Sra. Caddy tinha feito aquilo para as visitas, não para as criadas.

— Não, obrigada, senhor. Eu não estou com fome.

— A Sra. Caddy é bastante famosa por estas bandas pelos seus rolinhos doces. Você realmente deveria pelo menos experimentar um.

Assim persuadida, Cora aceitou o prato e deu uma pequena mordida no rolinho. A massa era leve e maravilhosa, mas a compota de amora – aquela que Cora tinha feito apenas dois dias antes – lhe deu um sabor marcante e salgado que a fez tremer e quase sufocar. Ela teve que se forçar para engolir a mordida e imediatamente desejou uma xícara de algo para lavá-la.

O Sr. Ludlow ofereceu-lhe um chá, que ela aceitou com gratidão.

— Essas compotas estão horríveis — ela finalmente gaguejou, seu rosto esquentando de vergonha.

Ele se encostou no espaldar da cadeira e apoiou as mãos nos braços.

— Estou feliz por estarmos de acordo quanto a isso. Eu poderia ter pensado que era apenas eu, mas meu recente visitante, o Sr. Shepherd, pareceu ter pensamentos semelhantes sobre o rolinho, considerando que uma mordida foi tudo o que ele deu também.

Cora se endireitou com a notícia. Parecia que ela tinha visto os Shepherds fazia muito tempo, e a simples menção do nome deles fez com que ela ansiasse por mais.

— O Sr. Shepherd esteve aqui? — ela perguntou, percebendo tardiamente o quão estranha deve ter sido a sua pergunta.

O Sr. Ludlow ergueu a sobrancelha.

— Você o conhece?

Cora hesitou com a resposta, escolhendo as palavras com cuidado.

— Eu sei que ele é muito apreciado pelos seus criados. Katy havia falado sobre seus patrões e sobre como eles eram queridos por todos na casa. — Pelo breve espaço de tempo em que Cora conhecia os Shepherds, eles também se tornaram queridos para ela. — Senhor, lamento muito pela compota. Não sei o que aconteceu.

— Eu me arriscaria a adivinhar que você confundiu o sal com açúcar — disse ele.

— Sim, eu também cheguei a essa conclusão — disse Cora. O que não compreendeu era como o sal tinha ido parar no frasco do açúcar, pois ela estava certa de que havia lido a etiqueta corretamente – ou, pelo menos, pensou que tinha. Aparentemente, ela nunca mais poderia ter certeza de nada. Aquilo só servira para colocá-la em apuros. Seria o fim de tudo, então? O Sr. Ludlow estava finalmente farto dela depois de apenas uma semana?

Cora estava sentada com os dedos cruzados no colo, esperando que ele lhe dissesse isso. Mas o homem continuou a olhar para a bandeja de rolinhos doces, enquanto esfregava o queixo pensativo.

Finalmente, os olhos dele se fixaram nos dela, e ele levantou uma sobrancelha.

— O que foi? Não há como fugir dessa vez?

— Eu não fui dispensada, senhor — ela disse.

Os cantos da boca do Sr. Ludlow se levantaram levemente – não o suficiente para a covinha aparecer, mas o suficiente para Cora notar que ele aprovou a resposta dela.

— Então você pode ser ensinada — disse ele.

— Eventualmente — ela respondeu.

Ele emitiu um pequeno riso.

— Fico feliz em ouvir isso. Convidei alguns parceiros de negócios para visitarem Tanglewood na próxima sexta-feira e gostaria muito que tudo corresse da forma mais tranquila possível. Eles estarão aqui o fim de semana inteiro.

Ela piscou para ele algumas vezes antes de suas palavras serem registradas, e percebeu que não estava sendo demitida de seus deveres – pelo menos não naquele momento.

— Eu entendo, senhor. — Cora engoliu, também percebendo a pressão a que estaria sujeita para garantir que tudo correria bem para seus convidados. Teria ele dito um fim de semana inteiro? — Eu vou me certificar de provar toda a comida antes de ser servida para o Sr. e seus convidados.

— Eu apreciaria isso — disse ele. Cora acenou com a cabeça, esperando que ele dissesse que ela poderia sair. Como se estivesse lendo seus pensamentos, ele acrescentou: — Você pode ir, Sra. Notley.

Ela imediatamente se levantou e foi para a porta, mas ele a chamou de volta assim que os dedos dela tocaram na maçaneta.

— Sra. Notley, você poderia fazer a gentileza de levar essa bandeja de rolinhos doces?

O rosto dela estava cheio de calor. Ela deveria ter pensado nisso sozinha.

— Certamente, Sr. Ludlow.

— Provavelmente seria sensato não dar à Sra. Caddy a oportunidade de provar isso também.

— Eu já tinha chegado a essa conclusão, senhor — disse Cora quando pegou a bandeja. — Eu pensei que os porcos poderiam gostar deles.

Ele sorriu.

— Tenho certeza de que a Sra. Caddy ficaria feliz em saber que o trabalho de sua manhã foi para criaturas tão dignas.

— Eu não vou dizer a ela se você não o fizer. — Cora temia que ela estivesse ultrapassando os limites ao dizer isso, mas pelo brilho de humor nos olhos dele, O Sr. Ludlow não achou o comentário dela fora da linha.

— E se os porcos decidirem que querem doces – ou melhor, salgados – todas as manhãs? — ele perguntou.

— Considerando que eu fiz uma dúzia de potes com essas compotas específicas, isso não deve ser um problema. — Cora franziu o cenho com a lembrança, perguntando como ela iria remover todos os vestígios da compota salgada sem a Sra. Caddy notar.

O Sr. Ludlow deu uma gargalhada. Sua covinha apareceu, fazendo com que o estômago dela se torcesse em nós prazerosos. Ele era muito bonito.

— Talvez quando os porcos forem para o matadouro, a carne já contenha sal suficiente para ser conservada.

— Senhor, você não deve dizer coisas tão vulgares na frente de uma Lady — ela provocou, desfrutando da brincadeira muito mais do que deveria. No momento em que sua expressão se tornou curiosa, ela percebeu seu deslize.

— Você *é* uma Lady, Sra. Notley?

Ela não tinha a intenção de insinuar tal coisa, nem de dizer algo que ele poderia considerar como um flerte. Ela culpou sua exaustão pela língua solta e sabia que precisaria se proteger melhor no futuro.

— Eu sou uma governanta, senhor. Isso é tudo. — Com a bandeja equilibrada nos braços, ela virou-se e saiu da sala. Felizmente, ele não a chamou de volta.

Quando Cora voltou para a cozinha depois de alimentar os porcos com todos os vestígios dos rolinhos salgados, ela viu uma criada colocando o que sobrara deles em uma cesta, com Watts supervisionando seu progresso. Ele chamou Cora e deu a ela um indício de um sorriso perspicaz.

— Sra. Notley — ele disse. — Estou feliz que você finalmente esteja aqui. O Sr. Ludlow gostaria que estes rolinhos, junto com suas... saborosas compotas, sejam levados para aqueles que possam ter mais necessidade deles do que nós.

Cora estava mais do que feliz em aprovar este plano e fez uma nota mental para agradecer ao Sr. Ludlow por sua consideração na próxima vez que o visse.

— Eu não sei por que precisam ser todos — resmungou a Sra. Caddy. Ela lançou um olhar ansioso para a cesta e acrescentou: — O Sr. Ludlow normalmente nos dá o que sobrou.

— Ele lamenta não poder fazer isso com esse lote — disse Watts. — Mas se não for muito problema, Sra. Caddy, ele pediu que você faça alguns de seus maravilhosos bolos de Banbury para compartilhar com a equipe como um substituto, contanto que se lembre de usar canela e cravo-da-índia e não caiena. — Watts deu a Cora uma piscadela sutil, e ela se viu sufocando um sorriso conspiratório. Ele tinha vindo em seu auxílio mais de uma vez, à sua maneira paternal e gentil, e ela não podia negar que estava ficando muito próxima dele. A Sra. Caddy não entendeu o comentário e imediatamente se eriçou.

— Eu nunca confundi caiena com canela!

— Esses são os rolinhos doces feitos com as conservas de amora da Sra. Notley? — Sally perguntou quando entrou na cozinha. Normalmente, o mero som de sua voz eriçava os nervos da Sra. Notley, mas desta vez foi uma interrupção bem-vinda – pelo menos até o momento em que Sally pegou um dos rolinhos da cesta.

— Acho que vou provar. — Ela deu uma pequena mordida e imediatamente cuspiu, fazendo uma espécie de barulho que não soava como uma senhorita. Cora poderia ter rido se não fosse pelo olhar azedo no rosto de Sally. — Céus, o que você fez com essas amoras? Afogou-as em sal?

Cora achou que o comentário pareceu bastante suave para ela.

— Eles vão durar por muito mais tempo agora, não vão?

Sally estava radiante.

— Eu achei que mesmo as pessoas simples sabiam a diferença entre sal e açúcar.

Cora suspirou, perguntando-se se Sally tinha algum senso de humor. Como a vida seria sombria se não se pudesse ver a comédia em situações como aquela. Por apenas um momento, ela se viu com pena de Sally.

— Do que você está falando? — As pernas curtas da Sra. Caddy caminharam em direção a ela. — O que há de errado com os meus rolinhos?

— Nada mesmo, tenho certeza. — Sally dirigiu um olhar de triunfo para Cora. — O problema são as compotas da Sra. Notley.

A Sra. Caddy deu uma mordida, e sua boca imediatamente torceu em repulsa, parecendo um pouco com um monte de massa que tinha sido esmurrada no meio. Ela olhou para Cora.

— Você sabia e ficou aí parada, deixando Watts entregar esses rolinhos – *meus* rolinhos – aos moradores, para que eles pensassem que eu cozinho desse jeito deplorável?

— Claro que não — disse Watts. — Estes vão para as cabras, não para os aldeões.

— Cabras! — A Sra. Caddy choramingou, com o rosto ficando vermelho.

Cora se encolheu, imaginando o que a Sra. Caddy diria se descobrisse que os primeiros já haviam sido dadas aos porcos.

— As cabras comem qualquer coisa — disse Watts de bom humor. — Mas se considera isso um desperdício, talvez tenha uma sugestão melhor?

Os dedos gorduchos da Sra. Caddy formaram punhos, enquanto ela olhava para o mordomo.

— Acho que a Sra. Notley deveria ser obrigada a comer todos, até as últimas migalhas. Então ela vai aprender a fazer compotas.

Watts pareceu não gostar do comentário. Seus olhos se estreitaram, e sua voz se tornou dura e firme.

— Acho bastante interessante, Sra. Caddy, que não tenha experimentado as compotas antes. Você geralmente se serve de algumas amostras de comida enquanto a prepara. Alguém poderia achar que enviou esses rolinhos para o Sr. Ludlow e seu convidado sabendo que gosto tinham.

— Como se atreve a me acusar de tais coisas! — A Sra. Caddy se irritou, o rosto dela ganhando um tom de roxo incomum.

— E como se atreve a esperar a perfeição de uma jovem que não é tão experiente quanto você? Aposto que suas primeiras tentativas de fazer pães doces também não correram muito bem. Talvez se você se lembrasse disso, e percebesse que a Sra. Notley está fazendo o seu melhor, seria mais gentil e mais útil para que ela possa aprender seus deveres melhor, em vez de fazê-la se sentir pior a cada tentativa.

A Sra. Caddy não tinha nada a dizer sobre isso. Apertou sua mandíbula e voltou ao trabalho, cortando os vegetais com força. Cora resistiu à vontade de aplaudir e atirar os braços ao redor de Watts. Ele tinha acalmado o tumulto com um punhado de frases, e até mesmo Sally parecia achar que era melhor fugir. Cora esperava que isso significasse que o assunto das compotas salgadas de amora seria encerrado para sempre.

Ela enviou um sorriso para Watts, disse *"obrigada"* e pegou uma cesta do balcão com a finalidade de colher mais amoras. Mesmo que estivesse livre para sair em uma hora, Cora queria tentar corrigir seu último erro. Se ela tivesse que passar algumas horas de sua tarde de folga fazendo mais compotas de amora, que assim fosse. Com alguma sorte, tudo ficaria bem e ela ainda poderia aparecer em Knotting Tree para uma visita rápida aos Shepherds. Depois daquela semana, ela precisava ver seus rostos bondosos novamente.

De canto do olho, ela avistou Alice, a criada da copa, esfregando uma panela na pia. Cora hesitou na porta, sem saber o que fazer com a jovem. Era evidente que ela era uma trabalhadora árdua, mas só falava quando se dirigiam a ela e sempre era cautelosa em suas respostas. Não querendo causar-lhe uma angústia desnecessária, Cora tinha deixado a moça se dedicando aos seus afazeres, enquanto tentava aprender os seus. Mas vendo a jovem curvada sobre a pia, Cora se perguntou se Alice também se sentia como uma forasteira.

— Alice — disse Cora, fazendo a pobre menina pular e girar ao redor. Ela tinha um olhar ansioso como se tivesse medo de ser repreendida por esfregar panelas. Cora pegou outra cesta e segurou-a para ela. — Estou pensando se você poderia se aventurar comigo a pegar mais algumas amoras. Está um dia lindo, e acho que o ar livre vai nos fazer bem. Se você puder, eu também gostaria de usar sua ajuda para fazer mais compotas. Algo me diz que você sabe muito mais sobre a diferença entre sal e açúcar do que eu.

A expressão da jovem relaxou um pouco, e ela cautelosamente aceitou a cesta. Cora considerou isso como um bom sinal e sorriu enquanto levava Alice para fora. Talvez hoje não fosse o final de uma semana terrível. Pelo contrário, seria um recomeço feliz.

7

—Sra. Notley! — A voz estridente da senhora Caddy soou da copa, fazendo Cora querer ignorá-la e correr de volta lá para cima, onde estava inspecionando os quartos para os três convidados que chegariam a qualquer momento.

Ela respirou fundo e seguiu a voz da Sra. Caddy, esperando que o humor da mulher estivesse mais alegre do que soava, mesmo que ela soubesse que não seria o caso. Os comentários de Watts tinham dado fim à questão das compotas salgadas, mas não fizera nada para melhorar as relações entre ela e a Sra. Caddy. Cora continuou a se sentir como a sujeira sob as unhas da mulher.

Sua segunda semana tinha sido um pouco melhor do que a primeira, só porque Cora tinha aprendido a confiar mais nos talentos de Alice. A jovem era uma maravilha. Os novos lotes de compotas de amora tinham ficado muito melhores e ela estava ensinando a Cora os métodos mais eficientes de secagem e engarrafamento de ervas, juntamente com como fazer uma massa adequada para confeitaria.

Fora da copa, porém, Cora tinha fritado o Bife Chateaubriand de forma inadequada, entornado vinagre no corpete do seu único vestido limpo e chegara atrasada ao mercado, resultando em limões menos frescos para a sobremesa de creme de limão. A Sra. Caddy não ficou nada feliz com aquilo e não perdeu tempo expressando sua desaprovação ao Sr. Ludlow.

Agora ela esperava que Cora viesse correndo quando a chamasse, e era precisamente por isso que Cora queria ignorá-la e ir para o outro lado. Ela tomou coragem e entrou na sala.

— Você chamou, Sra. Caddy?

Os movimentos da cozinheira eram frenéticos, enquanto ela vasculhava os frascos de especiarias.

— Onde está o tomilho? Eu preciso dele para o ragu. — Ela pegava garrafa após garrafa, abaixando cada uma com uma batida.

Cora se aproximou dos frascos com uma expressão de desaprovação, frustrada pelo fato de que as fileiras, outrora arrumadas, não estavam mais ordenadas.

— Está aqui em algum lugar. Se você não tivesse misturado tudo, eu poderia encontrá-lo imediatamente. Eu guardo o tomilho aqui ao lado do açafrão.

— Bem, não está aqui agora, ou está? E eu não misturei nada.

Seria inútil discutir com a Sra. Caddy, então Cora ignorou o comentário e inspecionou todos os potes, com a certeza de que veria o frasco em breve. Mas, como a Sra. Caddy dissera, o tomilho não foi encontrado.

Cora estudou cuidadosamente o alinhamento.

— Eu não entendo. Onde mais poderia estar se não fosse aqui?

— Se tem alguém que deve saber, é você.

Com um suspiro, Cora começou a olhar nos armários e gavetas em busca do frasco perdido. Teria Alice colocado em algum lugar errado? Se ela não estivesse no jardim colhendo cenouras, Cora teria perguntado a ela – não que fizesse alguma diferença. Alice sempre colocava tudo de volta no lugar certo.

— De quanto tomilho você precisa, Sra. Caddy? — Cora perguntou finalmente, quando não conseguiu encontrar a erva que faltava. — Vou arrancar um pouco do jardim imediatamente.

— Não quero fresco! Precisa ser seco! É a única receita que eu já fiz e não posso tentar algo novo, não quando o Sr. Ludlow tem convidados importantes nesta noite.

Cora não tinha conhecimento suficiente em assuntos culinários para saber se as ervas frescas faziam uma substituição adequada para as ervas secas. Parecia que sim, mas ela teria que acreditar na palavra da Sra. Caddy de que as duas não eram substituíveis.

— Deixe-me perguntar à Alice se ela sabe onde está o frasco.

— Mas eu preciso dele agora! — A Sra. Caddy disse. — O caldo de carne precisa ficar em repouso por pelo menos quatro horas para ter algum sabor.

— Eu entendo — disse Cora. — E faremos o nosso melhor para que você tenha seu tomilho o mais rápido possível.

A Sra. Caddy saiu de repente, e Cora foi até os jardins onde descobriu, com muita pena, que Alice não tinha noção de onde a erva tinha ido parar. Juntas, elas voltaram para a copa e percorreram cada frasco em cada prateleira, mais uma vez sem sorte.

Naquele momento, a Sra. Caddy estava torcendo as mãos, enquanto caminhava ansiosamente pela cozinha.

— O que vou fazer? Eu não posso fazer ragu sem tomilho!

Sem saber para onde mais olhar, Cora conseguia pensar em apenas uma solução.

— Vou imediatamente à Knotting Tree pedir emprestado um pouco da cozinheira de lá — ela disse.

Isso teve um efeito perplexo sobre a Sra. Caddy. Ao invés de parecer aliviada, ela levantou sua colher de madeira e sacudiu-a com raiva em direção a Cora.

— Eu nunca vou pedir nada emprestado de uma mulher como aquela! Ela acha que é a Rainha da Inglaterra! Eu servirei ragu sem tomilho antes de ir mendigar a ajuda dela.

— Maravilhoso — disse Cora. — Vamos então sem o tomilho.

O rosto da Sra. Caddy se contorceu em um olhar de pura indignação.

— Você está louca? Eu não posso fazer isso ou o ragu não terá sabor nenhum!

Cora sentiu que sua paciência começava a desaparecer. Obviamente não havia como apaziguar a mulher quando ela estava nesse estado. Talvez Cora pudesse preparar uma xícara de chá com láudano e coagir a Sra. Caddy a beber. Ela poderia colocar a cozinheira na cama e tentar fazer o ragu ela mesma usando tomilho fresco. Certamente que o sabor seria melhor, não seria? Cora realmente não sabia.

— Bem, Sra. Caddy, o tomilho seco não pode ser encontrado neste momento, então se você não está disposta a usar o tomilho fresco ou mesmo a pedir emprestado na propriedade vizinha, a única outra opção é trocar o menu de hoje pelo de amanhã e fazer o porco assado com maçãs esta noite. Alice e eu vamos encontrar um pouco de tomilho seco para amanhã à noite.

— Mas o Sr. Ludlow disse que tem que ser o ragu hoje à noite e o porco amanhã —argumentou a Sra. Caddy.

Cora mal se absteve de levantar a voz.

— Que diferença fará se eles forem trocados? Atrevo-me a dizer que o Sr. Ludlow nem sequer vai se lembrar.

A Sra. Caddy abriu a boca para protestar, mas pareceu pensar melhor e apertou os lábios juntos em uma carranca.

— Você pode estar certa. — Cora nunca tinha ficado tão surpresa em sua vida. Ela quase pediu à Sra. Caddy para repetir as palavras só para ter certeza.

— Maravilhoso. Agora que já resolvemos isso, há alguma coisa que eu possa fazer para ajudar nos preparativos do jantar desta noite?

Esperando um comentário rude sobre não precisar do tipo de ajuda que a governanta oferecia, Cora ficou mais uma vez atordoada quando a Sra. Caddy colocou um cesto de maçãs na mesa em frente a ela.

— Eu preciso de maçãs descascadas rapidamente, como um piscar de olhos. Acha que pode fazer isso?

Cora não podia deixar de sorrir.

— Eu posso não ser tão rápida quanto isso, mas vou fazer o meu melhor.

A Sra. Caddy grunhiu, entregou uma faca a Cora, e saiu correndo para preparar o porco. Sentindo-se estranhamente vitoriosa – ou, pelo menos, esperançosa de que a vitória viesse um dia – Cora pegou uma maçã e começou a descascar.

Os pratos do jantar foram devolvidos nem cinco minutos depois de terem sido enviados para cima, tão cheios quanto estavam quando subiram. Cora franziu o cenho quando dois criados carregaram as bandejas de volta para a cozinha e as colocaram sobre a mesa. O Sr. Ludlow estava logo atrás, passando por ela sem olhar. Ele não parecia muito feliz, o que gerou um nervosismo na cozinha. Cora percebeu aquilo no tremor das mãos, nas respirações e no súbito silêncio que se abateu sobre o lugar.

— Sra. Caddy — ele disse, sua voz profunda soando severa. A Sra. Caddy pressionou as palmas das mãos juntas, ansiosa.

— Há algum problema, Sr. Ludlow?

— Existe alguma razão para o porco e as maçãs terem sido servidos esta noite em vez do ragu, como discutimos no início desta semana?

A Sra. Caddy deu uma olhada ansiosa para Cora antes de voltar o olhar para o patrão.

— O tomilho desapareceu, senhor, e o ragu não pode ser feito sem ele. A Sra. Notley sugeriu que trocássemos os menus, e eu não vi nenhum problema. — Sua voz tremia enquanto falava, como se ela temesse a ira do Sr. Ludlow – algo que Cora nunca tinha visto. Ela achou estranho que todos os servos parecessem viver com medo do homem, quando ele tinha sido mais que gentil com ela.

— Como, exatamente, o tomilho desapareceu? — Sua voz permaneceu calma, apesar do fato de que ele estava obviamente chateado com a troca, embora Cora não conseguisse entender o porquê.

Como era seu trabalho administrar as especiarias, ela se adiantou para responder.

— Senhor, ontem estava na prateleira e hoje não mais. Talvez o pote tenha brotado asas e voado. — Seu senso de humor habitual não surgiu, e quando a mandíbula dele endureceu, Cora imediatamente desejou voltar atrás. — Perdoe-me. Eu não queria fazer nenhuma brincadeira com um assunto sério.

— Desculpe-me, senhor! — A Sra. Caddy disse, a voz dela subindo. — Eu deveria ter perguntado primeiro. Tudo aconteceu tão rápido. Eu não pensei... — A voz dela sumiu, e seus olhos ficaram lacrimejantes. — Vou ser despedida?

O Sr. Ludlow não respondeu imediatamente, e Cora não sabia o motivo. Certamente ele não iria demitir a Sra. Caddy por um erro tão inocente, não quando ele tinha permitido que Cora permanecesse depois de muitos erros mais graves. Ela andou em volta da mesa para ficar ao lado da Sra. Caddy. Era justo que assumisse a maior parte da culpa.

— Senhor, como a Sra. Caddy disse, foi minha sugestão mudar os menus. Se alguém deve ser responsabilizado, sou eu. Mas, por favor, diga, há alguma razão para que a carne de porco não seja suficiente para esta noite?

O Sr. Ludlow deu uma olhada em Cora antes de retornar sua atenção à Sra. Caddy.

— Em circunstâncias normais, isso não importaria nada. Mas temos um convidado conosco esta noite que partirá amanhã de manhã – o Sr. Thomas, que por acaso tem uma alergia cruel à canela, que é um ingrediente no glacê de maçã, correto?

A Sra. Caddy parecia horrorizada.

— O senhor quer dizer que se ele tivesse comido...

— Ele estaria incapacitado de respirar, e nós não teríamos conseguido trazer o médico aqui a tempo de ressuscitá-lo. Ao aceitar meu convite, ele deixou explícito que tinha alergia e eu lhe assegurei que nenhum prato com canela seria servido. Estava prestes a comer uma garfada quando eu juntei dois e dois e interrompi a refeição.

— Grande Jeosafá — a Sra. Caddy sussurrou, inclinando-se fortemente sobre o balcão. — Eu quase matei um homem.

Cora nunca teria imaginado que ela fosse capaz de tal vulnerabilidade. Sentindo a necessidade de interceder mais uma vez, Cora colocou uma mão no ombro da Sra. Caddy.

— Mas você não fez isso — ela disse gentilmente. — O Sr. Thomas está vivo e bem, não está, senhor?

— Vivo, bem, e com muita fome, assim como o resto dos meus convidados. O que nos leva ao próximo problema. O que vamos servir no lugar da carne de porco e do glacê?

Os olhos da Sra. Caddy se arregalaram em choque, como se ela não tivesse percebido a extensão total da situação até agora.

— Não sei, senhor. Tudo o que temos é a sopa de tartaruga que fiz para a refeição dos criados.

— Sopa de tartaruga — o Sr. Ludlow repetiu lentamente, como se a Sra. Caddy tivesse proposto alimentar os homens com restos de comida em vez de uma sopa saborosa e encorpada. Ele suspirou de frustração e plantou ambas as palmas das mãos sobre a mesa. — Estes são homens com quem espero fazer negócios em algum momento, e você está dizendo que tudo o que posso oferecer depois de uma experiência de quase morte é sopa de tartaruga?

— Você não gosta de sopa de tartaruga, senhor? — Cora perguntou, pensando na intensa reação dele.

— Eu não gosto, como a Sra. Caddy bem sabe.

A cozinheira explodiu em lágrimas e se encolheu contra o balcão, seu corpo tremendo de angústia.

— Desculpe, senhor! É tudo culpa minha.

Por algum motivo, Cora se incomodou ao ver a orgulhosa Sra. Caddy tão abalada. O coração se aqueceu pela mulher. Ela olhou para os pratos do jantar, imaginando como a situação poderia ser salva.

— Sr. Ludlow — perguntou Cora. — Só o Sr. Thomas é alérgico, não é mesmo?

— Sim.

— E se eu cortasse um pouco de carne de porco fresca para ele e a servisse sem o glacê?

— O porco não é cozido com o glacê já sobre ele? — ele perguntou.

— Não. Eles são preparados separadamente e a carne é glaceada um pouco antes de ser consumida.

— Não vai ficar seca sem o molho?

A conversa serviu para melhorar o espírito da Sra. Caddy. Lágrimas esquecidas, ela correu para a despensa e trouxe um frasco de molho de maçã.

— Não há canela nisto. Vou aquecer e servir no prato do Sr. Thomas. Não vai ficar tão gostoso, mas vai dar um pouco de sabor ao porco e evitar que fique muito seco.

O Sr. Ludlow observou-a por um momento antes de acenar com a cabeça.

— Muito bem. Mas você deve ter certeza de que o Sr. Thomas receberá o prato sem a canela. Farei o meu melhor para explicar o que aconteceu e rezar para que eles, como a Sra. Notley, possam encontrar algum humor na situação.

Infelizmente, o Sr. Ludlow não achou graça nenhuma. Parecia cansado, como se sua paciência estivesse desgastada por uma equipe que não conseguia fazer as coisas como deveria. Ele começou a se afastar, e Cora correu para a frente para colocar uma mão em seu braço. Quando ele parou abruptamente e olhou para baixo, ela imediatamente a puxou para longe, percebendo que tinha passado dos limites dessa vez.

— Perdoe-me, senhor — ela disse. — Eu só queria dizer que sou a responsável pelas especiarias. Foi sob a minha vigilância que o tomilho desapareceu.

— Eu sei disso, Sra. Notley — foi tudo o que ele disse antes de sair da cozinha e deixar para trás uma governanta que finalmente teve um vislumbre do patrão que os outros criados viam como temível.

Cora respirou fundo e voltou para a Sra. Caddy, batendo palmas em uma demonstração de alegria forçada.

— Vamos começar a trabalhar, então? Enquanto você aquece esse molho, Sra. Caddy, eu vou fazer alguns pratos novos com carne quente do forno. Não é necessariamente uma coisa ruim deixar os convidados com fome um pouco antes de alimentá-los. Eles provavelmente estarão tão esfomeados que qualquer coisa vai ter gosto de céu, especialmente o delicioso creme que você fez para a sobremesa. Anote minhas palavras, Sra. Caddy, tudo será perdoado em pouco tempo.

A Sra. Caddy acenou com a cabeça, com a atitude e controle renovados.

— Obrigada, Sra. Notley. Você é uma boa moça, você é. — Ela deu uma palmadinha firme no braço de Cora e começou a trabalhar.

Cora não conseguiu evitar o sorriso que chegou aos lábios, enquanto servia novamente a carne de porco. Para um dia desastroso, este se corrigira bem o suficiente. Felizmente, o Sr. Ludlow também chegaria à essa conclusão. Mas mesmo que ele não chegasse, Cora deixaria Tanglewood com a certeza de que tinha feito o que ela não achava que poderia ser feito. Ela tinha pelo menos começado uma tentativa de amizade com a Sra. Caddy.

Às vezes milagres aconteciam.

8

Jonathan estava na sua cadeira favorita no escritório, com a atenção reivindicada pelas chamas vivas que dançavam na lareira. A assombrosa exibição de vermelhos e laranjas brilhava e crepitava diante dele, como se estivesse rindo e escarnecendo do fiasco da noite. Enquanto as lembranças voltavam, queimando como labaredas dentro de sua cabeça, sua mandíbula se apertou, e ele jogou o copo meio esvaziado de brandy no fogo, experimentando um momento de satisfação, enquanto o vidro se partia e o que restava da bebida estalava nas chamas.

A tarde tinha começado muito promissora. Todos haviam chegado em tempo hábil e, uma vez que Jonathan propôs a ideia de transformar a parte norte de Tanglewood em um empreendimento agrícola, todos pareceram intrigados e interessados. Eles haviam entrado na sala de jantar com as mesmas ideias, ansiosos para continuar as discussões e avançar com os planos definitivos.

Foi então que tudo começou a dar errado.

O Sr. Thomas não só foi quase sufocado por sua alergia, como também voltou ao seu quarto para encontrá-lo cheio de fumaça. Imediatamente gritou *Fogo!*, deixando toda a casa em polvorosa, mesmo que não fosse o caso de um incêndio, mas apenas uma ventilação ineficiente causada por um abafador fechado. Ainda assim, cada item no quarto do homem cheirava a fumaça, e ele se recusou a ficar mais um minuto em uma casa que parecia querer matá-lo. Nem mesmo a encantadora Sra. Notley, com seus sorrisos, desculpas e sagacidade, conseguiu convencê-lo a ficar.

Pouco tempo depois, o Sr. Kent entrou no seu quarto, para em seguida sair correndo por causa de um cheiro pútrido. Enquanto a Sra. Notley e algumas criadas vasculhavam o cômodo procurando pela origem do odor, o Sr. Hervey descobriu uma cobra viva debaixo dos lençóis de sua cama. Seus gritos frenéticos causaram outro tumulto, e não demorou muito até que os dois homens restantes também se retirassem, informando a Jonathan que ele precisava aprender a conduzir uma casa melhor, antes que pudessem ter segurança que ele fosse capaz de administrar um negócio.

Jonathan não os impediu de ir porque não tinha nenhum argumento. Se a situação tivesse sido inversa, ele teria pensado o mesmo e provavelmente teria ido embora. Mas isso não o deixou menos furioso. Jonathan havia passado meses pesquisando e aperfeiçoando sua proposta e encontrando homens com experiência e bolsos volumosos o suficiente para investir. E agora seus esforços não deram em nada, tudo porque ele tinha escolhido contratar uma governanta honesta, bonita e inepta.

Inclinou-se para a frente e deixou cair a cabeça nas palmas das mãos, passando os dedos pelos cabelos e perguntando-se o que diabos deveria fazer. A Sra. Notley pode ter provado que conseguia manter a cabeça fria e a boa disposição no meio da adversidade, mas sua falta de experiência estava provando ser um obstáculo que não podia ser superado. Jonathan tinha sido um tolo em acreditar no contrário, e agora ele tinha a infeliz tarefa de ter que explicar a uma mulher gentil e virtuosa que seus talentos – ou falta deles – não seriam mais necessários.

Ele deveria tocar o sino e chamá-la agora, mas não conseguia fazer isso. Por quê? Ele nunca antes havia sentido tanto receio frente à perspectiva de demitir uma criada, e não conseguia explicar aquilo. Por que se sentia como se estivesse mandando embora uma amiga de quem, por mais estranho que parecesse, sentiria muita falta? Por algum motivo, seu relacionamento com a Sra. Notley parecia de alguma forma mais pessoal, mesmo que não fosse e que nunca pudesse sê-lo.

Apenas isso já deveria ser motivo suficiente para despedi-la, e mesmo assim... Jonathan franziu o cenho ao puxar o sino, dizendo a si mesmo que ela não tinha lhe deixado nenhuma escolha desta vez. A Sra. Notley realmente deveria ir embora e ele deveria começar o processo de contratação de mais uma governanta. Bom Deus. Haveria alguma mulher que pudesse fazer o trabalho corretamente? Os outros lares não pareciam ter tanta dificuldade em preencher cargos e manter empregados. Por que ele tinha? Se ao menos Watts aceitasse uma esposa. Um homem com seus padrões de exigência certamente escolheria uma mulher que fosse capaz de trabalhar ao seu lado no papel de governanta.

Jonathan olhou em volta buscando outro copo para jogar ao fogo, mas uma batida tranquila interrompeu sua procura.

Ele respirou fundo e se endireitou.

— Entre — disse ele, esperando ver Watts.

Para a sua surpresa, a Sra. Caddy entrou, parecendo tão nervosa quanto um gatinho recém-nascido. Presa em sua mão estava uma garrafa de vidro contendo algum tipo de substância escura.

Que diabos está errado agora?, Jonathan pensou frustrado. Ele precisava de uma longa noite de descanso antes de estar pronto para lidar com mais alguma coisa.

A Sra. Caddy esticou o pote para a inspeção dele.

— O tomilho desaparecido, senhor.

Ele franziu o cenho enquanto estudava o conteúdo do frasco, perguntando por que ele havia aparecido de repente e não em um momento mais conveniente.

— Não está mais desaparecido, estou vendo.

— Não, senhor.

— Onde o encontrou?

A Sra. Caddy hesitou e suas mãos tremeram, enquanto ela segurava o pote junto ao abdômen.

— No quarto de Sally.

— O quê? — A expressão de Jonathan se endureceu. Ele esperava que ela dissesse que estava no fundo de uma gaveta ou no fundo de um armário, não no quarto de uma criada – uma criada que o serviu fielmente desde que ele chegara a Tanglewood. Como diabos fora parar no quarto de Sally, e o que levara a Sra. Caddy a procurá-lo lá?

Lágrimas brotaram nos olhos da cozinheira e Jonathan teve que sufocar seu aborrecimento. Ele costumava achar que a mulher era incapaz de expressar seus sentimentos, mas agora estava começando a se perguntar se ela havia perdido o juízo e nunca mais voltaria à sua antiga grosseria. Ele rezou para que isso fosse um lapso momentâneo da parte dela e que no dia seguinte tudo estivesse bem novamente para que ele não fosse obrigado a procurar uma nova governanta *e* cozinheira. Que piada ridícula seria essa.

— Eu sei que eu não deveria ter feito isso senhor, mas ela estava agindo de forma estranha quando eu a apanhei na copa mais cedo, arranjando desculpas sobre estar lá. Foi só mais tarde que eu pensei um pouco sobre o assunto e me perguntei se era ela que tinha feito alguma coisa com o tomilho que faltava. Esperei que ela saísse para caminhar, como ela faz todas as noites e, quando procurei em seu quarto, encontrei isso debaixo de seu travesseiro. — A Sra. Caddy fez uma pausa, ainda inquieta. — A pior parte é que não acho que ela só tenha feito isso. Ainda ontem, Roddy, o rapaz do estábulo, estava falando sobre ter encontrado uma cobra no anexo, e Sally pediu para vê-la. Eu também a vi colhendo flores roxas no dia em que a Sra. Notley tingiu a melhor toalha da mesma cor, e vi Sally na copa um pouco antes da governanta ter feito seu primeiro lote de compotas. Eu não posso provar nada, exceto as ervas, mas não é nenhum segredo que Sally não gosta muito da Sra. Notley.

Jonathan se inclinou para frente em sua cadeira, tentando entender as divagações da mulher.

— Eu achava que você também não se importava muito com a Sra. Notley.

Isto teve um efeito humilhante na Sra. Caddy, pois ela curvou a cabeça vergonhada.

— Não no início, eu suponho. Ela não sabe nada sobre ser governanta. Mas é uma boa garota que não merece ser dispensada por algo que não fez.

Jonathan apertou os dedos debaixo do queixo, enquanto considerava tudo o que a Sra. Caddy tinha revelado. Era uma suposição, e ele teve dificuldade em acreditar que Sally era responsável por todas as desventuras que tinham acontecido com a Sra. Notley. Mas a cozinheira estava em posse de um frasco de ervas que tinha vindo do quarto da criada. Só isso o deixou com raiva. Ela estava tentando sabotar a governanta? Se sim, Sally deveria ir embora e não a Sra. Notley.

Esse pensamento teve um efeito de perplexidade sobre Jonathan. A maioria dos empregadores ficaria irritada com a perspectiva de despedir uma camareira bem treinada e trabalhadora por causa de uma governanta incompetente, mas parecia que um grande fardo tinha sido retirado de seus ombros. Que estranho. Mesmo sem Sally, a Sra. Notley ainda estaria propensa a erros, e ainda assim, Jonathan ficou mais aliviado do que preocupado. Era como se ele quisesse que o caos continuasse.

Não. Não se tratava disso. A verdade era muito mais preocupante. No fundo, Jonathan sabia que o que ele mais queria era continuar vendo a Sra. Notley pela casa. Seu sorriso, seu rosto lindo, seu calor. Ela fez Tanglewood parecer com um lar, e ele queria que esse sentimento permanecesse. Por mais que odiasse admitir, Jonathan ainda não estava pronto para deixá-la sair de sua casa, ou de sua vida. E agora, graças às recentes revelações da Sra. Caddy, talvez ele não precisasse.

A cozinheira ainda estava torcendo as mãos e balançando ansiosamente para frente e para trás, como se estivesse aguardando um julgamento. Jonathan não conseguia entender a mulher. Ela não tinha feito nada de errado.

— Obrigado por trazer isso ao meu conhecimento, Sra. Caddy. Se você fizer a gentileza de deixar as ervas naquela mesa, eu cuidarei do assunto a partir daqui.

Sempre tão devagar, ela se inclinou para fazer o que ele pediu, mas quando se levantou, as lágrimas novamente brotaram em seus olhos. Que diabo? Jonathan nunca entenderia as emoções de uma mulher. Uma dor de cabeça começou a surgir em sua testa, e ele começou a esfregar as têmporas para mantê-la afastada.

— Estou sendo despedida, senhor? Por favor, diga-me agora, para que eu não continue me preocupando e me perguntando.

— Por que diabos eu a dispensaria, Sra. Caddy? — Jonathan perguntou, desconcertado com o porquê de ela estar preocupada com tal desfecho. Na verdade, ele sentiu vontade de aumentar o salário dela. Se ao menos ela parasse de chorar, ele poderia propor exatamente isso.

— Eu quase matei um homem — exclamou ela com uma voz trêmula, que a fazia derramar ainda mais lágrimas; o tipo que o deixavam mais desconfortável.

Jonathan aumentou a pressão sobre suas têmporas e reuniu tanta paciência quanto pôde.

— Você não fez isso, Sra. Caddy, e lamento que tenha sido obrigada a carregar tal fardo esta noite. Eu deveria ter lhe falado sobre a alergia quando discutimos o menu, mas não o fiz. Portanto, se alguém é culpado, sou eu. Por favor, não se preocupe mais com o incidente. O Sr. Thomas está vivo e com boa saúde e agora está feliz na pousada, onde ficará até a carruagem que o levará a Londres amanhã. A senhora é uma excelente cozinheira e eu não sonharia em substituí-la por causa de algo que não foi culpa sua.

A mão da Sra. Caddy voou até a boca, enquanto as lágrimas continuavam a sair de seus olhos. Pelo menos agora eram lágrimas felizes, o que foi um ligeiro progresso.

— Eu não sei o que dizer, a não ser obrigada, senhor! Obrigada, obrigada, obrigada!

— Boa noite, Sra. Caddy — disse Jonathan, ansioso para acabar com todo tipo de lágrimas.

— Boa noite, senhor. — Ela saiu da sala, com o humor contrário ao que estava apenas alguns minutos antes. E finalmente a paz foi restaurada na cozinha.

Assim ele esperava.

Jonathan observou-a ir com um leve sorriso, mas quando seus pensamentos se desviaram para o que precisava ser feito agora, seu sorriso desapareceu. Com uma respiração profunda, ele se levantou para tocar o sino que chamaria Watts.

O mordomo logo apareceu.

— Há algo que eu possa fazer pelo senhor, Sr. Ludlow?

— Infelizmente, sim — disse Jonathan. — Quando Sally voltar de seu passeio, poderia dizer que eu gostaria de conversar com ela?

Se Watts ficou surpreso com o pedido, ele o escondeu bem. O mordomo se curvou educadamente e disse.

— Claro, senhor. Vou notificá-la imediatamente.

— Obrigado.

Jonathan encostou-se em sua cadeira, preparando-se mentalmente para outro confronto com uma criada que, provavelmente, não terminaria tão bem quanto o último. Ele apenas rezou para que Sally evitasse chorar.

Cora tinha acabado de pendurar um pouco de tomilho para secar quando um soluço angustiado soou da cozinha. Ela limpou as mãos em seu avental e desceu do banco antes de sair da sala para investigar. Sally sentada, inclinada sobre a mesa e seus ombros tremiam como se soluços estivessem destruindo seu corpo.

Todos os outros tinham ido para a cama, e o som assombroso ecoava pelo lugar. A combinação da lua cheia entrando pela janela e uma pequena vela lançando sombras vagas nas paredes só aumentava o espírito lúgubre. Cora hesitou no limiar entre os dois ambientes, sem saber o que fazer. Sally certamente não apreciaria qualquer interferência da parte dela, mas Cora não podia deixar a mulher enfrentar sozinha tal desespero.

Ela se aproximou timidamente.

— Sally? Você está bem? — A pergunta era tola, considerando que a criada certamente não estava bem, mas Cora não conseguia pensar em uma maneira mais gentil de se intrometer.

Os ombros de Sally congelaram por um momento antes de sua cabeça levantar lentamente. As lágrimas tinham manchado suas bochechas com um rosa brilhante, e seu cabelo vermelho brincava ao redor do rosto em uma confusão desordenada de emaranhados. Ela parecia completamente miserável e não estava nada feliz por ter sido pega em tal estado, especialmente por Cora.

Os olhos dela se estreitaram com uma raiva venenosa.

— É tudo culpa sua. — Ela apontou um dedo para a Cora. — Você estragou tudo e agora eu e o meu menino seremos jogados nas ruas. Eu queria que você nunca tivesse vindo para Tanglewood!

Sally se retirou rapidamente da mesa e correu pelas escadas. Poucos momentos depois, uma porta bateu com força, e Cora recuou diante de tanta frieza. Ela cruzou os braços no peito e tremeu.

O que eu fiz agora?, ela pensou, sentindo que o cansaço se apoderava dela. Cora se afundou em um banco e procurou em sua mente por qualquer coisa que pudesse ter dito ou feito para causar um dano a Sally – ou ao menino. O que ela quis dizer com aquilo, afinal? Sally era mãe? Se sim, onde estava a criança, e por que Sally estava tão preocupada em ser jogada nas ruas? Se alguém deveria se preocupar com tal destino, era Cora.

Afinal, depois de tudo o que aconteceu, ela estava certa de que seu próximo encontro com o Sr. Ludlow não seria tão bom quanto os outros. Em menos de um dia, ela havia estragado quaisquer perspectivas de negócios que ele pudesse ter realizado com seus convidados – ou melhor, antigos convidados. Cora não tinha pensado em verificar todos os abafadores, não havia imaginado que deveria procurar répteis debaixo dos lençóis, e até então não tinha ideia do que havia causado aquele odor horrível. O cheiro começou a se dissipar enquanto eles reviraram o quarto, mas não conseguiram localizar a fonte. Parecia ter vindo de todos os lugares e depois, de nenhum lugar. No final, a culpa por tudo estava inteiramente nas costas de Cora. Juntamente com todos os dias anteriores, a sua lista de erros tinha crescido a um número esmagador – demasiados para o Sr. Ludlow perdoar por mais tempo.

Cora descansou os braços sobre a mesa, desejando que pudesse ir para a cama e esquecer que este dia tinha acontecido, mas o sono sem dúvida escaparia e a imagem da lua era muito mais agradável dali. Então ela permaneceu empoleirada no banco, olhando pela grande janela para a bela noite. Como estava serena e linda. Se ao menos pudesse pedir emprestado um pouco dessa paz e envolvê-la ao seu redor como uma colcha de retalhos. Talvez, então, ela pudesse adormecer e se sentir recuperada para enfrentar qualquer coisa que a manhã trouxesse.

Cora não tinha certeza de quanto tempo permaneceu no escuro. Ela só sabia que suas pálpebras estavam começando a cair quando um som estridente a despertou mais uma vez. Algo com pés minúsculos e pontiagudos correram por cima dos chinelos dela, fazendo com que os pelos dos seus braços se elevassem. Com um guincho, ela rastejou para cima da mesa e parou, batendo os pés enquanto sacudia o vestido. Anos atrás, um rato subira correndo por suas saias e ela nunca havia sido capaz de esquecer a terrível sensação daquilo. Essa memória a fez sacudir suas saias com ainda mais vigor.

— Que diabos você está fazendo? — a voz profunda do Sr. Ludlow surgiu da porta.

Cora congelou, enquanto o rosto dela ficava muito quente. De todas as pessoas que poderiam aparecer em tal momento, por que tinha que ser ele? Será que o horror desta noite estava condenado a nunca mais acabar?

A vela que ele segurava realçava seu rosto bonito de uma forma misteriosa, quase romântica, e Cora tremia por razões completamente diferentes. Seu cabelo parecia mais indisciplinado do que o habitual, voando de um lado para o outro, e ele não usava mais um casaco – apenas uma camisa, calças e meias. Cora nunca o tinha visto tão despenteado, e percebeu que provavelmente ela própria não parecia muito diferente. Pior ainda, pois ela estava em cima da mesa. A Sra. Caddy, sem dúvida, a espancaria com um rolo de massa se a pegasse ali.

Cora limpou a garganta e tentou recuperar alguma dignidade apontando para o chão.

— Havia um rato, creio eu. Ele correu sobre o meu pé, e eu estava com medo que tivesse subido nas minhas saias, então eu... — Ele parecia estar lutando contra um sorriso, então ela terminou sua explicação com um irritado: — Oh, não importa. Obviamente já foi embora, seja lá o que fosse.

— Tem certeza de que não está escondido no bolso do seu avental, esperando que a dança pare para que ele possa escapar?

Cora franziu a sobrancelha olhando para o avental, dando um último abanão só para ter certeza. Quando o Sr. Ludlow começou a rir, ela redirecionou seu olhar para ele.

— Eu não estava dançando e pare de rir. A criatura me assustou bastante e é indelicado da sua parte achar a situação engraçada.

— Como posso não achar engraçada quando eu vi tão claramente você se atirar na mesa – você, que diz que nunca foge.

— Eu não — ela se defendeu. — Eu apenas rastejei... rapidamente.

— Tenho certeza de que você fugiu.

— Sinceramente, o senhor deveria parar de rir. Eu tive um dia difícil e isso não está ajudando em nada.

O Sr. Ludlow era bom o suficiente para forçar a sua boca em uma linha fina, embora seus olhos ainda brilhassem com alegria. Ele pousou a vela e caminhou até ela, estendendo a mão.

— Você deseja se juntar a mim no chão, Sra. Notley, ou prefere terminar sua dança?

Ela olhou fixamente antes de pegar a mão dele e descer. No momento em que seus pés entraram em contato com o chão, ela retirou os dedos e lançou um olhar desconfiado para se certificar de que o rato não estava em nenhum lugar visível. Quando levantou os olhos para os dele e percebeu o quão perto estavam um do outro, ela deu um passo para trás.

— Eu, er... estava prestes a me retirar para dormir. — Ela pausou. — Quer dizer, se me conceder a sua licença para sair, senhor?

Ele rejeitou a pergunta fazendo um gesto com sua mão.

— Esse tipo de encontro não exige tal formalidade, mas agora que peguei você aqui, me pergunto se eu poderia ter uma palavra com você.

Agora mesmo? Cora se sentiu ansiosa de repente. Por que ela não tinha ido para a cama com o resto do pessoal? Essa conversa não poderia esperar até de manhã, quando Cora estaria pelo menos um pouco mais descansada e preparada? Ou será que ela alguma vez se sentiria preparada? Cora franziu o cenho. Talvez fosse melhor fazê-lo agora, quando a escuridão da noite ajudaria a sufocar o embaraço constrangedor de tudo aquilo. Ela relaxou os ombros e suspirou, aceitando o inevitável.

— Eu sei o que o senhor quer me dizer, e não o obrigarei a dizê-lo em voz alta. Se o senhor me permitir passar a noite aqui, prometo arrumar minhas coisas e me retirar antes que se levante pela manhã. O senhor depositou a sua confiança em mim e eu... — Os lábios dela se levantaram em um sorriso triste, sem humor. — Bem, eu estraguei tudo, não foi? Eu não sei como corrigir a situação de outra forma a não ser dizer-lhe como realmente sinto muito e sair por conta própria. Eu gostaria de conhecer alguém que pudesse servir como uma substituta apropriada, mas receio não ter ninguém em mente.

O Sr. Ludlow não parecia muito triste com a perspectiva de dizer adeus. Ele parecia se divertir. Isso a parou. Embora ela não esperasse que ele lamentasse sua perda, um pouco de tristeza ou preocupação teria sido apreciado.

Ele perguntou:

— Para onde você vai?

— Para outro lugar que não seja aqui.

— E onde fica isso? — Ele tirou algo da frente de sua camisa como se estivesse apenas mantendo uma conversa educada e não se importasse nem um pouco com a resposta dela.

— Perdoe a minha impertinência, senhor, mas não vejo como essa informação possa ser da sua conta. Afinal, já não sou mais sua empregada.

— Você não é?

Cora olhou para ele.

— O senhor está bem acordado? Já lhe expliquei que partirei logo pela manhã. O senhor não estava acompanhado?

Os lábios dele se contraíam em um sorriso, e os seus olhos continuavam brilhando de alegria.

— Eu me encontro faminto no momento, então temo que meu estômago esteja reivindicando muito da minha atenção. Se eu conseguir arranjar um pouco de pão e queijo, você se juntaria a mim para um lanche no meio da noite, Sra. Notley?

Sem esperar por uma resposta, ele entrou na despensa e começou a vasculhar, deixando Cora olhando para ele em um silêncio atordoado. Ele estava agindo de forma bastante confusa.

— Meu nome é *Srta.* Notley agora, senhor, e receio que eu não possa me juntar ao senhor. Eu estou indo para a cama.

Ele continuou com sua busca, abrindo um recipiente para cheirar o conteúdo, apenas para colocá-lo de volta no balcão com uma careta.

— Essa cama em particular está nos aposentos dos criados desta casa?

— Er... sim?

— Então ainda é a Sra. Notley. Ah, aqui está. — Ele encontrou um pão sob um guardanapo de pano e um vidro de compota de amoras em uma prateleira. — Por favor, diga que você vai se juntar a mim. É falta de educação comer na frente de outra pessoa e eu prefiro não ter mais acusações jogadas sobre mim esta noite.

— Eu não tenho intenção de acusá-lo de nada, senhor, e não vai comer na minha frente se eu for para a cama.

— Eu gostaria que você não fosse. — Ele passou por ela e sentou-se em um dos bancos, cortando duas fatias de pão e colocando a compota sobre ambas. Ele segurou uma para ela. — Tenho autoridade para afirmar que estas compotas foram aprovadas para consumo humano. Gostaria de provar um pouco?

Sua fome estava obviamente afetando seu bom senso. Não seria de todo aconselhável que ela comesse com ele, especialmente a esta hora, e assim ela permaneceu em pé, mesmo que o lanche lhe torturasse o estômago. Fazia horas que ela não comia nada.

— Sr. Ludlow, o senhor sabe que seria impróprio para mim compartilhar uma refeição informal com o senhor. Receio não poder.

Ele mordeu o pão e sacudiu a cabeça, estudando-a enquanto mastigava e engolia. As profundezas escuras de seus olhos fizeram com que o estômago dela subisse e descesse como ondas em um oceano durante uma tempestade.

— Você está fazendo com que eu me comporte muito mal, Sra. Notley, e não consigo entender por quê — ele finalmente disse. — Nós estamos em um ambiente público e você é minha criada. Eu compartilho uma bebida com Watts ocasionalmente, e não vejo como a nossa situação seja diferente. Tirando isso, nossa conversa ainda não está terminada. Então se você se preocupa minimamente com minhas irritabilidades, e não posso acreditar que você seria tão insensível a ponto de não fazê-lo, você me dará a honra de se sentar, comer uma fatia de pão e ouvir o que tenho a dizer?

Cora pôs uma mão no estômago para silenciá-lo, mas ele continuou a sacudir e a virar. O Sr. Ludlow tinha um jeito de perturbá-la de uma maneira inconstante, e se sentar ao lado dele parecia perigoso de alguma forma. Talvez não fosse impróprio para uma governanta dividir uma fatia de pão na cozinha com seu empregador, mas quando a criada era jovem, vulnerável e ferozmente atraída por aquele empregador em particular, ela seria uma tola ao deixá-lo influenciá-la.

Quando ela não disse nada, ele balançou a cabeça em rendição.

— Se você não se sentar, suponho que devo ficar em pé também. Como você é cruel.

Meu Deus, ele é um homem teimoso, Cora pensou aborrecida.

— Muito bem, senhor, mas só por um momento. — Ela olhou ao redor para certificar-se de que eles estavam realmente sozinhos antes de sentar-se no banco ao lado dele e manter-se o mais à esquerda possível. Ela lançou-lhe um olhar enquanto pegava uma fatia de pão da mão dele e a enfiava na boca. Com alguma sorte, a comida iria acalmar seu estômago.

Ele sorriu.

— Ah, viu? Eu sabia que você não poderia ser tão cruel assim.

Cora se recusou a ser seduzida pela covinha dele ou pela maneira como seu cabelo caiu na testa. Ela voltou o olhar para fora da janela, empurrou o pão pela garganta e manteve a voz o mais firme possível.

— Senhor, por favor, diga-me o que tem a dizer.

— Muito bem. — Ele se moveu na direção dela e seu cotovelo tocou no braço de Cora, fazendo-a entrar em erupção. Ela deslizou um pouco mais para a esquerda e focou nos arbustos iluminados pela lua do lado de fora da janela. — Eu dispensei Sally — ele disse.

Os arbustos foram esquecidos, e Cora olhou para ele abismada.

— Como assim?

— O tomilho que faltava foi encontrado no quarto dela, e uma vez que eu a pressionei mais, descobri também que ela trocou o açúcar por sal, adicionou flores roxas ao seu tanque, fechou o abafador no quarto de dormir do Sr. Thomas, e escondeu uma cobra debaixo dos lençóis do Sr. Hervey. O cheiro no quarto do Sr. Kent era um ovo podre que Sally recuperou secretamente durante a busca e jogou pela janela.

Cora olhou para o Sr. Ludlow, incrédula. Por que Sally faria tais coisas? A camareira não tinha feito nenhum esforço para gostar da nova governanta, mas se esforçar tanto para vê-la partir? Cora não podia acreditar nisso.

— Ela queria a posição de governanta — continuou o Sr. Ludlow, explicando. — Ela pensou que se encontrasse uma maneira de se livrar de você, eu estaria desesperado o suficiente para lhe oferecer o emprego.

— Oh — foi tudo o que Cora conseguiu dizer. Sua mente transbordava com todas essas revelações. Ela pensou em cada palavra cruel que Sally havia dito, cada olhar de escárnio e cada brincadeira maldosa que ela tinha feito, na esperança de ver Cora demitida. No final, foi tudo em vão. O Sr. Ludlow havia despedido Sally. Não era de se admirar que ela estivesse soluçando mais cedo. O plano dela tinha fracassado abominavelmente.

O instinto inicial de Cora foi ficar feliz com o destino de Sally. A mulher merecia o que recebeu por ser tão cruel e manipuladora. Mas a imagem dela desmoronada sobre a mesa em um estado tão miserável fez com que Cora tivesse pena dela e de seu filho, se é que ela realmente tinha um.

Com tanto a perder, por que Sally colocara seu trabalho em risco? Seria tão detestável ter que obedecer a uma mulher mais jovem e menos experiente, ou havia algo mais que isso? Sally também estava pensando no seu filho e como um salário maior aliviaria o fardo de sustentá-lo? Ou talvez o "menino" que ela mencionou fosse um cachorro de estimação, e a mulher fosse simplesmente mal-intencionada.

A cabeça de Cora estava cheia de perguntas. Elas a cutucavam e a incomodavam, procurando por respostas e entendimento, mas não encontravam nada. Ela olhou para o Sr. Ludlow.

— Ela explicou por que se tornar governanta era tão importante para ela?

— Eu não perguntei — ele respondeu. — Uma vez que ela me revelou suas ações, eu a informei que não podia permitir que tal deslealdade ficasse impune. Ela foi demitida imediatamente e partirá pela manhã.

— Sem referências, suponho — murmurou Cora, mais para si mesma do que para ele.

— Claro que sem referências. Ela se comportou traiçoeiramente e eu não poderia, em sã consciência, recomendá-la a ninguém.

— Claro que não. — Cora olhou fixamente para as suas mãos. Apesar de tudo o que havia acontecido, seu coração lamentou um pouco por Sally. Se existia alguém que sabia como era enfrentar um futuro sombrio e incerto, era Cora. — Ela prontamente admitiu tudo? — perguntou, não acreditando muito nisso.

O Sr. Ludlow olhou para o pão restante na bandeja e empurrou-o para longe, como se tivesse perdido o apetite.

— Não no início. Não até que apontei algumas brechas nas suas negações e ela desmoronou, assumindo tudo. Mas era toda a verdade? Eu não consigo saber, porque ela perdeu a minha confiança e um criado em quem não posso confiar é um servo que não posso contratar.

Era um sentimento compreensível, mas Cora se incomodava por ele ter chegado a essa decisão sem tentar entender as complexidades da mente ou circunstâncias de Sally. Havia alguma razão para ele não ter envolvido a governanta em sua decisão? Certamente, como administradora das criadas e objeto da fraude de Sally, Cora deveria ter sido consultada, ou pelo menos informada, sobre o que deveria ser feito com a camareira *antes* que isso ocorresse. Não era assim que as coisas deveriam ser?

Cora mordeu o lábio inferior e escolheu suas próximas palavras com cautela.

— Como sua governanta, não é minha responsabilidade administrar as criadas?

— Na maioria das situações, sim.

— Há alguma razão para não ter discutido o assunto comigo antes de despedir Sally? — Cora perguntou, esperando que ele não achasse a pergunta impertinente.

Ele levantou uma sobrancelha.

— Qual teria sido o objetivo disso? Envolver você só teria complicado as coisas, e eu queria que tudo acabasse. Há algumas horas, fui informado dos truques de Sally por uma outra criada e assumi a responsabilidade de lidar com a situação, o que eu fiz. E agora você também foi informada. — Ele fez uma pausa, examinando-a. — Sua posição agora está segura e uma certa criada que não lhe trouxe nada, além de dor, não estará mais aqui. Eu teria pensado que tais notícias seriam motivo para celebração, e ainda assim você não me parece aliviada ou feliz com a virada dos acontecimentos desta noite.

Cora conseguia entender a perplexidade dele. Ela mesma não compreendia suas emoções naquele momento. Ela só sabia que algo ainda a perturbava, como uma lembrança incômoda e confusa. Algo a cutucava, pressionando-a a entender melhor a situação. A jovem virou-se para encarar o Sr. Ludlow e, ao fazê-lo, pressionou o joelho contra o dele. Uma faísca de algo quente e doce atravessou seu corpo, confundindo ainda mais sua mente. Ela recuou um pouco, mas segurou o olhar dele, enquanto tentava juntar seus pensamentos soltos e conectá-los com um pouco mais de clareza.

— Eu sei o quanto valoriza a honestidade, Sr. Ludlow, e espero que sinta que também pode ser igualmente honesto comigo. — Ela pausou, analisando o rosto dele. — O senhor não me envolveu nessa decisão por que me achou incapaz de lidar com Sally sozinha?

A boca do Sr. Ludlow permaneceu firme e seus olhos inexpressivos, não demonstrando nada.

— Eu tenho muito mais experiência nesses assuntos, Sra. Notley. Mas, por favor, diga, se eu tivesse passado a responsabilidade para você, como teria lidado com a situação?

— Eu não sei — ela respondeu. — Eu nunca me deparei com tal situação. Mas agora que o senhor assumiu a responsabilidade de colocar as coisas em ordem, suponho que nunca saberei, certo? — A sobrancelha dela estava franzida. O Sr. Ludlow falou tão entusiasmado sobre a importância da confiança, mas não confiara nela – pelo menos não da maneira que ela queria que ele confiasse. Saber disso doía mais do que qualquer comentário cruel que Sally tivesse feito. Cora não conseguia explicar por que uma opinião positiva do Sr. Ludlow significava tanto para ela, mas significava, e ela sentiu um grande desejo de provar seu valor.

Como governanta, ela rapidamente se censurou, sabendo que estava perigosamente chegando perto de se esquecer o motivo pelo qual deveria tomar cuidado.

Quando o Sr. Ludlow finalmente falou, sua voz estava calma e firme.

— Como seu patrão, não sou obrigado a pedir sua permissão ou pedir seu conselho sobre se devo ou não demitir uma criada desonesta.

Cora se acalmou e enrijeceu, dizendo a si mesma que deveria estar grata pelo trabalho. Isso colocou-a firmemente de volta em seu lugar e lembrou-lhe de que ela não tinha o direito de questionar as decisões dele ou perguntar qualquer coisa. Será que ela nunca aprenderia?

O olhar dela baixou para o chão e ela acenou com a cabeça.

— Por favor, perdoe minha impertinência, Sr. Ludlow, e aceite minha gratidão sincera por descobrir o que Sally estava fazendo. É um grande alívio saber que ainda estou empregada.

Ele suspirou, deslizou de seu banco, e parou, estendendo a mão para ela. Cora timidamente colocou os dedos nos dele, e uma sensação deliciosa borbulhou pelo braço e pela coluna dela, enquanto ele a ajudava a se levantar. Ele segurou a mão dela enquanto dizia:

— Não há nada a perdoar, Sra. Notley. Acredito que eu deveria ter discutido o assunto com você antes de falar com Sally, mas não posso voltar atrás agora e alterar os eventos desta noite, não importa o quanto você ou eu desejemos. Posso, no entanto, tentar fazer ajustes, mantendo-me afastado das questões a partir de agora e permitindo-lhe escolher a substituta de Sally. Isso soa como um acordo justo?

Cora sentiu uma grande urgência em colocar algum espaço entre ela e o homem que estava fazendo seu coração bater de uma maneira alarmante – em parte por causa de sua proximidade e em parte por causa da tarefa que ele tinha acabado de lhe dar. Ela gentilmente puxou os dedos para que pudesse pensar um pouco mais sobre o assunto.

Ele estava realmente tentando fazer ajustes ou essa era a sua maneira de se livrar de uma responsabilidade que ele preferia não ter? Pelo brilho de humor em seus olhos, era provável que fosse a última opção, e Cora tinha caído na armadilha. Ele sabia muito bem que ela não teria ideia de como contratar uma substituta para Sally, e ainda assim ele a colocara em uma posição onde sua única resposta deveria ser gratidão.

— O senhor jogou muito bem, Sr. Ludlow — Cora finalmente disse com um pequeno sorriso. — *Touché.*

Os lábios dele se transformaram em um sorriso como resposta.

— Você insinuou que queria provar o quão capaz é, não foi?

Ela riu.

— Eu acredito que a minha língua às vezes leva a melhor sobre mim.

— Só às vezes?

— Talvez mais vezes do que o contrário.

Ele riu e levantou a mão como se fosse tocar na bochecha dela, pensou melhor, e a deixou cair de volta para o lado do corpo. Ele limpou a garganta e recuou um passo.

— Algumas horas atrás, me preocupava que fosse você que eu teria que dispensar. Mas agora... bem, vamos apenas dizer que estou muito feliz por não ter chegado a isso.

O calor em seu olhar fez o coração dela bater forte, e Cora sentiu uma necessidade urgente de aliviar o peso que as palavras dele haviam gerado.

— Eu sabia que a toalha lavanda iria agradá-lo. Ou foi a caiena em seu chá? Ou talvez o senhor tenha um carinho pelos, er... bolinhos crocantes que fiz ontem? Sim, eu posso certamente ver por que o senhor está feliz que eu permaneça.

Ele sorriu.

— A vida certamente não é monótona com você aqui, não é?

— Essa é uma maneira gentil de dizer isso, mas tenho certeza de que o senhor gostaria que fosse um pouco mais entediante às vezes, como hoje com seus convidados, talvez?

Cora desejou tomar suas palavras de volta imediatamente. Ela não gostava dos vincos que apareciam na testa dele e da firmeza que ele tinha na mandíbula. Segundos atrás, sua covinha tinha feito uma aparição, mas para sumir assustada em seguida, com a lembrança de uma noite arruinada.

— A culpa por hoje está sobre Sally e não sobre você — ele disse.

— Se serve de consolo — disse Cora —, homens que fogem de um réptil, de um pouco de fumaça, e de um fedor horrendo são obviamente pessoas que se desmoronam sob pressão com relativa facilidade. Será que esse é realmente o tipo de homem com quem o senhor deseja fazer negócios? Bem ou mal, talvez Sally lhe tenha feito um favor.

Surpreendentemente, os vincos suavizaram em sua testa e a preocupação desapareceu de seus olhos. Apesar de sua covinha não ter voltado, sua mandíbula se relaxou, e uma pitada de sorriso inclinou as bordas de seus lábios.

— Você está certa, Sra. Notley, embora eu ainda não consiga perdoar Sally.

— Eu tenho pena dela. Perder a boa avaliação do senhor seria uma situação realmente lamentável. Certamente não o desejaria.

— E por quê? — Ele olhou para ela com seriedade e se aproximou um pouco mais, fazendo com que o ar ficasse mais espesso e difícil de respirar.

Cora queria se aproximar também, mas ter consciência disso a assustou e a levou a recuar um passo. Ela fez sua voz soar o mais indiferente possível.

— Se eu perdesse a boa avaliação que o senhor tem de mim, eu estaria desempregada, não estaria? E provavelmente sem uma referência, também. — Lembrar-se de Sally a fez franzir o cenho, e ela se viu pensando mais uma vez na criada.

— Você tem pena dela? — ele perguntou, com um tom curioso.

— Eu tenho — respondeu Cora. — É uma coisa terrível ter que suportar as consequências das próprias ações.

Ele acenou com a cabeça.

— Concordo, mas ainda não consigo ter pena dela. Talvez me falte sua bondade e empatia.

— Alguns considerariam isso uma fraqueza.

— E outros, um bem valioso. — A sobrancelha dele se levantou como se a desafiasse a negar o elogio.

Ela se deslocou desconfortavelmente, desejando poder escapar para seu quarto – ou até mesmo fugir. Naquela hora, tarde da noite, com o luar brilhando através das ondas castanhas do cabelo dele, a maneira como falava em tons suaves... as emoções de Cora nunca tinham experimentado tanta agitação em tão pouco tempo. Ela só podia rezar para que a manhã seguinte trouxesse um retorno à normalidade e, com alguma sorte, monotonia, para que pudesse cumprir seus deveres sem a necessidade constante da intervenção dele. Era a única maneira de encontrar a paz em Tanglewood.

— Eu posso ver que você está cansada — ele finalmente disse. — Que falta de educação da minha parte mantê-la longe da sua cama. Desejo-lhe uma boa noite, Sra. Notley.

— Obrigada, senhor. — Cora não hesitou em sair da cozinha. Ela subiu as escadas, trocou de roupa e caiu na cama. Somente então permitiu-se pensar sobre seu empregador e perguntar-se se estaria melhor se Sally não tivesse sido descoberta e se o Sr. Ludlow a tivesse dispensado.

9

Cora não pregou os olhos naquela noite. Além do ronco mais alto que o habitual da Sra. Caddy, sua mente não conseguia se acalmar. Nas primeiras horas da manhã, quando o céu começou a mudar de preto para cinza-escuro, Cora ouviu o som de uma porta se abrindo e fechando. Seguiu-se um barulho de algo sendo arrastado, e ela sabia, sem abrir a porta, que Sally estava saindo antes que os outros criados acordassem.

Quando Cora não conseguiu mais ouvir os passos, ela rolou da cama, vestiu um robe e deslizou os pés para os chinelos. Deixou seu quarto, desceu rapidamente as escadas e saiu. O frio do começo da manhã invadiu seu corpo, e ela puxou seu roupão mais apertado ao redor de si. Ela cerrou os olhos na névoa da manhã, procurando por movimento, e finalmente avistou uma forma escura à frente.

— Sally! — Cora gritou, acelerando os passos.

A criada – ou melhor, ex-criada – virou-se. Enquanto Cora se aproximava, ela podia ver o ódio e a desconfiança escritos claramente no rosto de Sally. Cora parou a vários passos de distância, perguntando-se por que sentiu a necessidade de segui-la. Sally a detestava. Que bem ela achava que poderia fazer?

— Eu, er... — Cora não sabia como começar. — Onde você está indo?

Sally escarneceu e levantou as mãos – ambas carregando pequenas malas.

— Onde parece que estou indo? Jogar bola, é claro.

Considerando todas as coisas, fora uma pergunta ridícula, mas o tom indelicado de Sally não ajudou em nada. Cora soltou o fôlego e tentou novamente.

83

— O que eu queria dizer era... Você tem algum lugar para ir?

A pergunta pareceu pegar Sally desprevenida. Ela se mostrou momentaneamente perplexa antes da mandíbula se apertar e o queixo se levantar de forma desafiadora.

— Não é da sua conta.

Cora estava tentada a concordar e mandar Sally ao diabo, e ela poderia ter feito exatamente isso se não fosse pela vulnerabilidade e medo que ela vislumbrou nos olhos da outra. Era evidente que a mulher não sabia para onde ia nem o que faria.

— Por que você fez isso? — Cora perguntou, precisando saber a resposta. — Você acha a ideia de se submeter à uma mulher mais jovem e menos experiente do que você tão intolerável? Ou isso é apenas um dos motivos?

Sally comprimiu os lábios juntos, recusando-se a responder.

— Você tem um filho, Sally? — Cora pressionou, de forma mais gentil desta vez.

A mandíbula da criada se cerrou e ela se afastou. Cora pensou que tinha captado um lampejo de umidade nos olhos de Sally, mas ela piscou, e quando voltou os olhos para Cora, tudo o que restava era um olhar feroz de orgulho.

— Sim, eu tenho um garoto. Acrescente um marido também antes que ele sucumbisse à febre e morresse. Agora somos só Jimmy e eu. Ele ainda não tem três anos e vive com os McCoard. Pago o que posso para alimentarem e cuidarem do menino, mas eles dizem que precisam de mais e... bem, não tenho mais o que dar. — Ela fungou e balançou a cabeça, permitindo que as lágrimas saíssem. — Eu costumava pensar que podia seguir em frente. Se eu trabalhasse arduamente eu poderia um dia... — Ela balançou a cabeça com raiva. — Eu não sei o que eu estava pensando. Pessoas como eu não vão para a frente.

Surpresa com a confissão de Sally, Cora não respondeu imediatamente. Devia ter custado muito para ela revelar isso, e também confessar seus delitos ao Sr. Ludlow. Mesmo se Cora nunca pudesse tolerar os atos de Sally, sua raiva e frustração abrandaram. Ela não via mais Sally como maldosa. Ela a enxergava como uma jovem mãe que tinha permitido que suas circunstâncias a tornassem amarga, cruel e miserável. Talvez tudo o que Sally realmente precisava era de uma demonstração de bondade. Cora podia oferecer-lhe isso, pelo menos.

— Sally, eu gostaria que você voltasse para Tanglewood e retomasse sua posição como camareira. — As palavras saíram antes que Cora pudesse repensá-las, e embora parecesse ser a coisa certa a dizer, uma parte dela esperava que Sally recusasse a oferta.

Os olhos da criada se arregalaram em choque. Ela puxou as malas na frente do corpo e apertou-as com ambas as mãos. A expressão era de dúvida, desconfiança, e talvez até confusão, mas o escárnio tinha desaparecido. Cora experimentou um certo alívio nisso.

— O Sr. Ludlow me deu autorização para oferecer o cargo a quem eu achar adequada ao trabalho. Você provou ser uma trabalhadora árdua, e é conhecedora das atividades de Tanglewood. Mais conhecedora do que eu no momento. Mas se optar por ficar, deve aceitar o fato de que eu sou a governanta e você é a camareira. Não tenho ilusões de que nos tornaremos grandes amigas, mas espero de você um nível adequado de respeito.

Cora pausou o discurso, mas quando Sally permaneceu em silêncio, ela continuou:

— Talvez até possamos fazer um acordo, se você estiver disposta a isso. Acredito que a razão pela qual você não foi escolhida para o cargo de governanta é porque não tem educação e falta um certo de decoro na sua maneira de agir e de falar. As governantas são muitas vezes chamadas para interagir com os hóspedes de uma maneira digna, e se você quiser ser considerada para tal posição, deve aprender a se comportar assim. Isso é algo que eu posso lhe ensinar. Então aqui está a minha proposta: eu a ensinarei a falar corretamente e com decoro se você me ensinar as maneiras apropriadas de cuidar da casa – e por ensinar, quero dizer sem a ajuda de cobras, ovos podres, pétalas de flores ou abafadores fechados.

Cora dirigiu um olhar severo para Sally, querendo que ela entendesse a extensão de sua loucura.

— Eu não fui a única que você feriu, entende?

Sally pareceu abalada, antes de abaixar os olhos para o chão em uma demonstração de humildade.

Ela acenou e engoliu.

— Eu não estou orgulhosa do que fiz, Sra. Notley, não se engane sobre isso. Eu também não mereço a sua simpatia. Mas não há como negar que preciso do salário, e Tanglewood é a propriedade mais próxima do meu menino. Eu também quero aprender a falar corretamente, então... aceito o seu acordo.

Cora arqueou uma sobrancelha.

— Sem cobras, ovos podres, ou sal no frasco de açúcar?

— Nem rãs, tampouco. — Sally sorriu... realmente sorriu! Parecia tão estranho e ao mesmo tempo tão lindo. Uma onda de alegria encheu Cora de dentro para fora, aumentando sua crença no poder da bondade.

Foi um sentimento que a revigorou como uma noite de sono nunca poderia fazê-lo. Cora decidiu que realmente precisava fazer Sally sorrir mais vezes.

— Temos uma trégua, então? — ela perguntou, estendendo a mão.

Sally pousou uma mala no chão para apertarem as mãos. Assim que elas selaram o acordo, Cora pegou uma sacola. Era muito mais pesada do que parecia e a jovem teve que usar toda a força de ambas as mãos geladas para carregar a coisa de volta para dentro, onde ela agradeceu a um Harry não muito acordado, perguntando se ele poderia fazer a gentileza de devolvê-lo ao quarto de Sally.

— Você fez *o quê*? — Jonathan se aproximou de Cora. Ele estava desfrutando de uma manhã agradável e tranquila em seu escritório quando Watts entrou para perguntar se a Sra. Notley poderia conversar com ele. Não se opondo a ver sua governanta novamente tão cedo, Jonathan concordou, mas não estava preparado para as notícias que ela tinha acabado de lhe dar. Ele supôs que o assunto sobre Sally estava terminado. Ela havia sido dispensada – por *ele* – e deveria ter partido há muito tempo. Mas agora a Sra. Notley tomou a decisão de trazer a mulher de volta? Será que ele tinha ouvido direito?

— O senhor me disse que eu poderia oferecer o cargo a quem eu escolhesse, não disse? — A Sra. Notley parecia inocente como se não pudesse entender a surpresa e a irritação dele.

Jonathan normalmente não era um homem que ficava sem palavras, mas não tinha resposta para isso. Era óbvio que a posição de camareira poderia ser estendida a qualquer mulher, *exceto* à jovem que ele havia despedido no dia anterior. Bom Deus, ele realmente precisava esclarecer aquilo? Certamente, até mesmo a inexperiente Sra. Notley deveria saber que ele se oporia a recontratar Sally. A Sra. Notley também deveria se opor! Que diabos ela estava pensando?

Jonathan afastou-se lentamente da cadeira e se levantou, plantando as palmas das mãos em sua mesa enquanto se inclinava para frente para examinar a governanta.

— Você não pode estar falando sério.

— Estou. — Ela teve a temeridade de se sentar em uma das poltronas e apertar seus dedos no colo como se planejasse ficar para uma conversa aconchegante. — Talvez o senhor queira saber as minhas razões para fazer o que fiz? — perguntou ela.

— A única razão que você poderia ter para se comportar tão irracionalmente é ter perdido a cabeça.

A resposta dela foi um sorriso. Isso separou seus lindos lábios, causando um brilho em seus olhos, fazendo-o se sentir como se fosse ele quem estivesse enlouquecendo e não o contrário.

— Pode ser que tenha perdido — disse ela. — De vez em quando ela desaparece.

Jonathan só podia encará-la fixamente e se perguntar se ele não estava no meio de algum sonho muito estranho.

— Talvez você possa descobrir para onde ela foi, recuperá-la e desfazer o que fez — disse ele. — Pensei que tinha deixado bem claro que não vou empregar uma criada em que não possa confiar.

Seu discurso parecia ter pouco efeito, se é que tinha algum, sobre sua governanta. Ela permaneceu impenetrável.

— Fui eu quem a empregou, não o senhor.

— Mas fui *eu* quem empregou *você*. Isso não era óbvio?

— Eu sei disso — disse ela. — Mas o senhor me concedeu a autorização para contratar quem eu quisesse, e foi isso que fiz. Gostaria de saber por quê?

— Não — ele disse de forma enérgica. — O que eu gostaria é que você dissesse a Sally que ela deve arrumar suas coisas e sair desta casa de uma vez por todas. Eu acreditava que você era uma mulher íntegra, Sra. Notley, e ainda assim você minou minha autoridade. Eu mal posso acreditar nisso, muito menos entendê-lo.

— O senhor entenderia, se apenas ouvisse.

Jonathan estava cansado de ouvir. Ele nunca se sentira tão desprezado e pisoteado por alguém em quem tivesse confiado e até mesmo admirado. A Sra. Notley poderia ter suas razões para fazer o que tinha feito, mas ela obviamente não havia pensado nele ou em como isso iria refletir sobre sua posição como dono da casa. Ele era o superior, e se ele tomou uma decisão ela tinha que cumpri-la, gostasse ou não. Será que ela achava aquilo uma grande piada?

— Sra. Notley — ele disse, tentando controlar a raiva —, do meu ponto de vista, você tem duas opções disponíveis: pode voltar para Sally e explicar que cometeu um erro, ou pode retornar ao seu quarto e fazer suas próprias malas. Eu não vou tolerar tal desrespeito pelos meus sentimentos sobre esse assunto. Isso está claro?

Todo o ânimo foi drenado das feições dela, deixando para trás uma tez pálida com olhos azuis brilhantes e bochechas rosadas. A mandíbula dela endureceu, e Cora se levantou lentamente, erguendo o queixo de uma maneira desafiadora que ele admirava e desprezava.

— Se essas são minhas únicas opções, senhor, devo escolher a última, porque me recuso a dizer a uma mãe que não terá mais os meios para sustentar seu filho. Talvez o senhor não queira saber as minhas razões, mas lhe direi de qualquer maneira, porque deve conhecê-las. Sally é uma trabalhadora árdua e uma boa camareira. Sua animosidade para comigo era apenas uma pequena parte do motivo pelo qual ela queria ocupar meu lugar como governanta. O motivo principal – aquele que a levou a se comportar de forma tão desesperada e tola – foi o filho dela. Ela é viúva e tem um filho. O senhor sabia disso? O senhor também sabia que se ela não conseguir encontrar uma maneira de pagar a seus cuidadores mais do que ela pagou no passado, o menino vai ficar na rua no final do mês? Até esta manhã eu não sabia de nada disso. Mas agora eu sei, e o senhor também.

A Sra. Notley pressionou os lábios e olhou brevemente para o chão antes de reencontrar o olhar dele. A tristeza profunda que ele viu na expressão dela perfurou-lhe o coração.

— Asseguro-lhe, Sr. Ludlow, que não era minha intenção ignorar seus sentimentos ou minar sua autoridade, de forma alguma. O senhor me instruiu a contratar uma camareira de minha escolha, e optei por conceder a Sally o que eu considerava ser uma segunda chance muito necessária. Ela pode ter agido muito mal, e eu não tolero suas ações de forma alguma, mas ela está arrependida e ansiosa para fazer reparações.

Cora pausou, parecendo pesar suas próximas palavras, e quando falou, foi novamente com convicção.

— Às vezes, uma pessoa tem uma boa razão para se comportar mal, e acredito que o perdão e a compreensão podem acabar com o mal e inspirar o bem. Espero que o senhor também acredite nisso e permita que ela fique. Mas, como deixou bem claro, o senhor é o superior aqui e essa escolha é sua. Desejo-lhe um bom dia, senhor.

A Sra. Notley não esperou por uma resposta. Ela virou-se e saiu rapidamente pela porta. Jonathan a viu partir, sem dizer nada que a impedisse.

Ele caiu devagar na cadeira, pensando em tudo o que ela tinha dito. A Sra. Notley havia certamente ultrapassado os limites dessa vez, mas ele não podia mais culpá-la por isso. Pelo contrário, ele se culpava. Ele tinha se comportado como um tirano, e ela tinha todo o direito de desprezá-lo. Mas, ao mesmo tempo, ela havia tomado frente a uma situação cuja resolução tinha sido clara, e a havia confundido da maneira mais frustrante. Jonathan não acreditava em segundas chances e abominava o pensamento de empregar uma camareira em quem não podia confiar. Mas agora que estava ciente de que o bem-estar de uma criança inocente estava em jogo, como poderia deixar de fazê-lo? Ele sentia-se encurralado, sem nenhuma forma de se defender, e isso era enlouquecedor.

Essa era exatamente a razão pela qual um patrão nunca deveria se interessar pessoalmente pelos seus criados. Aquilo complicava as coisas ao extremo e fazia com que Jonathan desejasse nunca ter se interessado pessoalmente por sua governanta. Talvez o mundo dele não estivesse tão distorcido no momento.

10

Q UANDO JONATHAN CHEGOU a um acordo sobre a readmissão de Sally e foi em busca da Sra. Notley, ela já tinha ido embora. Seu quarto havia sido limpo de todos os objetos pessoais e somente a Sra. Caddy e Alice sabiam da sua ausência. Aparentemente, a governanta tinha pedido a elas que se despedissem do restante da equipe antes de sair pela porta.

— Para onde ela foi? — Jonathan interrogou a Sra. Caddy, irritado por a Sra. Notley ter se retirado tão rapidamente. Certamente, ela sabia que ele concordaria com ela eventualmente.

— Ela não quis dizer, senhor — disse a cozinheira, enquanto batia em um grande pedaço de carne com algum tipo de martelo. — Ela só disse que a inexperiência finalmente levou a melhor sobre ela e que era hora de ir embora. — A mulher baixou o martelo e passou a parte de trás do braço na testa suada. — Isso é verdade, senhor? Eu pensei, depois da noite passada, que...

— Não, não é verdade — interrompeu Jonathan. — Tivemos um certo... mal-entendido, é tudo. É por isso que tenho de saber para onde ela foi.

A Sra. Caddy bufou, um sinal de que tinha voltado ao seu eu habitual. Embora Jonathan ficasse feliz em ver isso, sua aparente indiferença o irritou. Ainda na noite passada a mulher tinha defendido a Sra. Notley, e agora não parecia se importar em nada que a governanta tinha ido embora.

— Será que ela vai voltar, então? — A Sra. Caddy perguntou, enquanto esfregava a carne com algum tipo de tempero.

— Minha esperança é que ela volte.

— Fico feliz em ouvir isso — disse a cozinheira, para a surpresa de Jonathan. Aparentemente, ele tinha sido muito apressado em pensar o pior da mulher, assim como tinha feito com a Sra. Notley e com Sally.

— Verdade seja dita, eu lamentei vê-la partir — acrescentou a Sra. Caddy.

Não tanto quanto eu, Jonathan pensou com um suspiro. Ele tinha muitas coisas para fazer naquele dia, mas agora tudo teria que ficar suspenso para que ele pudesse procurar sua governanta fugitiva. Como era possível que ela pudesse empacotar suas coisas e partir tão rapidamente? Cada tarefa que ela tentava completar levava o dobro do tempo que deveria.

Ele olhou para a tímida criada da copa e fez uma última tentativa.

— Alice, você consegue pensar em algum lugar onde ela possa estar?

Alice olhou para o chão e, com uma voz tão silenciosa que ele mal podia ouvir, disse:

— Ela parecia conhecer algumas pessoas em Knotting Tree. Então, talvez ela possa ter ido procurar trabalho lá.

Claro que sim! Por que Jonathan não tinha pensado nisso? Knotting Tree era o lugar óbvio para começar sua busca. A Sra. Notley tinha mencionado que conhecia Katy e parecia estar familiarizada com o Sr. Shepherd também. Certamente alguém ali saberia algo mais sobre a Sra. Notley.

— Obrigado, Alice — ele disse. Não desperdiçando outro momento, ele empurrou a porta de serviço e se aproximou dos estábulos. Com alguma sorte, seria capaz de localizar a governanta e voltar para Tanglewood dentro de uma hora.

Jonathan seguiu o idoso mordomo até a sala de estar de Knotting Tree, onde, para seu espanto, encontrou a Sra. Notley desfrutando de uma xícara de chá com o Sr. e a Sra. Shepherd. Apenas horas antes, ela estava usando um vestido cinza e avental branco, parecendo a cada centímetro uma jovem e atraente governanta. Agora ela usava um lindo vestido de cor pêssego que valorizava sua figura e fazia seus olhos brilharem da maneira mais cativante. Jonathan dificilmente conseguiria abster-se de olhar para ela. Cora estava linda, e parecia refinada e majestosa, como se pertencesse a esse cenário. Isso o trouxe de volta ao seu primeiro encontro, e não foi a primeira vez que ele se perguntou sobre o passado dela.

Quando o mordomo anunciou sua presença, a Sra. Notley o observou cautelosamente. Antes de qualquer um deles falar, o Sr. Shepherd se levantou e limpou a garganta.

— Sr. Ludlow, que bom que veio nos visitar. Por favor, junte-se a nós e perdoe nossa informalidade. Devo dizer que não estávamos esperando visitas tão cedo.

— E eu não esperava encontrar minha governanta em sua sala de estar — respondeu Jonathan, seus olhos ainda voltados para a Sra. Notley. A indagação em suas palavras pesou muito entre eles, trazendo consigo uma estranheza que a fez mover-se desconfortavelmente. Ela obviamente sabia o que a trouxera ali. Era ele que não sabia.

— Eu não sou mais sua governanta, senhor — ela finalmente disse, dando uma olhada suplicante para o Sr. Shepherd, que não perdeu tempo e veio em seu auxílio.

— Cora estava nos contando sobre os recentes acontecimentos em Tanglewood. — Embora ele falasse com um ar de despreocupação, havia uma aspereza oculta em seu tom. — A Sra. Shepherd e eu estamos bastante fascinados pela história, não estamos, minha querida?

— Muito — ela concordou, gesticulando para a bandeja de chá. — Gostaria de se servir de algo, Sr. Ludlow? Como pode ver, a nossa cozinheira enviou o suficiente para alimentar um regimento inteiro.

Jonathan não estava com fome, mas sentou-se ao lado da Sra. Notley – ou seria Srta. Notley? Cora? Ele não sabia mais como chamar a jovem. E o que, exatamente, ela estava dizendo aos Shepherds?

Como se estivesse lendo os pensamentos dele, ela disse:

— O senhor chegou na hora certa, Sr. Ludlow. Eu tinha acabado de chegar no momento da história onde o senhor me deu seu ultimato para mandar Sally embora ou sair. Talvez o senhor queira contar a partir daí?

Ela parecia tão calma, acolhida e perfeitamente confortável nesta casa. Ele não conseguia dar sentido a isso. Como é que ela viera a ser governanta de Tanglewood se estava em posição de tomar chá com seu vizinho mais próximo e mais distinto? Teria tudo aquilo sido uma grande brincadeira para ela – uma maneira de passar o tempo? Teria ela pensado que seria muito divertido brincar de arrumar a casa por algumas semanas, causar problemas e voltar com a mais divertida das histórias?

Na mente confusa e desordenada de Jonathan, essa foi a única explicação que fez um pouco de sentido. O pensamento não fez nada para melhorar a sua disposição, e teve o efeito oposto, na verdade.

— Sim, eu gostaria muito de continuar a história — disse ele, com a mandíbula apertada. — Só esta manhã, Sra. Notley... — Ele olhou para ela, com os olhos frios e duros. — Ou esse não é o seu verdadeiro nome? — Pelo que ele sabia, ela poderia ser Srta. Spencer, Lady Arabella, ou uma filha ilegítima do Sr. Shepherd que ganhava a vida como atriz. Se assim fosse, ela nunca deveria ter sido escolhida como governanta. Ela era desprezível.

— Não, não é o meu verdadeiro nome — confirmou.

Jonathan sentiu suas narinas em chamas quando uma onda de raiva o encheu. Se havia algo que ele detestava mais do que qualquer outra coisa, era ser enganado e tomado como tolo, e ele estava começando a sentir-se muito dessa forma.

— Como eu disse antes — ela prosseguiu —, agora é *Srta*. Notley. Srta. Coralynn Eliza Notley, para ser exata.

A mandíbula de Jonathan se apertou. Por que ela tinha que ser tão irritante às vezes? Que jogo ela estava jogando, e por que ele de repente se sentiu como um peão? Ela o manteve em suspense por diversão própria?

— E quem é a Srta. Coralynn Eliza Notley?

— Você não precisa responder isso — disse o Sr. Shepherd de uma forma calma, mas firme. — O Sr. Ludlow não tem mais o direito de exigir nada de você.

A Srta. Notley suspirou e relaxou as costas na cadeira, alisando as mãos sobre o tecido dos apoios de braço. Depois de alguns momentos, ela disse:

— Talvez ele não tenha o direito, Sr. Shepherd, mas depois das muitas gentilezas que me demonstrou durante as últimas semanas, acredito que ele merece uma explicação.

— Muito bem — disse o Sr. Shepherd, se acomodando de volta em sua cadeira, com os braços cruzados. Ele obviamente não tinha intenção de sair da sala. Era evidente que ele não confiava no Sr. Ludlow para se comportar como um cavalheiro.

A Sra. Shepherd deve ter percebido a situação de forma diferente, pois ela colocou uma das mãos no braço do marido.

— Tenho certeza de que o Sr. Ludlow e Cora têm muito a discutir. Talvez eles preferissem fazê-lo sem uma plateia?

O Sr. Shepherd não pareceu muito interessado nessa ideia, mas levantou uma sobrancelha questionadora para a Srta. Notley. Quando ela deu um leve aceno, ele respondeu com uma reverência, levantou-se e estendeu a mão para a esposa.

— Por favor, toque o sino se precisar de alguma coisa, Cora — ele disse antes de pegar a mão da esposa e saírem da sala.

Assim que a porta se fechou atrás deles, Jonathan se virou para a Srta. Notley, imaginando que tipo de explicação ela lhe daria.

Ela olhou brevemente na direção dele antes de respirar fundo e exalar devagar. Quando estava pronta, Cora começou a contar uma história intrigante e triste sobre a filha de um jovem comerciante que havia sido criada em uma vida de luxo por pais insensíveis, para ser negociada com o primeiro cavalheiro que apareceu. Não importava que ele tivesse o dobro da sua idade e fosse o homem mais desagradável que ela já conhecera. Tudo o que importava era o seu título.

— Se eu tivesse sido uma boa filha, teria concordado com o casamento, mas, infelizmente, eu era muito teimosa e obstinada para seguir esse plano — continuou ela. — Minha amiga, Lady Harriett Cavendish, e sua família têm uma ligação com os Shepherds. Foi ela e Lady Drayson que organizaram minha viagem até Yorkshire para ficar aqui em Knotting Tree. Quando eu cheguei, os Shepherds queriam me acolher e me apresentar à sociedade local com a esperança de me encontrar um bom partido. Mas era o meu desejo procurar um emprego para que eu pudesse ter a liberdade de escolher a direção que minha vida deveria tomar. O senhor fez a gentileza de me oferecer essa oportunidade, pelo menos por um curto período de tempo. — Um leve sorriso tocou seus lábios. — E assim, aqui estamos nós, comigo mais uma vez à mercê dos outros e do senhor... bem, não sei por que veio, senhor.

Enquanto escutava, a frustração de Jonathan diminuiu. Ele sabia como era deixar uma vida confortável e viajar para um lugar desconhecido com a esperança de começar de novo. Mas Jonathan tinha feito aquilo com os meios e a capacidade de cuidar de si mesmo. Quão mais difícil teria sido partir sem nada, como a Srta. Notley tinha feito?

— Então — Jonathan finalmente falou —, você procurou sua independência trabalhando como criada.

Ela riu levemente.

— O senhor me faz soar como uma tola quando fala assim.

Jonathan sentiria falta de ouvir essa risada. Ele sentiria falta da voz gentil dela, dos seus adoráveis olhos azuis, e da maneira como ela franzia a sobrancelha e mordia o lábio inferior sempre que ele a chamava para alguma tarefa. Nenhum outro criado tinha sido tão franco e direto com ele, e Jonathan percebeu o quanto havia gostado.

Quando Jonathan chegou a Askern, ele mergulhou na sociedade. Houve um tempo em que ele tinha participado de todas as atividades sociais e havia hospedado muitas pessoas. Mas com o passar do tempo, as mães e filhas começaram a sufocá-lo com várias manobras casamenteiras, e ele procurou alívio retirando-se e concentrando-se em sua propriedade.

No início, tinha sido a distração de que ele precisava, mas a presença da Sra. Notley – ou melhor, sua ausência – tinha servido para lembrá-lo exatamente de quão solitária ele tinha permitido que sua vida se tornasse. Talvez fosse hora de mudar isso.

— Posso perguntar o que o senhor decidiu fazer com Sally? — A pergunta da Srta. Notley puxou os pensamentos imprudentes de Jonathan de volta ao presente.

Ele limpou a garganta e franziu a sobrancelha com o infeliz lembrete dos eventos desta manhã. Ele ainda não se conformava com a forma como tudo tinha terminado, mas já estava feito.

— Ela vai ficar por enquanto, mas apenas em caráter experimental. Mais um incidente e, com ou sem filho, ela não será mais bem-vinda em Tanglewood.

A aprovação imediata nos olhos da Srta. Notley, o sorriso adorável que tocou seus lábios, e o calor com que ela olhou para ele, fizeram Jonathan se sentir como se tudo fosse acabar bem. Ele teve que se perguntar sobre o efeito que ela tinha sobre a sua disposição. Desde a primeira vez que colocara os olhos nela, Cora foi capaz de fazê-lo sentir coisas que não sentia há muito tempo – tanto boas como ruins. Era como se ela tivesse tropeçado na chave que guardava as emoções dele e não tivesse perdido tempo em libertá-las.

— É por isso que o senhor veio? — ela perguntou. — Para me contar sobre Sally?

— Não — ele respondeu, em conflito. A razão pela qual ele tinha vindo não era mais válida. Quando ele não disse mais nada, a Srta. Notley inclinou-se para a frente em seu assento.

— Sr. Ludlow. — Ela pausou, seus dedos se torcendo juntos da mesma forma que eles faziam toda vez que ela ficava nervosa em relação a algo. A qualquer momento, ela puxaria o lábio inferior para dentro da boca e... ah, exatamente assim. Jonathan segurou um sorriso.

— Sim? — ele perguntou.

Ela soltou o lábio e ergueu o olhar para o dele.

— Eu me pergunto se... bem... se o senhor vai me dar outra chance em Tanglewood também? Se eu prometer nunca mais contratar um funcionário que o senhor despediu recentemente?

Ele tentou o seu melhor para não sorrir.

— Quanto tempo significa *recentemente*, ao certo? Você prefere esperar uma quinzena antes de recontratar o dito funcionário?

Seus lábios se contraíram.

— Deixe-me reformular. Eu prometo nunca mais contratar uma criada que o senhor deseja que permaneça demitida. Assim está melhor?

— Está mais claro — ele admitiu, se acomodando na cadeira, enquanto se perguntava o que fazer a partir dali. Ainda nesta manhã ele havia deixado Tanglewood com o propósito expresso de devolver sua governanta à posição dela, mas agora que ele estava ciente da situação, hesitou em seguir adiante com aquele plano. Por que ela desejava tal coisa, afinal? Será que ela realmente acreditava que a vida de uma criada era mais livre? Uma vida melhor? Por que ela se opunha tanto à entrada na sociedade? E por que de repente ele desejava que ela entrasse?

A verdade é que ele não queria mais que ela voltasse para Tanglewood. Ele queria que ela fizesse o que o Sr. e a Sra. Shepherd desejavam e tomasse seu lugar onde realmente pertencia. Ele queria ser capaz de se levantar para dançar com ela em festas, acompanhá-la em jantares, e fazer a corte. Se ela voltasse às tarefas domésticas, uma linha imaginária se colocaria entre os dois – uma que as regras da sociedade ditaram que ele não poderia atravessar, pelo menos não da maneira que ele agora desejava. Ela seria sua serva e ele, seu patrão, e os dois nunca se tratariam de outra forma, pois Jonathan não era um homem que tomava certas liberdades com uma pessoa de sua equipe.

— Se eu disser que não — Jonathan fez uma careta —, o que seria da Srta. Notley?

Ela endireitou os ombros e levantou o queixo.

— Eu procuraria emprego em outro lugar, naturalmente.

— Você não permitiria que o Sr. e a Sra. Shepherd a levassem para a sociedade?

— Certamente não. Eu nunca desejaria tal coisa.

— Por quê?

— Eu não pertenço a esse mundo.

— Disparate — disse ele. — Nós não estamos em Londres. Isto é Askern, onde várias famílias respeitáveis estão envolvidas em algum tipo de comércio. Você se encaixaria muito bem.

A Srta. Notley franziu o cenho. Depois de um momento ou dois, ela disse:

— O que eu quis dizer é que eu não tenho nenhum desejo de pertencer a esse mundo.

Em outras palavras, ela não tinha nenhum desejo de pertencer ao mundo de Jonathan. O pensamento o feriu.

— Por que isso?

— Porque, senhor, é um mundo em que os homens detêm todo o poder e as mulheres não detêm nenhum. A vida de criada pode ser rigorosa e exigente, mas há uma grande satisfação em ganhar um salário justo e saber que o que eu ganhei é só meu. Eu não preciso responder a ninguém ou pedir permissão para fazer o que quiser, ir aonde eu quiser, e me casar com quem eu escolher. Minha vida, senhor, é minha, e é assim que eu prefiro.

Jonathan olhou profundamente nos olhos dela – olhos que brilhavam vibrantemente com orgulho e determinação obstinados. Não havia como fazê-la mudar de ideia.

— E com quem você um dia escolherá se casar? — ele perguntou, sem ter certeza de que gostaria que ela respondesse. — Um criado de libré, talvez? Um mordomo? Um ajudante de cavalariça? Possivelmente um agricultor? Você não vê que as criadas são limitadas em suas escolhas? Você seria feliz se casasse com alguém que foi criado de forma tão diferente da sua?

— Eu não me importo com riqueza ou posição — ela se defendeu. — Acredito que eu estaria melhor se me casasse com um criado de libré que eu respeitasse do que com um galanteador desprezível que só tem interesse no dinheiro do meu pai.

— Nem todo cavalheiro é assim, sabia?

Ela soltou o fôlego e ofereceu-lhe um sorriso dolorido que parecia dizer: *Vamos concordar em discordar e acabar com esta conversa.*

— Eu sei — ela disse. — Lorde Drayson, Sr. Shepherd, e agora o senhor, me ensinaram que há muitos homens bons na sociedade. Mas eu ainda estou determinada a fazer o meu próprio caminho. Se o senhor não quiser mais me manter como sua governanta, eu entenderei e começarei minha busca por emprego em outro lugar. Mas Tanglewood ocupa um lugar especial em meu coração, e eu gostaria muito de voltar.

Jonathan colocou os dedos debaixo do queixo. Essa não era a resposta que ele queria ouvir, e mesmo assim não ficou surpreso. Ele percebeu que uma vez que a mente da Srta. Notley estava definida, ela não seria influenciada. Era tanto uma força quanto uma fraqueza – algo com o qual ele não se importava no momento, porque isso o deixava com apenas duas opções. Ele poderia permitir que ela voltasse como sua governanta ou deixá-la ir, sabendo que provavelmente nunca mais a veria.

Na verdade, só havia uma opção.

— Se é assim que você realmente se sente...

— É, senhor — ela insistiu.

— Então... Considere-se bem-vinda a Tanglewood mais uma vez, *Sra.* Notley.

O sorriso que irradiava de seus lábios fez o coração de Jonathan bater de forma desordenada. Ele sentiu seu mundo se inclinar e balançar precariamente, e ele se perguntou como iria lidar com essa nova e desconhecida situação. Ela tinha encontrado o caminho para o coração e mente dele, e Jonathan sabia que algo tinha mudado. Não havia como as coisas retornarem ao que eram depois do que acontecera hoje.

11

O RETORNO DE CORA A TANGLEWOOD tornou-se o início de uma feliz mudança. Em vez de ser acolhida de volta com indiferença, desdém ou mesmo desprezo, os criados a cumprimentaram com sorrisos e cordialidade. Harry a puxou para um abraço, Watts acenou com a cabeça em aprovação, Alice olhou para cima o tempo suficiente para esboçar um sorriso tímido, e até mesmo a Sra. Caddy parecia satisfeita em vê-la.

Além disso, a casa começou a funcionar tranquilamente – ou, pelo menos tão tranquilamente quanto possível, com Cora ainda tendo muito a aprender. Mas fiel à sua palavra, Sally tornou-se uma professora hábil, chegando ao ponto de lembrar Cora de retirar do forno mais uma tentativa de bolos, antes que ficassem escuros. Como resultado, Cora finalmente produziu um lote que ousou servir, embora Harry a tenha provocado por estarem secos. Mas ela não se importou. Os bolos não estavam muito escuros ou crocantes, e para ela isso significava progresso.

Além disso, o Sr. Ludlow também parecia depositar mais confiança nela. Ele começou a pedir sua opinião sobre as escolhas do menu e a perguntar o que ela pensava sobre as cortinas, lençóis ou móveis em várias salas. Cada vez que se encontravam pela casa, o que parecia ocorrer mais frequentemente nos últimos tempos, ele tinha uma pergunta para lhe fazer. Isso fez com que ela se sentisse muito útil.

Um dia, em especial, ele solicitou sua presença em seu escritório depois do almoço. Ela o encontrou sentado em sua cadeira preferida, com uma expressão pensativa. Assim que ela entrou, ele acenou com a cabeça para a área acima da lareira onde uma pintura representava as ondas do oceano quebrando contra uma costa rochosa.

— O que você acha da minha recente aquisição, Sra. Notley?

Cora analisou a pintura. O artista obviamente tinha um grande talento. Ele havia capturado o luar brilhando sobre as águas de uma maneira dramática e turbulenta. A maior parte das pessoas consideraria a obra de arte bonita e romântica, mas havia algo nela de que Cora não conseguia gostar. Talvez fosse a fúria que ela captou nas ondas agitadas e como estas pareciam atacar as rochas. Ou talvez tenha sido a lembrança de uma pintura semelhante que o seu pai tinha adquirido para a biblioteca da família não muito tempo atrás. Cora também não foi tocada por aquela pintura. Qualquer que fosse o motivo, ela desejava que o Sr. Ludlow não tivesse pedido sua opinião sobre esse assunto em particular. Aquela peça tinha obviamente capturado o interesse dele, e se a comprou para o seu ambiente favorito, deveria ter gostado muito dela. E ela detestava discordar.

— Você não gostou. — O Sr. Ludlow interpretou corretamente os pensamentos dela enquanto a observava atentamente. Um pequeno sorriso surgiu nos cantos de sua boca como se a desafiasse a negar a constatação dele.

Cora limpou a garganta e tentou pensar em algo educado para dizer.

— O artista é bastante talentoso.

— Eu concordo — ele disse. — Mas será que ele usou bem os seus talentos nesta paisagem?

—Er... — Cora não sabia como responder com habilidade, mas disse: — Tenho certeza de que ele acredita que sim.

— E sua opinião? — ele a pressionou.

Ela apertou os dedos atrás das costas e deslocou o peso de um pé para o outro.

— Se quer mesmo saber, acho que ele estava de mau humor quando o pintou.

— Ah, então você vê a emoção atrás das linhas.

— É impossível não ver, senhor.

— Então prefere que as suas pinturas sejam de natureza mais tranquila?

Deus, o homem podia ser desafiador às vezes. Por que eles estavam mesmo tendo essa conversa? Parecia tola e irrelevante. Se o Sr. Ludlow encontrou algo para admirar na obra de arte, então ele deveria continuar a admirá-la e deixar Cora com os seus deveres. A opinião dela não importava em nada.

— Não necessariamente — respondeu ela. — Só me pergunto como seria uma pintura deste artista depois de ter dado um passeio revigorante por um belo jardim em um glorioso dia de sol.

O Sr. Ludlow pareceu considerar a sugestão antes de levantar uma sobrancelha.

— Um passeio por um jardim é tudo o que é preciso para melhorar o estado de espírito? — Sua voz tinha um tom provocador, e Cora não resistiu em responder da mesma maneira.

— Bem, talvez ele pudesse espreitar uma dama adorável e inspiradora, enquanto estiver passeando.

O Sr. Ludlow riu. Ele se apoiou no encosto da sua cadeira e apertou as mãos atrás da cabeça, desviando o olhar para a pintura mais uma vez. Depois de estudar um pouco mais, ele disse:

— Você sabe de uma coisa, Sra. Notley? Agora estou me perguntando a mesma coisa. Talvez eu devesse encomendar outro quadro dele com a condição de que ele só trabalhe depois de um passeio com uma bela dama pelo jardim.

— Talvez o senhor deva fazer isso — disse ela, mesmo sabendo que ele nunca o faria. O pensamento apenas reafirmou a tolice dessa conversa, e Cora se viu se perguntando por que ele pediu uma audiência com ela.

Quando ele a olhou novamente, o calor em sua expressão fez com que seu coração saltasse e batesse de uma maneira muito inconveniente. Talvez essa fosse a razão pela qual ela implicava com esse tipo de conversa com ele. O caráter alegre levava a um sentimento de amizade que ela não deveria experimentar com seu empregador. Eles deveriam discutir a situação das contas ou fazer preparativos para os convidados do jantar – não falar sobre como uma bela mulher poderia inspirar um homem. O que ela estava pensando ao dizer tal coisa? Ela não pensava, e esse era o problema. Quando estava em sua presença, todos os pensamentos coerentes desapareciam.

Cora limpou a garganta.

— Se me der licença, senhor, tenho mesmo que ir. Há açúcares à espera para serem triturados e ervas que precisam ser colhidas.

— Tenho certeza de que você vai bater neles sensatamente e deixar as ervas secas — ele disse. — Tenha um bom dia, Sra. Notley.

— O senhor também.

Cora praticamente fugiu da sala, fazendo respirações profundas todo o caminho de volta para a cozinha. Essas reuniões inesperadas com o Sr. Ludlow precisavam parar logo, ou ela teria que se demitir e sair de Tanglewood de uma vez por todas. O homem estava começando a invadir seus pensamentos com muita frequência, e ela se recusava a permitir que isso acontecesse – não agora que ela estava finalmente se sentindo em casa.

A jovem parou do lado de fora da cozinha, jurando a si mesma que não se encorajaria mais a falar de forma descontraída com o Sr. Ludlow. De agora em diante, só falaria com ele sobre assuntos domésticos e nada mais. Ela bloquearia seu coração e manteria sua mente no lugar a que pertencia.

— Oh, Sra. Notley, aqui está você finalmente. — Os olhos de Cora se alargaram quando viu Sally correndo em sua direção parecendo mais feliz do que jamais havia visto. A mulher de cabelos encaracolados e ruivos chegou ao ponto de apertar fortemente suas mãos. Cora piscou surpresa, pensando como os dedos de Sally pareciam secos e frágeis, como se pudessem estalar com a menor pressão.

— O que foi, Sally? — perguntou Cora. Apesar de manterem um relacionamento melhor entre elas, Sally nunca tinha sido tão amigável antes. Os olhos da camareira estavam cheios de lágrimas.

— Eu não consigo acreditar, mas é tão real quanto eu estar aqui.

— O que é real? — Cora perguntou, perplexa.

— É sobre o meu garoto. O Sr. Ludlow saiu e encontrou um lugar melhor com uma boa mulher *que não pede mais, e eu não posso pagar*. E também aumentou meu salário para que eu também possa guardar um pouco. — Ela balançou a cabeça, enquanto as lágrimas escorriam por suas bochechas. — Eu não mereço depois do que *fiz*.

O coração de Cora expandiu-se instantaneamente. Ainda bem que o Sr. Ludlow não estava ao seu lado ou provavelmente ela jogaria seus braços ao redor dele e faria exatamente o que jurou nunca pensar, muito menos fazer. Mas como poderia não pensar nisso quando ele fez algo tão maravilhoso?

Cora sorriu para Sally e deu um leve aperto nos dedos dela.

— Você quis dizer que a boa mulher não está pedindo *nada que você não possa pagar* e que você não merece depois *do que eu fiz*. — Cora fazia questão de corrigir Sally em todas as oportunidades – na esperança de que ajudasse. — E é claro que você merece, Sally. Você é uma boa mãe e uma trabalhadora árdua. Suas notícias me deixaram muito feliz.

Sally apertou os dedos de Cora uma última vez antes de soltá-los.

— Muito obrigada, Sra. Notley. Eu não sei o que mais posso dizer.

Cora balançou a cabeça, não se sentindo merecedora da gratidão da camareira.

— Não é a mim que você deve agradecer. É ao Sr. Ludlow. Eu não tive nada a ver com isso.

O sorriso de Sally tornou-se malicioso.

— Se você acha isso, Sra. Notley, não conhece os homens. Era em você que ele estava pensando, não em mim.

A camareira retirou-se com uma leveza no andar, e os olhos de Cora a seguiram. Que coisa estranha de se dizer. Se o Sr. Ludlow estivesse pensando em alguém, teria sido no filho de Sally. Toda criança merecia ser cuidada da maneira correta, e o Sr. Ludlow tinha feito o que era necessário para proteger um menino que não podia se proteger. O único papel que Cora tinha desempenhado fora o de manter Sally e garantir que o Sr. Ludlow entendesse sua situação. Ele tinha feito o resto por causa da bondade do seu coração.

E o coração dele era bom, pensou Cora, sentindo o seu próprio aquecido novamente.

Céus, ela realmente deveria parar de pensar nessas coisas. Isso só traria problemas, e ela certamente não precisava mais disso. Cora entrou propositadamente na copa, envolveu um grande pedaço de açúcar em um pano, e começou a bater com força com um martelo.

Duas semanas depois de sua conversa com a Sra. Notley sobre a pintura intitulada *Mares revoltos*, Jonathan mais uma vez se sentou em sua cadeira favorita e franziu o cenho para a peça. Quando ele colocou os olhos nela pela primeira vez, achou-a imponente e majestosa, mas depois de ouvir a opinião da Sra. Notley, ele agora reconhecia o sentimento de inquietude que as cores escuras e os mares turbulentos transmitiam. Isso começou a incomodá-lo cada vez mais. Em um determinado momento, decidiu substituí-lo, mas com o passar dos dias e com o fracasso de seus esforços para aprofundar seu relacionamento com a Sra. Notley, Jonathan desenvolveu uma espécie de afinidade com a pintura e não desejava mais se separar dela.

O que havia mudado? Ele e a Sra. Notley tinham se dado tão bem antes, mas agora ela não o olhava mais nos olhos. Ela respondia às suas perguntas provocadoras com silêncio ou com respostas enfadonhas e sem vida. A jovem fazia todo o esforço para evitá-lo, chegando ao ponto de virar em um corredor quando o viu vindo na direção dela, mesmo que soubesse que ele a havia visto. Não havia mais cumprimentos ou sorrisos animados, não havia mais risos ou conversas que alegrassem o seu dia. A única vez nas últimas duas semanas que ele sentira algum carinho por parte dela, foi quando Cora agradeceu a ele por ter feito as melhorias nas condições de Sally. Por um breve momento, ele capturou uma fagulha da jovem de que tanto gostava, mas então ela inclinou a cabeça, enrijeceu os ombros, e voltou às respostas vagas e duras.

Ele queria pegá-la pelos ombros e exigir uma explicação, mas observou sua reverência e a viu fugir – não que ela nunca tivesse feito isso.

Um barulho e gritos soaram do lado de fora de sua janela, e Jonathan se levantou para investigar o tumulto.

Aparentemente alguém havia deixado o portão do galinheiro destravado e os jardins principais continham uma aglomeração de aves bicando. Charlie, o ajudante do estábulo, estava tentando encurralar uma das aves enquanto Harry perseguia outra com movimentos frenéticos. A Sra. Notley também tinha vindo em socorro. Ela se agachou, tentando atrair uma galinha, mantendo uma mão cheia de sementes esticada. Uma das aves deu uma bicada e rapidamente se afastou. Ela só precisou de mais algumas tentativas para perceber a inutilidade de seu plano. A jovem jogou o que sobrou das sementes perto de uma cerca onde Charlie finalmente tinha encurralado uma ave. Quando se curvou para bicar uma semente, Charlie a pegou com ambas as mãos. Outra galinha veio para bicar, e então ele rapidamente entregou a ave capturada a uma Sra. Notley surpresa. Ela tentou segurá-la, mas quando o animal tentou abrir as asas, Cora gritou e deixou-a cair.

Charlie exclamou algo e apontou, enquanto Harry se apressou para a criatura recém-libertada, apenas para assustá-la de volta para a Sra. Notley, que gritou mais uma vez e procurou abrigo atrás de Harry, segurando em seus ombros para mantê-lo entre ela e a agora assustada ave. Harry olhou por cima do ombro e disse algo que a fez rir, enquanto Charlie pulou para outro pássaro e falhou, aterrissando em uma pilha de penas e sementes. A Sra. Notley manteve uma mão no ombro de Harry, enquanto ela se dobrava, tremendo em um riso descontrolado. Jonathan não podia deixar de notar o quão confortável ela parecia estar com o criado de libré. Ela até o tinha tocado sem hesitação.

Uma lembrança da voz determinada da Sra. Notley veio à mente de Jonathan. *Eu estaria melhor se me casasse com um criado de libré que eu respeitasse,* dissera ela com firmeza. Harry era o tal criado de libré? Jonathan sempre pensou que estar em uma posição de riqueza e poder era a vida preferida – a vida invejada por aqueles que nunca poderiam alcançá-la. Mas quando olhou para a cena no jardim, viu-se tendo inveja de um criado de libré. Isso não combinava com ele.

Quem havia permitido que aquelas galinhas escapassem? Elas estavam levantando poeira, deixando uma bagunça de penas em seu rastro e causando um caos total. Ele só podia imaginar o que um visitante diria sobre a cena. Deus, sua casa nunca seria capaz de manter qualquer tipo de decoro?

Ele deu as costas para a janela e saiu da sala. Percorrendo o corredor e saindo pela porta, seguiu o caminho para os jardins. A Sra. Notley se inclinou para a frente a ponto de segurar a barriga, enquanto continuava rindo. Sally também se juntou à comoção, rindo alegremente. Eles pareciam se divertir vendo as galinhas escaparem da captura.

— O que diabos está acontecendo? — A voz de Jonathan soava trovejante, até mesmo aos seus próprios ouvidos, mas ele não se importou. Ele queria que a loucura parasse para que pudesse voltar à tranquilidade.

Seu tom teve um efeito imediato sobre todos. Eles ficaram sérios imediatamente, com exceção da Sra. Notley, cuja mão agora cobria a boca para abafar suas risadas. Charlie, segurando uma galinha balançando, enrijeceu e olhou para o chão.

— Desculpe, Sr. Ludlow. As galinhas... bem, senhor, elas...

— Escaparam — disse Jonathan, sem qualquer tipo de paciência. — Eu posso ver isso. O que estou querendo saber é quem permitiu que escapassem.

O cavalariço, que não poderia ter mais de 16 anos, deslocou o peso de um pé para o outro, ainda se recusando a encontrar os olhos do Sr. Ludlow. A Sra. Notley, graças a Deus, finalmente parou de rir.

— Bem, senhor... — O garoto começou a falar, mas Harry o interrompeu.

— Fui eu que deixei aberto.

O Sr. Ludlow levantou uma sobrancelha, achando aquilo difícil de acreditar.

— O que você tinha que fazer no galinheiro, Harry? — ele perguntou, desafiando o criado a encontrar um motivo em que Jonathan acreditaria.

— Eu... er... — Harry lançou um olhar em pânico para a Sra. Notley, obviamente implorando-lhe para vir em seu auxílio.

Ela revirou os olhos.

— Oh, pelo amor de Deus, Harry, o Sr. Ludlow não é um tolo. Ele sabe muito bem que não foi obra sua. É claro que foi o Charlie que se esqueceu de fechar o trinco, mas ele não fez isso de propósito, senhor. Foi um erro inocente que todos nós estamos tentando corrigir.

A mandíbula de Jonathan endureceu. Por que a Sra. Notley parecia ser a única pessoa que dava algum valor à verdade? Harry, que não hesitara em contar a mentira idiota, não parecia nem um pouco arrependido, e

Charlie não disse nada para corrigi-lo. Será que a integridade significava tão pouco para eles para que a ignorassem em todas as oportunidades?

Jonathan deu uma olhada em toda a cena. Diante dele estava um criado mentiroso, um covarde, uma criada imoral e uma governanta incompetente que tinha deixado bem clara sua indiferença para com Jonathan. Todos estavam cercados por galinhas muito barulhentas. Uma ave até teve a ousadia de bicar os recém-lustrados sapatos Hessians de Jonathan. Ele empurrou o pássaro para longe com a ponta do pé, enquanto a raiva fervilhava por dentro. Já chega!

Ele dirigiu um olhar frio para Harry primeiro e depois para Charlie.

— Vocês dois devem pegar cada galinha, e então, empacotar suas coisas e sair de Tanglewood neste instante. Eu não preciso mais dos seus serviços.

Charlie e Harry pareceram aceitar o veredito sem surpresa ou discussão. Jonathan teve que reconhecer o mérito disso. Eram os olhos da Sra. Notley que saltavam.

— Mas, senhor...

Jonathan virou o olhar para ela, e Cora fechou a boca. Ele sabia que o efeito seria apenas temporário, já que a mulher não poderia permanecer em silêncio por muito tempo. Sem mais delongas, virou-se e foi embora. Qualquer observador poderia ver aquilo como uma saída poderosa, mas aqueles que realmente o conheciam saberiam o que era – uma fuga para evitar mais um confronto com a governanta. Infelizmente, ele não tinha dado mais do que três passos quando soaram outros rápidos atrás dele. Jonathan sabia, sem olhar, que ela o havia seguido.

— Senhor — a voz dela confirmou. — Por favor, espere.

Foi preciso conter-se para não se precipitar em uma corrida e fugir, mas Jonathan forçou seus passos a permanecerem firmes e continuou em frente, ignorando o apelo dela. Ele contornou a lateral da casa e estava quase nos degraus quando a mão dela pegou seu braço. Ele sentiu o toque imediatamente. O poder do toque subiu por seu braço e atravessou seu corpo, despertando sensações e desejos que ele não havia sentido antes. Ele parou e olhou para os olhos azuis brilhantes dela, querendo puxá-la para ele e beijar todos os argumentos de seus lábios. Por que ela sentia necessidade de enfrentá-lo naquela questão? Por que ela não podia entender o quanto ele detestava a desonestidade e ficar do lado dele pelo menos uma vez? Por que ela não poderia tocá-lo apenas porque desejava? A única razão pela qual ela o tocava agora era porque sentia a necessidade de defender um criado de libré.

— Eu já sei o que você quer me dizer — disse Jonathan. — Ambos têm bons motivos para se comportarem mal e você gostaria de me dizer quais são.

— Sim.

Ele olhou fixamente para a mão dela em seu braço.

— Para que não se esqueça, Sra. Notley, prometeu nunca mais interferir nas minhas decisões.

Ela puxou a mão para longe.

— Não... eu prometi nunca mais readmitir um criado que o senhor tenha despedido. Eu não prometi nunca interferir.

— Talvez agora fosse o momento ideal para fazer tal promessa, pois você está pisando em um terreno perigoso, e não estou com disposição para ouvir suas súplicas. Como já lhe disse antes, não tolerarei desonestidade de nenhum tipo.

Ela apertou os lábios, com os olhos transmitindo sua óbvia decepção com ele. Mas, como de costume, ela não podia ficar calada por muito tempo.

— E ainda assim o senhor vai insistir que um cavalariço retorne ao seu pai bêbado onde ele será submetido a uma surra feroz porque não tem mais um emprego. Charlie não queria deixar o portão destrancado, senhor.

— Ele não foi demitido porque deixou o portão destrancado — disse Jonathan, levantando sua voz. — Ele foi demitido porque ficou parado enquanto um criado mentia em seu nome e não disse nada.

— É claro que ele não disse nada! Ele acreditava que a consequência de deixar um portão destrancado resultaria em sua demissão imediata e, portanto, em uma surra severa. O senhor não vê, Sr. Ludlow? Seus criados têm medo do senhor. Eles acreditam que é o mais exigente dos patrões e que um erro resultará em demissão. Por que acha que a Sra. Caddy ficou tão louca quando o jantar deu errado? Ela temia pelo seu trabalho. Todos temem.

A Sra. Notley pausou, mordendo o lábio inferior como se estivesse lutando para controlar suas emoções. Quando ela olhou para ele de novo, lágrimas não derramadas encheram seus olhos.

— Seus servos não são pessoas sem integridade, senhor. Charlie e Harry são bons homens. Eles simplesmente têm muito mais em jogo do que o senhor imagina. Por favor, não os mande embora por isso. É uma punição injusta.

Ela piscou os olhos e uma lágrima escapou, fazendo um caminho pela sua bochecha. Jonathan assistiu àquilo, sabendo que tinha sido o causador. Ter ciência disso rasgou seu coração. Apenas momentos antes, ela estava cheia de alegria e felicidade – todos estavam – e agora, por causa de seu temperamento brusco e mal-humorado, não havia mais alegria. Jonathan não podia mais ficar olhando para ela, então se virou e foi embora, precisando do consolo de seu escritório mais do que nunca. Pelo menos ele estaria em boa companhia com sua pintura.

Uma vez dentro, ele encontrou Watts, que estava emergindo do corredor que levava de volta à cozinha.

— Bom dia, senhor — disse alegremente o mordomo. *Pelo menos alguém ainda pode olhar para mim com respeito*, pensou Jonathan.

— Bom dia, Watts — respondeu ele, respirando fundo, enquanto lutava para controlar suas emoções turbulentas. Tratava-se de uma batalha que não era fácil de vencer. Seus princípios nunca aceitaram uma derrota fácil, mas assim como Sally, Jonathan sabia que a Sra. Notley estava no direito dela. Diabo. Como ele desprezava estar errado.

Outra respiração profunda, e Jonathan reuniu forças para dizer:

— Posso pedir um favor a você, Watts?

— Certamente, senhor. Como posso ajudar?

— Você poderia informar Charlie e Harry que, após a remoção das galinhas dos meus jardins, eu gostaria de conversar com eles no meu escritório?

A ligeira elevação das sobrancelhas do mordomo foi o único indício de que ele ficou surpreso com o pedido.

— Imediatamente, senhor.

— Obrigado, Watts. — Sentindo-se um pouco melhor, Jonathan voltou ao seu escritório e deu uma última olhada na maldita pintura, antes de retirá-la da lareira.

Depois do jantar, Jonathan precisou de um pouco de ar e foi até a cidade, parando na taberna para tomar uma bebida e encontrar qualquer distração que pudesse haver ali. Ele estava com sorte. Dois bêbados começaram uma discussão que rapidamente se transformou em uma briga. Socos foram disparados, bebidas derramadas e copos quebrados, até que finalmente foram empurrados porta afora por um proprietário furioso. Jonathan assistiu à cena com um sorriso interior. Pelo menos ele não tinha tido que recorrer a discussões com o Harry e o Charlie. Talvez ainda houvesse esperança para ele.

Nas primeiras horas da manhã, ele tragou a última bebida, jogou algumas moedas na mesa e acenou para o proprietário, antes de voltar para Tanglewood. Ele entregou seu cavalo para um cavalariço sonolento e correu para dentro, onde, para sua surpresa, encontrou a Sra. Notley dormindo na base das escadas, com a cabeça encostada no corrimão e a boca levemente aberta. Jonathan parou a vários metros de distância, observando-a.

O luar que entrava pelo vidro acima da porta destacava seus cachos escuros e as lindas maçãs do rosto. Seus ombros e peito se levantavam e desciam profundamente, e o menor dos sorrisos tocava seus lábios. Mesmo em seu sono, ela parecia contente e satisfeita. A bondade parecia emanar dela, tocando-o como o calor de um fogo aconchegante.

Jonathan sabia que deveria contorná-la e ir direto para o seu quarto. Ela acordaria por conta própria, ou ele poderia enviar seu criado para despertá-la. Era muito tarde e Jonathan estava muito cansado para controlar os sentimentos que ela agitava dentro dele, mas não conseguia desviar o olhar. Cora era tão bonita. Ele cedeu ao impulso de passar seus dedos levemente pela bochecha dela. Como a pele era suave e fresca.

O toque dele a agitou, e ela levantou lentamente a cabeça, piscando os olhos. A princípio, parecia confusa. Então o olhar dela percorreu das botas de Jonathan até o seu rosto. Os olhos dela se alargaram e Cora imediatamente se levantou, sufocando um bocejo.

— Perdoe-me, Sr. Ludlow. Eu devo ter adormecido.

Jonathan olhou para os degraus de mármore e levantou uma sobrancelha.

— Com certeza você poderia ter encontrado um lugar mais confortável para dormir do que esses degraus. Sua cama, talvez?

— Eu não pretendia adormecer, senhor.

— E, no entanto...

— Sim. — Ela estudou seus dedos como se fossem as coisas mais interessantes ao redor. Quando ela não disse mais nada, Jonathan suspirou.

— O que você estava fazendo nas escadas, Sra. Notley? Protegendo a porta contra intrusos, talvez?

— O quê? — Seus olhos voaram para os dele, mas quando ela viu que Jonathan estava apenas brincando, seus lábios se levantaram um pouco. — Sim, é exatamente o que estava fazendo, senhor. Pode descansar tranquilo esta noite, pois tenho as coisas sob controle. — Seus lábios se contraíam e tremiam, e Jonathan teve o mais profundo desejo de beijá-los. Qual seria o gosto deles? Seriam tão suaves e flexíveis quanto pareciam? Eles se adaptariam a ele ou...

Que diabos ele estava pensando? Jonathan fechou os olhos e apertou a ponte do nariz, esforçando-se para controlar as emoções. O que ele precisava fazer era sair dali. Imediatamente.

— Eu vou descansar — disse ele, com um suspiro. — Boa noite, Sra. Notley.

Ele começou a passar por ela, mas Cora se moveu para detê-lo. Quando os dedos dela tocaram a frente da camisa dele, ela puxou a mão de volta como se o simples contato tivesse dado um choque. Os olhos dela se fixaram na área da pele exposta debaixo da clavícula dele. Horas antes, Jonathan havia descartado sua gravata e desabotoado os dois botões superiores de sua camisa.

A respiração dela parou e Jonathan sentiu o aumento da sua própria respiração. O olhar dela se elevou lentamente para o dele, revelando sua vulnerabilidade, nervosismo e desejo. O coração de Jonathan acelerou, e ele teve que apertar as mãos ao lado do corpo. Ele estava muito cansado para este tipo de tentação. O que ela estava pensando ao esperar por ele?

— Há algo de que você precisa, Sra. Notley? — As palavras saíram abruptas e irritadas.

Ela piscou os olhos e balançou a cabeça.

— Não, senhor. Quero dizer, sim. — Ela pausou, mordendo o lábio inferior, enquanto procurava pelas palavras certas. — Eu só queria dizer... bem, obrigada, eu acho.

— Por quê?

— Por manter Charlie e Harry. Por ouvir e... Sua voz parou.

— Finalmente enxergar os motivos? — ele terminou por ela, irritado por ter que lutar contra sua atração enquanto ela estava lá, lembrando-o de sua grosseria anterior. O fato é que ele não precisava da sua gratidão ou mesmo de sua aprovação. Ele só queria escapar da sua presença, ir para a cama, e esquecer que este dia tinha acontecido.

Infelizmente, ela estava dificultando isso.

— Eu ia dizer "compreender" — ela disse calmamente, com o rosto sulcado de preocupação. — E o senhor compreendeu, certo? — Ela pausou, parecendo ansiosa. — O que eu quero dizer é que as razões pelas quais o senhor permitiu que Charlie e Harry permanecessem e que fez com que o filho de Sally recebesse melhores cuidados era porque estava preocupado com o bem-estar deles, certo?

— Ou com bem-estar de quem, Sra. Notley? — perguntou ele. — O seu? Você acha que eu fiz tudo isso por você? Que eu guardo alguns... sentimentos especiais pela minha governanta e que *esse* é o motivo pelo qual eu ouvi e compreendi?

As bochechas dela queimaram e Cora rapidamente balançou a cabeça.

— Não, claro que não. Eu nunca iria presumir tal coisa. É só que... oh, não importa. — Ela colocou as palmas das mãos nas bochechas em chamas. — O que eu estava pensando? Eu não deveria ter esperado pelo senhor. Por favor, vamos esquecer que toda essa conversa aconteceu.

Jonathan não queria nada além daquilo, mas sentiu-se imediatamente culpado por tê-la agredido dessa maneira. Ela não merecia isso, não quando suas preocupações eram justificadas. A verdade é que ele tinha pensado nela em primeiro lugar em cada situação. Ele pensava nela constantemente. Esse era o problema.

Ele suspirou.

— Você estava pensando, Sra. Notley, que não poderia ir para a cama sem expressar sua gratidão por eu ter caído em mim a tempo suficiente para corrigir um erro. Não há nada de errado com isso. Reze para me perdoar por me comportar como um garoto. A verdadeira razão é que eu não poderia pensar neles sem pensar em você. Suponho que você poderia dizer que me ajudou a ver as coisas mais claramente – ou com mais compaixão, e por isso também lhe devo meus agradecimentos. Eu passei a respeitar e admirar muito a sua opinião, e peço desculpas por deixá-la desconfortável.

A boca da governanta se abriu para dizer algo, mas nenhuma palavra saiu. Ela olhou para ele confusa.

Jonathan não poderia negar que ele gostava de vê-la sem palavras, pelo menos uma vez. Foi uma sensação muito boa.

— Você não precisa mais vigiar a porta, Sra. Notley. Por favor, vá para a cama, e vamos fazer o que você sugere e esquecer o dia de hoje. Eu não gostaria de nada mais, garanto-lhe.

A resposta dela veio com um aceno lento, e Jonathan aproveitou a oportunidade para escapar, deixando a jovem de boca aberta na base da escada. Se tivesse alguma noção do quanto ela havia testado o controle dele naquela noite, Cora também fugiria.

12

Assim que novembro deu lugar a dezembro, Cora se firmou em seu papel de governanta. Ela agora se sentia confiante com o planejamento, na copa, e até mesmo na cozinha, enquanto cuidava das saborosas refeições preparadas pela Sra. Caddy. Quando o Sr. Ludlow recebia convidados, o que ele estava fazendo cada vez mais, ela se sentia segura para escolher as toalhas e a decoração que seriam usadas para a mesa de jantar e até ajudava Watts uma ou duas vezes na escolha do vinho. Seu relacionamento com as camareiras, especialmente com Sally, melhoraram drasticamente e ela passou a adorar a tímida Alice.

Uma manhã, em meados de dezembro, Cora arrumou sua touca na cabeça e apertou os laços do avental, dando um último olhar ao seu reflexo antes de sair de seu quarto e descer as escadas. Com a casa tão escura e fria, tornava-se mais difícil arrastar-se de sua cama, mas uma vez que estava de pé, descobriu que amava as primeiras horas da manhã. Mesmo no meio da correria, um sentimento de paz irradiava pela casa naqueles momentos preciosos antes do sol nascer. Cora adorava apanhar vislumbres dele coroando o horizonte ou irradiando atrás de grossas camadas de nuvens. Com o inverno chegando, o céu estava nublado a maior parte do tempo. Havia pelo menos seis criados reunidos ao redor da janela da cozinha quando Cora desceu, cada um deles lutando por uma visão da escuridão do lado de fora.

— O Príncipe Regente chegou? — brincou Cora, curiosa sobre o motivo de todo o alarido.

Sally se afastou do grupo com uma carranca.

— Não é tão emocionante assim. Apenas está nevando como o diabo lá fora. Não vejo tanto branco há séculos.

— Verdade? — Os ânimos de Cora se iluminaram ainda mais quando ela se juntou ao grupo, na ponta dos pés, para ver a primeira nevasca do ano. Como era bonito, a luz se estendendo até à escuridão com o seu brilho intocado.

— Me dá vontade de fazer um boneco de neve — disse Harry, parecendo um garoto que tinha acabado de receber um brinquedo favorito.

— Por que diabos você está carrancuda, Sally? — Cora perguntou. — É uma visão adorável.

— Daqui é lindo — disse Sally. — Mas quando eu for visitar *ele* hoje à noite – quero dizer, o *meu filho* – não vai ser tão adorável assim. Minhas botas absorvem a neve como um pano de prato.

Cora retirou o olhar da janela e sorriu para a camareira. Cada vez mais, Sally estava corrigindo sua própria gramática, e Cora adorava ouvi-la.

— Se essa é a razão pela qual você está carrancuda, deve parar imediatamente. Eu tenho um par de botas robustas que você pode usar quando quiser. E um casaco quente também. — Na verdade, na última visita de Cora aos Shepherds, ela tinha voltado com um pacote de roupas quentes que a Sra. Shepherd insistiu que não eram mais necessárias para ela. Cora as aceitou com gratidão, pois o clima havia ficado bastante tempestuoso nas últimas semanas, e ela começou a ter medo de se aventurar ao ar livre. Agora, porém, não poderia esperar nem por um minuto por uma chance de sair e levantar o rosto para o céu. Oh, que visão abençoada.

— Ah, está vendo? — Cora sorriu quando viu que a carranca de Sally tinha desaparecido. — Agora você não está desprezando tanto a neve, está?

— Está... adorável, eu suponho — Sally admitiu, levantando uma sobrancelha para Cora. — Você realmente não se importa de me emprestar suas botas e casaco?

— Claro que não. Nós não podemos lidar com você pegando um resfriado, podemos? Seu filho precisa de uma mãe saudável, e eu preciso de uma camareira forte e vigorosa.

Sally sorriu.

— Eu lhe agradeço, Sra. Notley.

— O prazer é meu — ela respondeu, pensando como era bom estar finalmente em paz com a camareira... em paz com todos em Tanglewood, realmente. Pelo menos com os criados. O Sr. Ludlow era outro assunto inteiramente diferente. Cora às vezes se perguntava se alguma vez chegaria a entendê-lo verdadeiramente e se sentiria confortável em sua presença. Às vezes ele a olhava com carinho e admiração, em outras ele falava com um leve ar de aborrecimento, e em outras ainda, ele a tratava com total indiferença, como se ela não fosse nada mais do que uma criada – que era exatamente como ele deveria tratá-la, ela dizia a si mesma, firmemente. Cora fazia o seu melhor para ficar fora do caminho dele, mas era impossível evitá-lo completamente, considerando que ele pedia uma audiência com ela quase diariamente. A jovem sofria com esses encontros, tentando se comportar como se sentisse apenas respeito pelo seu patrão. Se apenas isso fosse verdade. Se ao menos ela pudesse fazer com que fosse verdade.

— Parem de olhar para a neve — a Sra. Caddy exigiu do grupo, de maneira brusca. — Tomem seus cafés da manhã e arranjem trabalho. Não faz sentido ficar em pé como um bando de cabras.

Como Watts não estava por perto, provavelmente deveria ter sido Cora a chamar a atenção de todos, mas por que assumir o papel de chefe quando a Sra. Caddy parecia gostar tanto disso?

Cora escondeu um sorriso, olhou uma última vez para a neve fresca e dirigiu-se para a mesa dos criados, onde a Sra. Caddy tinha posto um saboroso café da manhã. Watts apareceu e Cora tomou o seu lugar com os outros criados, maravilhando-se com a camaradagem que agora sentia por eles. Como era maravilhoso sentir-se finalmente como se pertencesse a um grupo.

Assim que comeram, Cora fez um gesto para que Alice se juntasse a ela na copa, onde puseram uma panela de chá para preparar e começaram a rotular e a catalogar as conservas que tinham feito no dia anterior. Depois disso, ela entrou na despensa para compilar uma lista de itens necessários do mercado e, finalmente, ajudou a Sra. Caddy a preparar a bandeja do café da manhã do Sr. Ludlow.

— Sally — a voz da Sra. Caddy cresceu pela cozinha. — Eu preciso que você leve isto ao Sr. Ludlow imediatamente.

Sally olhou para Cora para confirmar, e ela acenou. O Sr. Ludlow não pediu que a governanta levasse a bandeja, como costumava fazer, e ela ficou grata por isso. Ela poderia ter um dia de descanso do homem. Sua gratidão durou apenas o tempo que Harry levou para entrar na sala.

— O Sr. Ludlow está pedindo que a Sra. Notley leve a bandeja dele — anunciou quando Sally estava deixando a cozinha. Ela parou prontamente e virou-se, sorrindo disfarçadamente para Cora de uma maneira que ela estava odiando. O piscar de olho de Harry também não fez nada para ajudar. Os dois encontravam grande prazer em provocá-la sobre as atenções particulares do Sr. Ludlow, e Cora não gostava nem um pouco disso. Por que o Sr. Ludlow precisava falar com ela tão cedo? Ainda ontem à noite eles haviam discutido os menus para a semana, planejado o jantar que ele organizaria no sábado à noite, e até haviam conversado sobre a situação da despensa – algo do qual ele a havia encarregado justamente para não ter que se preocupar com isso, e ainda assim achava necessário perguntar continuamente sobre aquilo. Por quê? Talvez ele secretamente quisesse ser o governante da casa, ela concluiu, recusando-se a acreditar que poderia ser pelas razões que Harry e Sally pareciam pensar.

Ou talvez o Sr. Ludlow apenas sofresse de solidão e a considerasse mais próxima do que qualquer outra pessoa na casa. Isso fazia sentido ainda que nada mais fizesse, e Cora ficaria satisfeita com essa amizade se não fosse o fato de que ela achava o Sr. Ludlow muito atraente, encantador e intrigante. Recentemente, ela havia chegado à perturbadora constatação de que nunca seria capaz de desfrutar de qualquer tipo de amizade tranquila com ele, se o patrão continuasse a agitar sentimentos dentro dela que não deveriam ser despertados.

Levar a bandeja do café da manhã para o seu quarto era a pior con-vocação de todas. O quarto parecia algo muito íntimo e causava em Cora um desconforto maior do que o habitual. Se tivesse escolhido entrar na sociedade ao invés de servi-lo, ela nunca poderia sequer pensar em entrar no seu quarto, mas nas circunstâncias atuais, aquela era uma exigência.

Felizmente, ele já estava vestido e saía de seu quarto quando ela chegou.

— Vamos seguir para o meu escritório — disse ele, parecendo bastante sério. Talvez ele também não gostasse da neve.

Por mais estranho que parecesse, ele tirou a bandeja das mãos dela e carregou-a. Cora se sentiu constrangida por ficar para trás sem nada, mas sabia que não devia discutir com ele sobre um assunto tão trivial. Uma vez em seu escritório, ele pousou a bandeja, fechou a porta atrás dela e sentou-se no canto de sua mesa, dobrando os braços, enquanto olhava para o fogo. As chamas dançaram em seus olhos, e Cora imediatamente sentiu a força familiar que ele tinha sobre ela. O Sr. Ludlow parecia incrivelmente bonito naquela manhã, vestindo um casaco marrom e calças de couro. Ela queria ir até ele e tocar sua mandíbula recém raspada, sentir a suavidade de sua pele, e aliviar as linhas de aflição que estavam gravadas em sua testa e ao redor de seus olhos.

O que o incomodava?

Ela seguiu o olhar dele para uma nova pintura pendurada acima da lareira. Areias vermelhas, alaranjadas e amarelas do deserto espalhadas pela tela com ondulações e curvas interessantes. Um céu azul feroz vigiava de cima, proporcionando um forte contraste com as ondulações e vales na areia. Embora mais brilhante e menos agressiva do que a paisagem marítima que estivera pendurada ali antes, esta nova pintura também não inspirou nada em Cora. Ela percebeu que ambas as pinturas estavam vazias. Não havia nenhum navio nas águas, nem mesmo um farol na costa, e o deserto parecia tão estéril, desprovido de qualquer vida. O que o Sr. Ludlow tinha visto em tal peça?

— O que você acha? — ele perguntou, assustando-a de seus pensamentos.

Cora sabia que desta vez era melhor falar sem rodeios. Isso só iria prolongar aquele encontro entre eles.

— Eu acho que parece um pouco solitário. Tem certeza de que o artista terminou o trabalho?

A sua avaliação franca não o divertiu desta vez. Ele olhou para ela com olhos chocados, quase atônitos.

— Esta pintura é o meu presente de aniversário para mim, mas agora você tirou todo o brilho dela.

As palavras dele a fizeram sentir-se excessivamente crítica, e Cora imediatamente desejou sua avaliação de volta. Qual era o problema dela, afinal? As linhas do artista eram suaves e habilidosas, as cores vibrantes e bonitas. Por que ela não poderia se concentrar em seus atributos em vez de suas deficiências?

Em vez de tentar um pedido de desculpas confuso, ela se aproximou dele, resistindo ao desejo de cobrir sua mão com a dela.

— Hoje é o seu aniversário? — ela perguntou calmamente.

Ele parecia aborrecido com a pergunta, como se ela tivesse perdido completamente o foco, mas respondeu mesmo assim.

— Sim, por isso eu queria falar com você. Decidi que vou sair esta noite e gostaria que informasse o restante do pessoal que eles podem ter a noite livre.

Cora piscou surpresa. Essa era a última coisa que esperava que ele dissesse. Uma noite livre? Como seria glorioso! Sua mente girava com todas as possibilidades do que ela poderia fazer com seu tempo. Ela podia dar um longo passeio na bela neve. Ou então, Harry falara muitas vezes das danças na cidade. Talvez houvesse uma esta noite e todos poderiam ir juntos? Ou ela poderia acompanhar Sally para visitar seu filho, ou mesmo fazer uma visita inesperada aos Shepherds. Ou... Um olhar para o Sr. Ludlow e Cora imediatamente abafou seus pensamentos felizes. Por que ele parecia tão oprimido? Ele tinha dito que ia sair. Mas para onde? Ele não tinha recebido convites para aquela noite, ou os criados já saberiam

116

que não deveriam fazer o jantar para ele. Será que ele estaria encontrando amigos ou... O olhar de Cora se desviou para a pintura, e ela de repente soube a resposta. Ele planejava passar a noite sozinho em algum lugar longe de sua casa, enquanto seus servos comemorariam seu aniversário sem ele. Cora recusou-se a permitir que tal coisa acontecesse.

— Quando vai partir, senhor? — perguntou ela.

— Às cinco horas — respondeu ele.

Querendo ter certeza de que tinha interpretado a situação corretamente, ela perguntou:

— O senhor tem algum tipo de compromisso?

— Não. — Ele olhou para a lareira, parecendo perdido em pensamentos.

Ela pressionou, embora soubesse que não tinha o direito de fazer isso.

— Um jantar?

— Não.

— O senhor vai se encontrar com alguns amigos?

— Eu não tenho amigos aqui — ele disse, de maneira enérgica, suas palavras arrancando o coração dela.

— O senhor tem a mim — ela deixou escapar, antes de poder refrear a si mesma. Santo Deus, por que ela disse tal coisa? Ela não deveria estar encorajando uma amizade ou mesmo se considerando amiga dele.

O Sr. Ludlow estava olhando para ela agora e sua expressão era algo que Cora não conseguia ler, mas que fazia seu coração bater e seu corpo ferver.

— *Somos* amigos, Sra. Notley?

— Tanto quanto um patrão pode ser com a sua governanta.

— Sim. — Ele suspirou, soando desapontado com a resposta dela. Seu olhar voltou para a pintura que Cora de repente teve vontade de arrancar da parede e jogar na lareira.

Ela nunca o tinha visto tão desprotegido, tão obviamente doendo por dentro. Foi preciso toda a determinação dela para não ir até ele e tentar coagir um sorriso de volta aos seus lábios. Fazia muito tempo que ela não via a covinha. Cora queria vê-la agora, ali, à esquerda da sua boca.

Forçando seus pés a permanecerem onde estavam, Cora decidiu que os criados não teriam afinal uma noite de folga. Na verdade, eles trabalhariam mais do que nunca naquele dia. Juntos, eles fariam o que fosse preciso para ver a covinha aparecer no rosto do Sr. Ludlow, antes de ele ficar um ano mais velho. Não se deve permitir que uma pessoa avance para o próximo ano de sua vida sem pelo menos um sorriso.

Jonathan amarrou sua gravata com movimentos rápidos, sem se importar que o nó fosse ligeiramente maior de um lado do que do outro. Ele tinha estado de mau humor o dia todo e havia mandado seu valete embora uma hora antes para que o criado não fosse obrigado a tolerar mais grosserias. Agora ele estava diante do espelho, encarando as linhas sombrias do seu rosto e as sombras escuras sob os seus olhos. Parecia muito mais velho do que 30 anos.

A neve havia caído o dia todo sem parar nem por um momento. Tanta neve era uma coisa rara em Askern – ou qualquer neve. Era muito interessante que tivesse caído naquele dia, como se os céus achassem harmônico com os tormentos dele. A estrada estaria uma confusão, inadequada para carruagem ou animal, mas Jonathan iria atravessar o seu caminho de qualquer maneira. Ele se recusava a ficar em casa.

Depois de mais uma olhada no espelho, saiu de seu quarto, agradecido por não ver nenhum criado por perto. Aparentemente, a Sra. Notley tinha espalhado a notícia com eficiência. Ele só podia desejar que seus criados tivessem uma noite mais feliz do que ele. O som de seus passos ecoava pelas paredes do grande hall, enquanto ele descia as escadas. O som oco serviu para acelerar seus pés, para que pudesse escapar do vazio. Como poderia um lugar que ele chamara de lar por quase 18 meses de repente parecer um túmulo estranho e cavernoso?

Ele culpava completamente a Sra. Notley.

Ela não só tinha encontrado falhas na pintura do mar tumultuoso, como também, depois que Jonathan se esforçou para escolher uma obra de arte que parecia mais brilhante e alegre, não conseguiu encontrar nada de que gostasse na nova peça. Ela imediatamente chamou-a de solitária, e seus olhos o acusaram de ter a mesma falha. Eles ficaram cheios de pena, e Jonathan odiava que se compadecessem dele. Inicialmente, havia planejado passar o dia escondido em sua biblioteca, distraindo-se com livros e conhaque. Mas depois que o olhar simpático da Sra. Notley caiu sobre ele, Jonathan decidiu que não ficaria sozinho naquela noite. Ele iria até a taberna e se cercaria de bêbados grosseiros e mal-humorados, criadas de bar e bebidas da mais intoxicante variedade. Ele beberia até se esquecer, para que pudesse acordar de manhã sem nenhuma lembrança do dia.

Jonathan pausou no final das escadas para vestir suas luvas de montar e procurar seu grande casaco. Seu valete tinha prometido deixá-lo em uma cadeira perto da porta. Ah, lá estava ele.

— Sr. Ludlow — a voz da Sra. Notley o interrompeu.

Ele virou a cabeça para vê-la em pé, nas sombras do corredor. Há quanto tempo ela estava lá e com que propósito?

— Antes de sair — ela disse —, gostaria de saber se eu poderia pedir sua opinião sobre uma coisa.

— Sim? — Jonathan perguntou irritado, não desejando ser detido.

— Se me acompanhar à cozinha por um momento, ficarei muito grata.

Essa era a última coisa que Jonathan queria. Ela não percebeu que ele não estava de bom humor para dar uma opinião sobre nada?

— Certamente pode esperar até amanhã.

— Receio que isso esteja fora de questão. Por favor, senhor. Só vai demorar um momento.

Jonathan experimentou uma onda de aborrecimento e virou-se para enfrentá-la.

— O que pode ser tão urgente, Sra. Notley? A neve de alguma forma quebrou alguma coisa aqui dentro?

— De certa forma, sim — disse ela, sem hesitar. — Foi precisamente isso que aconteceu.

Ele não acreditou nela nem por um segundo. Ela parecia muito calma e até divertida.

Cora deu um passo para o lado e fez um gesto para o corredor.

— Se o senhor nos der uma direção sobre como proceder, eu ficaria muito agradecida.

De que diabos ela estava falando?

— Você não pode estar falando sério.

— Mas estou, senhor — disse ela. — A cozinha está coberta de neve, garanto-lhe.

Jonathan imediatamente se aproximou da cozinha, passando por ela sem sequer olhar. Ele empurrou a porta e parou de repente, seus olhos se arregalaram com cena diante dele. O lugar estava preenchido com seus funcionários. Até mesmo seu valete e cocheiro estavam entre a multidão. Mas que diabo?

— Feliz aniversário! — gritaram, afastando-se para revelar uma mesa cheia de comida, junto com um grande bolo coberto de branco.

Quem lhes deu permissão para fazer tal coisa? E por quê? Todos o encaravam, como se ele devesse estar satisfeito, e não como se tivesse levado um soco bem dado. Jonathan não queria nada daquilo. Ele não tinha nenhum desejo de passar a noite ali com seus servos, fingindo uma alegria que nunca poderia sentir. Ele queria estar entre estranhos bêbados – pessoas que não se lembrariam dele ou da sua miséria no dia seguinte.

O que levara a Sra. Notley a planejar tal celebração quando não havia nada para celebrar? Certamente, ela havia percebido que ele não iria gostar de tais festividades – não no seu atual estado de espírito.

Ele virou-se para encontrá-la ao seu lado, parecendo tão satisfeita quanto todos os outros, embora houvesse uma tensão em sua boca como se estivesse preocupada com a reação dele.

Ela deveria estar preocupada.

— Eu não vejo neve, Sra. Notley — ele disse, a mandíbula se apertando contra o acúmulo de raiva dentro dele.

— Então o senhor não olhou com atenção suficiente. — Ela apontou para as paredes, onde vários flocos de neve decorativos cortados em papel estavam pendurados em um fio.

Ele não achou nada engraçado e olhou para ela.

— Eu a instruí a dar a todos a noite de folga.

— E nós escolhemos passar a noite preparando uma comemoração de aniversário para o senhor — ela disse. — A Sra. Caddy até me permitiu ajudar a cobrir o bolo. Não parece maravilhoso? Mal posso esperar para...

Jonathan agarrou o braço dela e a tirou do lugar, fechando a porta da cozinha entre eles e o resto da casa. Ele tinha muitas coisas para lhe dizer e não queria ser ouvido.

— Por que você insiste sempre em fazer o oposto do que eu digo? Ou você simplesmente escolhe não ouvir o que eu tenho a dizer? Ouça isto, Sra. Notley. Vou à taberna e ponto final. Compreende?

— De jeito nenhum, senhor. Hoje é o seu aniversário. Por que iria querer gastá-lo...

— Minhas razões não são da sua conta, e você está abusando mais uma vez. Como pode pensar que isso seria uma boa ideia?

— Porque é uma boa ideia, senhor. Se apenas parasse e considerasse...

Percebendo que Cora nunca desistiria, Jonathan soltou o braço dela e foi embora. Ele lidaria com a Sra. Notley e seus modos arrogantes mais tarde. Se demorasse um pouco mais, a recusa dela em ouvir provavelmente o levaria a estrangulá-la.

— Senhor!

É claro que ela sentiu a necessidade de segui-lo. Por que ela tinha que fazer isso sempre?

Jonathan a ignorou enquanto agarrava o casaco e chapéu e saía pela porta sem vestir nenhum dos dois. Talvez ele encontrasse paz no ar frio. A

Sra. Notley não estava vestida para aquele tempo e teria que permanecer dentro de casa.

Infelizmente, ele a havia subestimado. Ela correu atrás dele, despreocupada com a neve, e o seguiu pelos degraus em seus sapatos ridículos.

— Por favor, não saia, Sr. Ludlow. Este tempo não é seguro para andar à cavalo.

— Quando é que a minha segurança se tornou a sua preocupação, Sra. Notley? — Ele colocou o chapéu na cabeça enquanto caminhava em direção aos estábulos.

— Quando é que isso não é minha preocupação? Por favor, mais devagar! Eu não consigo acompanhá-lo.

— Estou contente por ouvir isso — disse ele, sem olhar para trás.

Um guincho estrangulado soou atrás dele, seguido de um baque. Jonathan virou-se para encontrá-la deitada na neve, sem parecer muito feliz com isso. Se ele estivesse de bom humor para rir... Ela nunca parecera tão humilhada ou mal-humorada. Era um espetáculo para se ver.

Ele ficou exatamente onde estava.

— Você está bem, Sra. Notley?

— Completamente — ela murmurou, enquanto lutava para se levantar, só para cair mais uma vez.

— Ótimo. — Ele virou-se novamente em direção aos estábulos.

— Senhor!

Jonathan olhou para o céu antes de suspirar e se virar de novo. Ele se aproximou dela e estendeu a mão, para a qual ela olhou por apenas um momento antes de aceitar. Ele facilmente a puxou para cima, sentindo o frio de suas mãos nuas através das luvas dele. Deus, a mulher podia testar sua paciência. Por que ela não tinha ficado dentro de casa?

Além de frustrado, ele tirou seu casaco e o colocou nos ombros dela, depois levantou-a em seus braços para que pudesse levá-la de volta à casa.

— Senhor — ela protestou, batendo contra o peito dele. — Por favor, ponha-me no chão. Que cena o senhor está fazendo! Eu posso andar sozinha.

— Se é esse o caso, por que eu tive que levantá-la do chão?

— Eu simplesmente escorreguei sobre um pouco de gelo.

— E agora você está encharcada e vai pegar um resfriado se não se aquecer e secar logo. Eu só estou ajudando você no seu caminho para que eu possa seguir o meu.

— Eu não preciso de sua ajuda.

— E eu não preciso da sua.

Jonathan poderia tê-la jogado de volta na neve se ela não parecesse tão maravilhosa em seus braços ou se ele não achasse o brilho furioso em seus olhos e os seus lábios tão atraentes. Se ela continuasse nessa linha, ele não teria outra escolha senão silenciá-la com um beijo completo. Os lábios dela pareciam muito rosados para fazer qualquer outra coisa com eles. Como ele poderia ser tão atraído por uma mulher que lhe causava uma frustração sem fim?

Ele alcançou o degrau superior e a pousou não muito gentilmente.

— Vá para dentro e se aqueça. Falaremos sobre este assunto mais tarde, uma vez que tenhamos ambos nos acalmado.

Ela cruzou os braços ao redor do peito, recusando-se a fazer o que ele pediu. O corpo dela tremia de frio enquanto olhava para ele.

— Não sei que acontecimento passado lhe trouxe tanta tristeza no seu aniversário, mas sei que algo terrível aconteceu com o senhor. Como espera ficar livre de tal desgosto quando se recusa a substituir essas memórias por outras mais felizes? É o que estamos tentando fazer pelo senhor. Nós não trabalhamos neste dia por piedade. Trabalhamos porque nos preocupamos e porque gostaríamos muito que experimentasse um aniversário de que possa se lembrar com carinho. — Ela pausou e um leve sorriso tocou seus lábios. — E além disso, que tipo de pessoa deseja se afastar de um bolo perfeitamente maravilhoso? Não consigo entender. Eu mesma já provei a cobertura, senhor, e é divina.

O coração de Jonathan se espremeu com suas palavras, e ele sentiu uma faísca de algo bom começar a aquecer seu coração frio e escuro. Como ela conseguiu fazer isso, ele nunca saberia. Diante dele em seu casaco enorme, com suas bochechas rosadas do frio, seus olhos brilhantes, e sua touca inclinada, com a neve caindo suavemente ao seu redor, ela nunca tinha estado tão bonita. Ele estendeu a mão para arrumar a touca antes de pegá-la pelos ombros trêmulos.

— Por que você tem que me tentar assim, Sra. Notley?

O corpo dela se endureceu, mas Cora não se afastou. Olhos azuis e cautelosos revistaram os dele antes de ela engolir.

— Isso não estava na minha descrição de trabalho, senhor? Incomodá-lo em todas as oportunidades?

— Tenho certeza que não.

— Me perdoe. No futuro, eu farei o máximo para não causar mais irritação ao senhor.

Ele não conseguiu resistir ao sorriso que veio aos seus lábios.

— Mentirosa.

Uma luz vitoriosa apareceu nos olhos dela, e sua boca se transformou no mais radiante dos sorrisos.

— Ah, lá está ela. — Ela levantou um dedo para tocar a bochecha dele, ao lado dos seus lábios. — Eu confesso que senti falta dessa covinha, senhor. É maravilhoso vê-la de novo.

O fôlego de Jonathan ficou preso com o toque dela, acendendo um fogo dentro do peito dele que logo aqueceu todo o seu corpo. Ele capturou a mão gelada dela na dele, segurando-a enquanto olhava para ela. Incapaz de parar, ele levantou sua mão livre até a bochecha dela e a tocou gentilmente.

— Você é tão bonita — ele murmurou.

A respiração dela travou e Cora imediatamente recuou. Um rubor feroz escureceu suas bochechas enquanto olhava para ele, confusa. Um pedido de desculpas estava na ponta da língua de Jonathan, mas ele o engoliu, sabendo que não seria sincero. A única coisa que ele lamentava era que ela tinha achado necessário se afastar. Será que ela não sentia a conexão quase palpável entre eles? Ela tirou o casaco dos ombros e o devolveu.

— Eu deveria entrar e trocar para algo seco.

— Sim — ele disse, estudando-a. — Você parece um pouco... desarrumada. Eu posso imaginar as conclusões que os outros vão tirar quando a virem.

Ela olhou para o avental e para o vestido com uma careta.

— O senhor está certo. Isso certamente vai dar algum falatório, não vai?

Ele resistiu ao impulso de puxá-la em seus braços e dizer: *Vamos dar-lhes algo para falar?* Em vez disso, ele empurrou a porta e gesticulou para que ela entrasse.

— Se eu chegar antes de você na cozinha, minha aparição certamente causará uma distração que lhe permitirá um ou dois minutos para passar sem ser vista.

A boca de Cora se abriu, surpresa.

— Quer ficar, então, senhor?

Jonathan não queria, mas ela poderia ser muito persuasiva. Além disso, Cora tinha levantado uma questão pertinente sobre substituir más memórias por melhores. Mas... uma noite com os seus criados? Será que ela não percebia o estranho da situação?

— Eu não farei disso um hábito, socializar com os funcionários — disse ele.

Ela acenou com a cabeça lentamente, como se estivesse tentando encontrar uma razão lógica para que ele o fizesse.

— Eu entendo que não é a norma, senhor, mas o senhor prefere passar seu aniversário com pessoas interessantes e envolventes ou choramingar com bêbados?

Flocos de neve pousaram no nariz e nos cílios dela, e Jonathan não conseguiu desviar o olhar. Tampouco conseguia decepcioná-la. Ela e o restante de sua equipe tiveram muito trabalho por causa dele. Talvez não fosse tão terrível ficar, especialmente se isso significasse passar a noite com sua encantadora governanta.

— Acredito, como sempre, que você pode estar certa, Sra. Notley. Portanto, sim, suponho que ficarei desde que possa me prometer uma noite cheia de alegria.

Ela bateu palmas e sorriu.

— Oh, como estou feliz em ouvir o senhor dizer isso. Será certamente um aniversário que valerá a pena recordar, garanto-lhe.

— Fico feliz que você esteja contente. — Ele fez um gesto para dentro. — Vamos entrar, então?

— Sim, senhor.

Ele teve que morder a língua para não dizer a ela que por favor não o chamasse de senhor. Aquilo o irritava, deixando-o muito distante e formal. Ele não queria mais ser "senhor" ou mesmo "Sr. Ludlow" para ela.

Como combinado, o Sr. Ludlow voltou primeiro para a cozinha e encontrou os criados agrupados, rindo e conversando. A comida permanecia intocada como se soubessem que a Sra. Notley o convenceria a ficar. E por que eles não pensariam isso, quando a Sra. Notley sempre parecia conseguir o que queria no que dizia respeito a ele? Pelo menos eles tiveram a graça de parecer surpresos quando o viram.

Foi um momento no mínimo embaraçoso. Aparentemente, eles não sabiam se deveriam gritar "Feliz Aniversário" novamente ou continuar com as festividades que tinham planejado. Eles olharam para o patrão, sem dúvida se perguntando para onde a Sra. Notley tinha ido, mas ninguém se atreveu a perguntar.

Jonathan usou um tom alegre e se moveu pela multidão.

— Me disseram que uma pessoa nunca deve se afastar de um bolo perfeitamente maravilhoso, então aqui estou eu. Vamos comemorar meu terrível aniversário e acabar com isso, está bem?

As saudações encheram a sala, e todos se aproximaram da comida. A Sra. Caddy foi a primeira a falar, sua voz brusca elevando-se para ser ouvida sobre os outros.

— Se o senhor acha que não é fácil chegar aos 30, senhor, só pense como é estar perto dos 50.

Todos riram e Jonathan sorriu. Eles pareciam pensar que seu mau humor era devido ao avanço da idade, e ele deixaria que continuassem pensando assim. Apenas a Sra. Notley tinha percebido que sua antipatia por esse dia era maior do que a idade. Ela tinha visto além de seu desagrado e olhado para seu coração, e, surpreendentemente, Jonathan descobriu que ele não se importava em absoluto.

De canto de olho, ele a viu correndo pelo ambiente sem ser notada pelos outros. Ela compartilhou um sorriso grato com ele, mesmo antes de desaparecer nas escadas. A Sra. Caddy entregou a Jonathan um prato, que encheu com uma pilha bem grande de assado de porco, batatas e uma generosa fatia de bolo. Ele aceitou com gratidão e mudou-se para o canto da cozinha. Alguns dos outros olharam para ele e desejaram-lhe um feliz aniversário, mas não se demoraram por perto, provavelmente porque não tinham ideia de como socializar com seu empregador. Jonathan entendeu completamente, porque também não tinha ideia do que dizer a eles. Aparentemente, ele não conhecia bem os seus serviçais, nem mesmo o seu valete.

Finalmente a Sra. Notley voltou, parecendo muito mais seca. Sua touca estava de volta no lugar, suas bochechas tinham voltado à cor habitual, e seus olhos brilhavam de alegria. Apenas Sally levantou uma sobrancelha especulativa para ela, que a Sra. Notley imediatamente ignorou. Todos os outros pareciam muito mais interessados na comida, que, Jonathan tinha que admitir, era muito mais saborosa do que aquela que ele teria consumido na taberna. A Sra. Caddy tinha se superado.

A Sra. Notley também encheu um prato, provou um pedaço de bolo, e olhou de Jonathan para o resto do grupo. Ele praticamente podia ver sua mente trabalhando, tentando descobrir uma maneira de ultrapassar a distância entre as duas classes. Ele mal podia esperar para ver como ela conseguiria fazer aquilo, mas de alguma forma ele sabia que ela conseguiria. Uma vez que a Sra. Notley se concentrava em algo, ela encontrava uma maneira de fazer acontecer.

Ela deu mais uma garfada no bolo e caminhou até ele, levantando a voz para que a Sra. Caddy pudesse ouvir.

— Eu não disse que o bolo era divino? — Ela acenou para o bolo meio comido no prato dele. — Eu não sei como a Sra. Caddy consegue cozinhar coisas tão maravilhosas, mas ela faz. Todos os dias. Ela não é uma maravilha?

O rosto da Sra. Caddy ficou avermelhado de prazer, e ela acenou com um braço desdenhoso.

— Oh, pode continuar falando, Sra. Notley.

Jonathan sorriu.

— Você é, de fato, uma maravilha, Sra. Caddy. Muito obrigado por esta refeição excepcional.

— O senhor é muito bem-vindo. — Ela sorriu para ele antes de cortar uma fatia de bolo.

A Sra. Notley dirigiu seu próximo comentário para Sally.

— Seu garoto gosta muito da nova cuidadora, não gosta?

Ela acenou com a cabeça, engolindo a comida antes de responder:

— Ele gosta dela quase tanto quanto eu. Eu não posso lhe agradecer o suficiente, Sr. Ludlow, por encontrá-la.

Jonathan acenou com a cabeça, aceitando os agradecimentos dela.

— Quantos anos tem o seu filho?

— Faz quatro daqui a dois meses e mal posso esperar pelo dia. Ele diz que quer um pônei, um cachorro e um gato. — Ela riu e balançou a cabeça. — Eu disse a ele que conseguiria arranjar um gato, mas certamente não um pônei. Menino tolo.

Jonathan podia ver o orgulho em seus olhos quando ela falou do filho, e isso lhe deu crédito.

— Você conhece a égua pequena dos estábulos chamada Serena? — perguntou Jonathan. — Quando o tempo melhorar, talvez em uma das suas tardes de folga você possa levar o seu filho para dar uma volta nela.

— Oh, ele adoraria isso, senhor! — exclamou ela, com um sorriso largo.

A Sra. Notley também sorriu, e Jonathan gostou muito da aprovação que ele observou em sua expressão. Isso o inspirou a acrescentar:

— Serena não é tão montada quanto os outros cavalos e poderia fazer mais exercício. Por favor, sinta-se à vontade para fazer uso do animal sempre que a oportunidade permitir.

— Oh, obrigada, senhor! Jimmy vai gostar disso acima de qualquer coisa. Mal posso esperar para lhe contar as novidades!

A Sra. Notley não expressou com palavras seu agradecimento, mas Jonathan não se esqueceria tão cedo do olhar admirador que lhe foi enviado. Assim como uma xícara quente de chá restaurador, havia um poder em seu olhar que lhe infundia um sentimento de admiração e bondade. Era interessante que apenas uma hora antes ele havia sentido o contrário.

A Sra. Notley ficou ao seu lado enquanto comiam e continuava a apresentá-lo aos criados que se arriscavam a aproximar-se ou retornavam para pegar mais comida. Jonathan descobriu que Harry era um ávido pescador, Drew tinha jeito com cartas e recentemente ganhara um relógio de bolso de ouro em uma aposta, Watts gostava de fazer pipas, Charlie estava economizando tudo para comprar um cavalo de corrida, e a tímida Alice supostamente tinha uma voz magnífica.

— É verdade — disse a Sra. Notley, causando um rubor nas bochechas de Alice. — Eu a peguei cantando muitas vezes quando ela acreditava que ninguém estava ouvindo, e ela é brilhante. Eu só queria que pudéssemos convencê-la a se apresentar para nós agora, Alice.

Os olhos da criada baixaram para o chão, e ela balançou a cabeça enfaticamente.

— Oh não, minha senhora. Eu nunca poderia.

— Você poderia, e deveria — disse a Sra. Notley firmemente. — Deus não lhe deu essa voz para você enterrá-la na copa. Pense apenas na felicidade que você poderia trazer aos outros simplesmente compartilhando seu talento. Sempre enche meu coração de alegria quando eu a ouço cantar.

— Eu vou pensar nisso — foi tudo o que Alice conseguiu dizer antes de escapar.

Jonathan viu a garota desaparecer dentro da copa, imaginando se sua voz era tão angelical quanto a Sra. Notley disse. Mesmo assim, foi bom saber algo mais sobre seus servos além do serviço que eles lhe prestavam. Ele preferia passar o tempo com eles dessa maneira, quando os assuntos domésticos podiam ser colocados de lado e o foco se voltava para aspectos mais pessoais.

Uma vez que todos tinham terminado sua refeição, a Sra. Notley propôs um jogo de adivinhação divertido e os organizou em torno da grande mesa no salão dos criados. Ela os orientou a pensar em duas declarações verdadeiras e uma falsa sobre si mesmos – algo que ninguém mais na sala poderia saber. O restante do grupo teria que determinar qual declaração era verdadeira e qual era falsa.

— Como nosso convidado de honra — ela disse quando terminou a explicação —, acho que o Sr. Ludlow deveria ser o primeiro.

Jonathan se contorceu, sem saber o que dizer. Que fatos ele poderia contar a seus servos sobre si mesmo? Que tipo de mentira seria crível?

— Já que essa grande ideia é sua, Sra. Notley, acho que deveria ser você a primeira para nos mostrar como jogar.

— Sim — disse Harry do outro lado da mesa, batendo na madeira com a mão. — Vamos ver o que tem a dizer, Sra. Notley.

Ela pareceu imperturbável e acenou com a cabeça.

— Muito bem. — Ela pressionou os lábios e enrugou a testa de forma pensativa. Depois de um momento ou dois, a sobrancelha dela levantou, e ela disse: — Declaração um: sempre tive um desejo secreto de me apresentar no palco de Drury Lane. Segunda declaração: acredito que todo homem deve saber dançar, e...

Harry imediatamente saltou de sua cadeira e levantou os braços.

— Eu sei dançar, Sra. Notley — declarou ele, gesticulando para que ela se juntasse a ele. — Venha e deixe-me mostrar-lhe.

— Talvez essa possa ser uma de suas declarações verdadeiras quando chegar a sua vez, Harry — ela brincou.

Todo mundo riu e Harry disse:

— Venha agora, Sra. Notley. Você não vai ser minha parceira?

— Oh, sente-se, Harry — ela respondeu, uma tonalidade vermelha tocando suas bochechas.

Jonathan experimentou um momento de ciúme na camaradagem fácil que os dois compartilharam. A Sra. Notley ficou lisonjeada com o convite? Ela queria dançar com o criado de libré? Ela corou de vergonha ou porque tinha sentimentos pelo homem? Jonathan de repente desejou mandar Harry para o diabo.

— Para minha terceira declaração — a Sra. Notley continuou, retornando ao jogo —, uma vez eu peguei um rato do campo com minhas saias.

Mais riso foi ouvido, juntamente com comentários como:

— Oh! Uma pessoa consegue pegar um rato com uma saia?

E...

— Ela gosta de ver um homem dançar!

Seguido pelo comentário de Harry:

— É por isso que você não dançaria comigo, não é, Sra. Notley? Você prefere se afastar e admirar a minha bela figura.

Um riso barulhento seguiu esse comentário, mas a Sra. Notley apenas revirou os olhos e balançou a cabeça.

Jonathan permaneceu em silêncio, enquanto os outros continuavam a brincar e especular. A declaração incorreta era óbvia. Qualquer um que conhecesse a Sra. Notley saberia que ela não tinha desejo de se apresentar em nenhum palco – seja em Drury Lane ou em uma sala cheia da sociedade local. Seus frequentes rubores testemunhavam o fato de que ela era tudo, menos uma pessoa que procurava atenção.

— Vocês são todos tolos — Sally disse aos colegas. Ela levantou o olhar para a Sra. Notley e disse firmemente: — Eu digo que é a do rato.

— Qual é a sua opinião, Sr. Ludlow? — Watts perguntou, atraindo-o para o debate.

A sala ficou em silêncio como se os criados tivessem acabado de se lembrar que o empregador estava presente. Jonathan se inclinou para trás em sua cadeira e cruzou os braços, sentindo o desejo de provocar a Sra. Notley por nenhuma outra razão a não ser mostrar a Harry que ele também compartilhava uma conexão com ela.

Ele levantou uma sobrancelha enquanto respondia à pergunta.

— Eu acredito que a Sra. Notley preferiria correr pela neve sem um casaco e com seus chinelos do que se aventurar em um palco em Drury Lane.

— Correr pela neve com seus chinelos? — disse Harry. — Ela teria que ser louca para fazer uma coisa tão tola.

— Sim, bastante louca — concordou Jonathan, incapaz de segurar o sorriso dos lábios. — E todos nós sabemos que nossa governanta é tudo menos louca. Não é verdade, Sra. Notley?

As bochechas dela ficaram ainda mais vermelhas, mas seus lábios começaram a se contrair, mostrando que ela tinha levado a provocação muito a sério.

— Como qualquer humano, eu posso ser tola de vez em quando — ela admitiu, deixando de lado a provocação dele. — Mas quando se trata de me apresentar na frente dos outros, especialmente no palco, o Sr. Ludlow está certo. Eu nunca buscaria, ou até mesmo me deleitaria com tal oportunidade. Só posso rezar para que o Sr. Ludlow mantenha minha função, para que eu não precise recorrer ao palco para conseguir meu pão.

— Estou tentado a demitir você só para vê-la aventurar-se — disse Jonathan. — Mas, infelizmente, não sei o que poderíamos fazer sem a nossa Sra. Notley. Eu me tornei um apreciador de bolos secos e crocantes e estou certo de que nenhuma outra governanta poderia fazê-los como você.

Todos gargalharam, e a Sra. Notley olhou para ele, ou pelo menos tentou encará-lo. Os olhos dela estavam cheios com muita diversão para qualquer um acreditar que ela estava realmente ofendida.

— Você é um bobo da corte, Sr. Ludlow — ela disse. — Talvez possa fazer melhor com suas declarações? — O seu olhar o desafiou silenciosamente a inventar algo que pudesse enganá-la e ao resto do grupo.

Pensando mais sobre o assunto, Jonathan estava pronto para assumir sua vez.

— Primeira declaração: ganhei uma corrida de cavalos montado a pelo, sentado no animal ao contrário. Segunda declaração: uma vez apostei a minha dignidade num jogo de cartas e perdi.

— Como pode apostar a dignidade? — perguntou um criado de libré.

— Muito fácil, na verdade — disse Jonathan. — Eu fui obrigado a compor um poema e declamá-lo em uma festa, e eu não sou poeta.

— Eu gostaria de ouvir esse poema — disse a Sra. Notley, parecendo encantada com a perspectiva.

— Como é que sabe que esta não é a minha declaração falsa? — Jonathan a desafiou.

— Porque é muito específica.

— Como a minha primeira declaração, talvez a minha última também seja específica.

— Muito bem, senhor. Qual é a sua declaração final?

Ele continuou a observá-la.

— Eu literalmente arrebatei uma linda mulher. — Pronto, o que ela teria a dizer sobre isso?

Nada, parecia. As bochechas dela flamejaram, e ela lançou um olhar disfarçado ao redor da sala como se estivesse preocupada que os outros tivessem deduzido que Jonathan estava se referindo ao recente encontro dos dois. Ele ficou feliz em ver que a atenção tinha sido desviada do terrível poema que ele havia escrito.

— O que o senhor quer dizer com arrebatar uma linda mulher? — Sally perguntou, parecendo confusa.

— Exatamente o que parece — respondeu Jonathan. — Eu a peguei e a carreguei.

— Onde? — Harry riu.

— O lugar não faz parte da minha declaração — disse Jonathan, embora ele tenha se deliciado muito quando o rosto da Sra. Notley ficou um tom mais escuro de vermelho.

— A sua declaração falsa é sobre a corrida de cavalos, senhor? — perguntou alguém.

— Eu acho que é o poema — disse outro.

— Tem que ser a última — disse a Sra. Caddy. — O Sr. Ludlow é muito bem criado para ter que pegar uma mulher e carregá-la para... algum lugar. — As bochechas dela coraram quando concluiu esse pensamento.

— O que você acha, Sra. Notley? — perguntou Jonathan, notando que ela ficara em silêncio durante toda a discussão. Ela só tinha que adivinhar entre a primeira e a segunda, pois já sabia que a terceira era verdade. Ela adivinharia corretamente? Ele se viu esperando que ela o fizesse, como se isso provasse de alguma forma que ela se importava pelo menos um pouco com ele.

Jonathan não percebeu que estava prendendo a respiração até que ela respondeu.

— Eu acredito que o senhor ganhou uma corrida em pelo, mas não o fez sentado ao contrário.

Um sorriso lento se estendeu pelo rosto dele.

— Você adivinhou a afirmação falsa corretamente, mas os fatos incorretamente. Para você saber, fiz uma corrida com um cavalo montado ao contrário, mas não ganhei. Eu perdi por uma grande margem para uma menina bonita chamada Cecily, que montou um pônei virada para frente. Temo que meu ego tenha sido esmagado naquele dia e não tenha se recuperado desde então.

O riso encheu a sala mais uma vez, e Jonathan compartilhou um sorriso com a Sra. Notley. Durou apenas um momento antes que ela continuasse com o jogo e dissesse para Sally que agora era a vez dela. Enquanto a camareira fazia suas declarações, Jonathan só escutava metade. Ele estava muito preocupado com sua linda governanta e com o inesperado presente de aniversário que ela lhe havia dado. Essa noite *tinha* sido um presente, ele percebeu, enquanto relaxava mais em sua cadeira, sentindo-se à vontade entre sua equipe. Pela primeira vez em muito tempo, ele sentiu um retorno do seu antigo eu – o Jonathan que não tinha levado as coisas tão a sério como ele levava hoje em dia. Ele costumava pensar que essa parte dele estava perdida para sempre, mas talvez tivesse sido simplesmente guardada por um tempo, esperando que a pessoa certa mostrasse a ele novamente.

13

Era quase meia-noite e a casa estava finalmente sossegada. Sally tinha acabado de voltar de uma visita ao filho e tinha devolvido o casaco e as botas que Cora havia lhe emprestado. Embora frias e molhadas, Cora imediatamente as vestiu e desceu as escadas até a cozinha, fazendo o possível para não incomodar aqueles que já tinham ido para suas camas. Durante todo o dia, ela tinha desejado uma oportunidade de escapar para o brilhante mundo branco, para um passeio relaxante pela neve. Ela queria respirar sua frescura, saborear o silêncio calmo e suave, e tocar os tenros flocos de neve com as pontas dos dedos. A euforia a encheu com o mero pensamento de realizar o desejo, tornando difícil manter seus passos cuidadosos.

No final das escadas, ela entrou na cozinha e imediatamente enrijeceu. O Sr. Ludlow estava sentado à mesa, de costas para ela. Ele deve ter ouvido passos, pois virou a cabeça e levantou uma sobrancelha questionadora quando a viu.

— Temos que parar de nos encontrar assim, Sra. Notley — ele disse. — Estou começando a me perguntar se você alguma vez dorme.

— Perdoe-me, senhor — ela disse rapidamente. — Eu não queria incomodar o seu conforto. Pensei que todos tinham ido para a cama.

Ele encolheu os ombros e gesticulou para o prato na frente contendo uma fatia de bolo parcialmente comido.

— Como eu tenho certeza de que você já supôs, eu queria comer mais uma fatia de bolo sem ninguém saber, mas ai de mim, você me descobriu. Eu não poderei mais culpar Harry pela parte que falta, como eu tinha planejado fazer.

Cora sorriu.

— Harry é sempre merecedor de uma boa piada. Se quiser apontar o dedo para ele, ficarei calada sobre o assunto.

Ele riu e voltou ao seu bolo, dando outra garfada.

— Você vai se juntar a mim, não vai, Sra. Notley? Eu não acredito que a Sra. Caddy já tenha feito um bolo tão saboroso assim. Tem um toque de limão, não tem? Eu gosto muito de limão.

Cora continuava perto das escadas.

— Reparei nisso. O senhor parece gostar mais das tortas de limão do que de todas as outras e sua sobremesa favorita é o creme de limão.

Ele olhou para ela.

— Foi ideia sua, então?

— Eu apenas sugeri que a Sra. Caddy tentasse aromatizar o bolo com algumas gotas de limão. Ela é boa o suficiente para me atender.

Ele não respondeu imediatamente, apenas continuou a olhar para ela como se estivesse procurando a resposta para uma pergunta. Cora não tinha ideia do que ele poderia estar pensando e se deslocou desconfortavelmente, perguntando-se se deveria ter fugido pela sua janela e escalado as paredes de pedra em vez de descer as escadas. Se ela soubesse que ele estaria ali, teria se arriscado pela janela.

Ele finalmente falou:

— Você parece me conhecer melhor do que eu mesmo hoje em dia, Sra. Notley.

— Estou certa de que isso não é verdade. — Talvez tenha sido a fraca iluminação, o adiantado da hora, ou a paisagem romântica, coberta de neve ao fundo. Seja o que fosse, o comentário soava íntimo demais para que ela se sentisse confortável. Cora estava de repente ansiosa para fugir da presença dele.

Ela limpou a garganta.

— Isso provavelmente soará infantil, mas eu gostaria muito de sair por um tempo e aproveitar a neve antes que ela derreta. Perdoe-me por ter vindo até o senhor a uma hora destas. Desejo-lhe o mais feliz dos aniversários e vou deixá-lo com o seu bolo.

Ela rapidamente se aproximou da entrada dos criados e segurou a maçaneta, com a intenção de escapar o mais rápido possível.

— Mas eu a *vi*, Sra. Notley. E como seu patrão e cavalheiro, não posso permitir que você se aventure a esta hora tardia sozinha.

Que absurdo! Certamente ele não pretendia dissuadi-la. Ela esperara por tempo demais por este deleite e se recusou a permitir que ele a impedisse.

— Por favor, senhor. Nós dois sabemos que estarei em segurança. Se isso o tranquilizar, prometo não me afastar muito da casa.

O banco rangeu enquanto ele ficava em pé. Oh, Deus, o que ele estava fazendo? Ele estava em pé e se aproximando dela. Por quê? Ele planejava acompanhá-la? Barrar a porta? Tocar o rosto dela de forma íntima como antes? Qualquer que fosse o motivo, não poderia ser um bom presságio para ela.

— Verdade seja dita — ele acrescentou, retirando a mão dela da maçaneta e colocando-a na dobra do braço dele —, eu também tenho desejado fazer uma excursão pela neve. Espero que me permita acompanhá-la.

O simples toque fez com que ela se sentisse como se estivesse diante de um fogo crepitante. Ela queria saborear a proximidade e se aproximar dele, cheirar o limão no seu hálito e sentir os contornos dos seus braços e ombros sob a suave camada do seu casaco. Ele tinha uma aura misteriosa que a enfeitiçava continuamente e a mantinha em um estado de nervosismo e confusão.

Deus, aquilo não poderia acontecer.

Ele começou a conduzi-la na direção do grande hall, mas Cora resistiu, puxando a mão e se afastando.

— É claro que o senhor não pode me acompanhar, Sr. Ludlow. O senhor ainda não terminou seu bolo. — Era uma desculpa tola, mas o cérebro confuso de Cora não conseguia encontrar um motivo melhor para ele ficar para trás.

— Venha agora, Sra. Notley. Ainda é meu aniversário e meus desejos devem ser atendidos, não concorda? Você não pode ser tão fria a ponto de me negar o prazer de um passeio noturno na presença de sua companhia.

— Mas, senhor...

— Sem mas. — Ele pegou a mão dela novamente e colocou-a no seu braço, cobrindo-a com a própria mão. — Peço-lhe que não azede o que se tornou um aniversário surpreendentemente bom para mim. Simplesmente concorde em deixar que eu me junte a você, e me permita desfrutar do encanto do dia por um pouco mais de tempo.

Cora olhou para ele, tentando pensar em alguma maneira de se livrar dessa situação. Como ele poderia pensar que aquilo era uma boa ideia? Ela não podia sair com ele. Ela não o faria. E ainda assim, como ela poderia recusá-lo depois de tal discurso – ou melhor, súplica?

Maldito homem por ser uma praga constante no seu estado emocional. Por que ele precisou de mais uma fatia de bolo? Por que ele não podia ficar no seu quarto como costumava fazer?

— Eu a convenci, Sra. Notley? Dê outra olhada pela janela e me diga que você não quer sair.

Cora abriu a boca para dizer exatamente isso, mas um olhar para o brilho da paisagem derreteu as palavras em sua língua. A beleza chamou-a, dizendo-lhe que seria uma tola de perder esta rara oportunidade.

— Eu... — ela hesitou, sabendo que não deveria concordar e ainda assim, era incapaz de recusar.

— Muito bem, então. — O Sr. Ludlow tomou o silêncio dela como aceitação e começou a levá-la pela cozinha. Contra seu bom senso, ela permitiu que ele a levasse para o grande hall, onde ele largou a mão dela para que pudesse enfiar o casaco e colocar as luvas e um chapéu. As botas, ela notou, ainda estavam em seus pés. Com um leve rangido, ele abriu a grande porta de madeira e ficou de lado, gesticulando através da abertura.

— Primeiro você, Sra. Notley.

Ao olhar para fora e Cora sentiu a última gota de sua força de vontade desaparecer. Seus pés começaram a levá-la para frente, conduzindo-a para a noite brilhante onde o ar gelado soprava em seu rosto e rastejava pelas costuras e fendas de seu casaco. Mas Cora não se importou. O ar parecia fresco e limpo, um pouco como um novo começo. Seus ânimos subiram e se elevaram, e ela pegou as saias para descer os degraus, seu sorriso crescendo a cada triturar de neve.

O Sr. Ludlow alcançou-a no fim da escada e colocou a mão dela em seu braço mais uma vez. Quando começaram a caminhar em direção aos jardins, Cora tentou permanecer focada na quietude da noite em não permitir que a proximidade dele a perturbasse, mas ela estava passando por um momento difícil. A neve tornou-se um pensamento posterior a cada passo que ele dava, a cada movimento do seu braço que se registava sob os dedos dela, a cada respiração esfumaçada que ele exalava e envolvia os seus sentidos. Ele a agitou de uma maneira que ela não podia ignorar.

— Agora eu posso entender por que você quis sair. É encantador, não é? — ele disse, não soando tão alterado quanto ela se sentia. Maldito homem. Por que ele não podia ter ficado lá dentro e encontrado seu encantamento na vista da janela? — Eu devo agradecer por esta noite — ele disse calmamente. — Você fez como prometido e conseguiu transformar um dia assustador em um dia bom, e sou grato por isso. Sou grato a você, Sra. Notley... a você e a seus modos não convencionais.

A ternura de sua voz gerou calor, felicidade e ansiedade na alma dela. O que o Sr. Ludlow quis dizer, exatamente? Será que ele estava apenas oferecendo um elogio gentil – um elogio que ele faria a qualquer amigo ou conhecido que lhe prestasse um serviço? Ou será que ele queria dizer algo mais com isso? Ela não era muito versada nos modos dos homens e não sabia se deveria ficar agradecida ou preocupada.

Em vez de responder, Cora procurou em sua mente um tema menos perigoso – um que lhe permitisse encontrar pelo menos um pouco de paz durante o passeio. Tirando a mão do braço dele, Cora parou de andar e ganhou um tom de provocação.

— De repente, percebi que lhe dei o prazer da minha companhia muito livremente, senhor. Isso está fazendo com que eu me sinta como uma irresponsável, e eu não posso permitir que isso continue.

— Verdade? — Ele parecia intrigado e confuso. — Você está sugerindo que eu volte para dentro de casa, ou pode sugerir uma solução?

— Eu acredito que pode ser remediado, se o senhor estiver disposto a isso — disse ela. — Como fui eu que pensei em dar um passeio por esta linda noite de inverno, agora é a sua vez de contribuir com alguma coisa.

Os olhos dele se estreitaram um pouco.

— E como você gostaria que eu contribuísse, madame?

— Como? Com entretenimento, é claro.

Os olhos dele se alargaram e seus lábios se ergueram em divertimento.

— Devo dançar um *jig*, Sra. Notley? Ou prefere que eu proponha uma espécie de enigma?

— O que eu preferiria – e que também é o preço por permanecer na minha companhia – é que recitasse o poema que o fez perder sua dignidade uma vez. Se o senhor me recusar isso, temo que tenha de voltar para dentro. Caso contrário, não é justo comigo.

— Não é? — perguntou ele e as palavras soaram um pouco como um riso.

— Não, senhor. — Ela se esforçou para manter a expressão séria com uma incrível dificuldade.

Ele apertou as mãos atrás das costas e acenou com a cabeça.

— Muito bem, Sra. Notley. Se esse é o preço pelo prazer da sua companhia, eu seria um tolo em não obedecer. Vamos apenas continuar a andar para que eu não precise olhá-la nos olhos enquanto relembro a minha queda. Eu só posso rezar para que você seja do tipo que perdoa e não mantenha isso contra mim.

Eles andaram lado a lado, e depois de alguns passos, Jonathan começou.

— Como eu disse antes, foi em uma noite em Londres, em um sarau em que qualquer pessoa que fosse alguém estava presente. Meu ridículo amigo, Christopher Jamison, era bastante hábil em me colocar em apuros, e aquela não foi uma exceção. De acordo com os termos da nossa aposta, ele disse no ouvido da anfitriã que eu tinha escrito um poema que gostaria de declamar em algum momento durante a diversão da noite. Sem saber o quão inexperiente eu era na arte da poesia, ela acrescentou meu nome à lista. Nunca esquecerei a performance comovente de Lady Bethany na harpa que precedeu a minha leitura. Ela causou um grande silêncio na multidão, seguido pelos aplausos mais expressivos, e esse era o grau das expectativas quando eu tomei a palavra. Percebi então que deveria ter insistido em ser o primeiro.

Cora riu, desfrutando imensamente da história.

— O senhor não deve me manter em suspense por mais tempo. Preciso ouvir esse poema.

— Só se me prometer que não vai pensar mal de mim depois de ouvi-lo. Eu nunca afirmei ser um poeta, embora tenha conseguido fazer a rima.

— Como eu poderia pensar mal do senhor, então? — Cora provocou.
— Fazer rimas é muito difícil.

Ele respirou fundo e soltou o ar lentamente. Então limpou a garganta e começou:

— A História do Bezerro, por Jonathan Ludlow. Era uma vez um bezerro feio, e isso é apenas o meio. — Ele pausou dramaticamente. — A pobre criatura saltou de um trampolim, e isso é o fim.

Cora esperou que ele continuasse, e quando ele não o fez, ela disse:

— Isso é realmente o fim...

— Levei duas horas inteiras para compor essas estrofes. Não tive tempo de acrescentar mais nada.

Ela explodiu, tentando sufocar seu riso com a palma da mão.

— Eu nunca imaginei que seria tão terrível.

— Sim, essa foi a reação de Jamison também — ele disse secamente. — Mas não se esqueça, você prometeu que não pensaria mal de mim.

— Claro que não. — Ela continuou a rir. — Eu só queria estar lá para ver os rostos de todos os presentes. E posso imaginar a agitação que você causou.

— Foi mais um silêncio atordoante. Na melhor das hipóteses, os aplausos foram mornos e ninguém podia me olhar nos olhos depois. Se eu aprender a desenhar, ficarei feliz em representar a cena para você. A imagem ainda é bastante vívida na minha mente.

— Estou certa de que sim. — Cora deu o seu melhor para parar de rir, mas não adiantou nada. A imagem que estava em sua mente era muito hilariante.

— Você achou minha história tão divertida quanto imaginava? Posso continuar nosso passeio?

— Essa foi definitivamente uma grande apresentação — ela disse, pensando que preferia tê-lo por perto quando ele não estava tocando nela ou causando estragos em seu interior.

— Apesar de ter sido tão rebaixado — ele disse —, aqueles foram dias realmente felizes. Sinto muito a falta de Jamison e suas brincadeiras.

— Onde ele está agora? — Cora imediatamente se arrependeu das palavras quando viu um vislumbre de tristeza na expressão dele. E se o amigo tivesse tido uma morte horrível e a sua pergunta fizesse com que ele revivesse a dor? Será que ela nunca aprenderia a segurar a língua?

— Ele entrou para a marinha há anos — respondeu. — Ele nasceu de uma família que não estava tão bem quanto a minha e precisava ganhar a vida de alguma forma. Sugeri que permanecesse quieto e se casasse com uma herdeira aqui na Inglaterra, mas não era assim que Jamison pensava. Ele era muito parecido com você em relação a esse respeito – não desejava ser obrigado a ficar com alguém por nada. Eu só poderia admirá-lo por isso, mas senti muito em vê-lo ir embora. Sua partida marcou o início de alguns anos difíceis para mim.

O Sr. Ludlow olhou à distância, com os olhos desfocados como se estivessem perdidos na lembrança daqueles anos. Cora queria estender a mão e confortá-lo, mas manteve-a firmemente ao seu lado.

— O que aconteceu? — ela perguntou, calmamente.

Os olhos dele se voltaram para ela, e Jonathan a estudou por um momento antes de começar a andar novamente. Cora ficou ao lado dele, e depois de triturar vários blocos de neve debaixo das botas, ele disse:

— Cerca de um ano depois que Jamison partiu para a guerra, fui convidado para uma festa em uma casa onde conheci a mais radiante das mulheres, ou assim eu pensava na época. Ela não só era de uma beleza deslumbrante, mas também era inteligente, espirituosa e intrigante. Logo descobrimos que tínhamos muito em comum e nos tornamos inseparáveis. No final do mês, senti como se tivesse encontrado o meu par perfeito, alguém com quem pudesse partilhar facilmente a minha vida. Voltei para casa e expliquei isso aos meus pais, e eles prontamente fizeram um convite para que sua família se juntasse a nós em nossa propriedade durante todo o mês de dezembro e durante as festividades de Natal. E foi durante esse período que meu irmão mais velho também ficou preso na armadilha dela, sem que eu desconfiasse. Na minha festa de aniversário, há alguns anos, eu me deparei com os dois na biblioteca, em um abraço apaixonado. Eles estavam comemorando o fato de ela aceitar a proposta de casamento dele. Os dois me pediram felicitações, se é que você pode acreditar, mas é claro que não consegui fazer isso. Bati a porta e fui embora.

O coração dela encolheu-se diante de sua história e do som de sua voz – de madeira oca. Cora estava com as mãos em punhos, querendo acertar aquele golpe na mulher e no irmão. Como alguém poderia se comportar de forma tão insensível?

— Mais tarde — ele continuou —, quando eu a confrontei e exigi uma explicação, ela disse que era eu quem ela amava desesperadamente e não meu irmão, mas certamente eu sabia que apenas o amor não era o suficiente. Os bolsos da família dela estavam vazios e meu irmão era o mais velho e, portanto, herdeiro da maior parte do patrimônio da minha família. Embora eu tenha herdado uma grande soma da minha mãe e fosse muito rico por direito próprio, eu também era o filho mais novo e estava abaixo do meu irmão. De acordo com ela, se pudesse atrair a atenção dele e ganhar sua mão, seria uma tola se deixasse os sentimentos que tinha por mim atrapalharem. — Ele pausou e seu tom tomou um rumo amargo. — Mas nem tudo estava perdido, disse ela. O seu maior desejo era que continuássemos juntos em segredo para que ela não me perdesse e nem eu a ela. A mulher parecia pensar que era a solução perfeita e não conseguia entender minha recusa ou minha indignação. Saí da Cornualha na manhã seguinte e fui para Londres por um tempo, onde tentei me perder na temporada. O convite de casamento acabou chegando e eu imediatamente o joguei no fogo, e no dia em que se casaram, deixei Londres e acabei encontrando meu caminho para Yorkshire e para esta propriedade. Você deveria ter visto o estado miserável em que Tanglewood se encontrava quando coloquei os olhos pela primeira vez aqui – tão coberta de vegetação e degradada. Mas eu sabia que era exatamente o que precisava na época, então a comprei e usei todas as minhas energias para restaurá-la. De muitas maneiras, isso me salvou.

A mandíbula de Jonathan se apertou e ele balançou a cabeça.

— Como pude pensar em me apaixonar por uma mulher como aquela, eu não faço ideia. Mesmo agora, eu me sinto como um tolo.

Cora observou-o, perguntando-se como alguém poderia ser tão insensível quanto aquela mulher e seu próprio irmão. Não era de admirar que o Sr. Ludlow não confiasse facilmente e não tivesse tolerância à desonestidade. Talvez essa fosse também a razão pela qual as pinturas solitárias eram sempre a sua escolha, porque ele tinha se isolado em Tanglewood, e porque sua covinha era tão esquiva às vezes.

— O senhor não é um tolo, Sr. Ludlow — disse Cora. — É simplesmente humano. Essa é uma falha que todos nós compartilhamos, eu creio.

— Você não. — Ele parou de andar e olhou para ela, sua expressão pura e vulnerável. Uma ternura tinha substituído a tristeza fria de momentos antes. — Verdade seja dita, eu acho que você é bastante perfeita. — As palavras dele fizeram com que o interior dela vibrasse, a pulsação acelerasse e a mente gritasse um aviso. Lá estava ele novamente, perturbando o equilíbrio precário entre os dois. Por que ele sentia a necessidade de dizer tais coisas? E por que suas palavras causavam tão grande perturbação em suas emoções? Ela precisava ser imune a ele.

— Se você acredita nisso, senhor, então eu o enganei também.

— Eu não acredito que você seja capaz de enganar — ele disse calmamente, levantando a mão para a bochecha dela e tocando-a ternamente. — Desde o momento em que a conheci no meu escritório, senti que podia confiar em você como não confiava em ninguém há muito tempo. Seus olhos eram muito honestos, suas expressões muito reveladoras e seu sorriso muito genuíno. Adicione a isso sua beleza e charme, e é de admirar que meus pensamentos sejam consumidos por você? Você me intoxica, Sra. Notley, e eu não posso dizer o quanto quero beijá-la agora mesmo.

Cora, de repente, sentiu que tinha sido levada de volta para sua casa na infância, quando ficou diante da lareira no quarto, paralisada pelas chamas que queimavam com tanto poder, cor e vibração. Ela ansiava por brincar com elas e ver o que podiam fazer, então havia empurrado a ponta de um galho morto e sem vida para as chamas, deliciando-se quando as folhas faiscaram e o galho começou a arder e a queimar. À medida que o calor se aproximava cada vez mais da sua mão, ela pensava: *Só mais um pouco. Eu aguentarei apenas mais um pouco.* Só quando ela sentiu dor é que deixou cair o galho e puxou a mão para trás, olhando as chamas em choque. Ela confiou nelas e elas a queimaram.

Cora havia pensado que tinha aprendido uma lição valiosa naquele dia, mas agora que estava diante de um homem que a atraía até ele como as chamas haviam feito naquele dia, percebeu que a única coisa que tinha aprendido era o desfecho. Ela estava destinada a ser queimada novamente e se sentiu impotente para impedir que isso acontecesse. Só que desta vez, em vez da sua mão, seria o seu coração.

Ele pegou o rosto dela em suas mãos, despertando deliciosos formigamentos que corriam pelo seu corpo e pela sua coluna vertebral. Enquanto suas bocas se aproximavam, o coração dela batia como um gongo em seus ouvidos. Cora não deveria permitir que aquilo continuasse, e mesmo assim ela não conseguia se mover. Um aroma de limão capturou seus sentidos bem antes da boca de Jonathan encostar na dela com um leve toque de plumas. Os lábios dele eram quentes, secos e suaves. Presa às sensações deliciosas que ele agitava dentro dela, Cora começou a corresponder o beijo, timidamente no início e depois com mais vigor. O gesto rapidamente cresceu em intensidade, puxando-a para um mundo que parecia muito mais maravilhoso e mágico do que a paisagem tocada pela neve que os cercava. Ela sempre se perguntara qual seria a sensação de ser completamente beijada, mas nunca esperara que fosse tão emocionante ou magnífico. O seu corpo nunca tinha se sentido tão vivo e ela se entregou ao poder daquilo. As suas mãos envolviam as costas dele para que pudesse puxá-lo ainda mais para perto. Ela queria mais disso, mais dele.

Um floco de neve pousou no seu rosto, trazendo um toque de consciência indesejado. Aos poucos, pensamentos externos começaram a se intrometer, tecendo o seu caminho até o fundo da mente dela. Cora pensou sobre sua posição e a dele, sobre posses, consequências, regras e reputações. Com cada pensamento, a magia diminuiu até que ela chegou à consciência muito real de que um empregador beijaria sua governanta apenas por uma razão – e não era porque ele queria se declarar.

Sentindo-se repentinamente doente, Cora pressionou as palmas das mãos contra o peito dele e o afastou. Poucos momentos antes, ela tinha brincado de se sentir como uma ímpia e agora ela tinha se tornado uma. Como ela poderia ter retribuído o beijo do Sr. Ludlow com uma entrega tão imprudente? O que ele deve pensar dela? Ele acreditava que ela estaria aberta a algum tipo de proposta agora? Ela apertou as mãos e de repente ficou zangada com ele.

— Posso ser apenas filha de um comerciante, senhor, mas sou respeitável. Se permitirmos que isso continue, não seremos melhores do que seu irmão e a senhora que o abandonou de forma abominável. Sou sua governanta e nada mais. Tem que desistir de me procurar e... e...

— Beijar você? — Seus lábios começaram a tremer, e sua covinha surgiu. Em circunstâncias normais, Cora ficaria emocionada ao vê-la, mas ela a achou muito irritante no momento. Como ele se atreve a rir dela? Ele achou-a tola por ter princípios e moral? Ela tinha-lhe dito no início que não era o tipo de mulher que se envolvia com o patrão. Certamente ele já tinha esquecido daquela conversa. A natureza embaraçosa daquilo deveria ter se perdido na sua memória.

— Sim, é precisamente isso que quero dizer. — Ela franziu o cenho, perguntando-se por que ele continuava a sorrir. Será que ele achava aquilo uma grande piada? Ele não via o quanto tinha ferido o orgulho e os sentimentos dela? Cora nunca tinha se sentido mais exposta ou vulnerável e ele parecia não se importar em nada.

Lágrimas inesperadas encheram-lhe os olhos, e ela desejou imediatamente que ele fosse para o inferno. Como ele se atrevia a arruinar aquela noite perfeitamente bela, fazendo-a chorar?

Tarde demais, o sorriso do Sr. Ludlow desapareceu. Ele a pegou pelos ombros, mas ela se afastou, virando o rosto para o lado na tentativa de esconder as lágrimas. Por que elas persistiram em vir? Uma pessoa só deveria chorar se quisesse. As lágrimas nunca deveriam aparecer sem serem pedidas, não deveriam!

— Cora — ele disse calmamente, sem tentar tocá-la novamente. — Por favor, olhe para mim.

Ela balançou a cabeça, pressionando as pálpebras, com a esperança de manter as lágrimas dentro. Mas isso só serviu para espremê-las. Elas rastejaram pelas bochechas, testemunhando sua tolice.

Ele a pegou gentilmente pelos ombros, e quando ela não resistiu, ele a puxou para perto, enrolando seus braços bem apertados ao redor dela. Cora permitiu que ele a segurasse porque ela amava estar nos seus braços. Ela amava o cheiro dele, a sua força, o timbre rouco da sua voz, a elevação e queda do seu peito sob a bochecha dela – ela amava tudo isso. E ainda assim ela não deveria.

Ele deu um beijo no topo da cabeça dela.

— Como você poderia pensar que eu desejaria tirar sua respeitabilidade ou virtude? Eu te asseguro que essa é a última coisa que eu gostaria de fazer. Você realmente não sabe quão querida você se tornou para mim?

Ao ouvir as palavras dele, Cora sentiu algo parecido com uma faísca de esperança em seu peito, como uma brasa à beira de reavivar. Aquilo a acalmou e a confortou, aliviando a dor que tanto havia latejado. Cora tirou a cabeça do peito dele e olhou para cima, querendo acreditar nele e ainda não sabendo como.

— O que você quer de mim?

Ele levantou a mão até a testa dela e deslizou as costas dos dedos pelo lado do rosto dela, parando logo abaixo da boca. O polegar dele tocou seus lábios, fazendo com que eles formigassem e ansiassem por outro gostinho dele.

— Mais do que qualquer outra coisa, eu quero demiti-la.

— O quê? — Cora piscou os olhos, não compreendendo. Ele estava falando sério? Seus lábios não se contraíam, seus olhos não mostravam humor, e sua testa estava sulcada. Se havia alguma coisa, ele parecia preocupado. — Como assim?

Ele apertou os ombros dela e a segurou firmemente.

— Você não entende? Você é tão cega aos meus motivos que não os enxerga pelo que são? Quero despedi-la porque não quero mais chamá-la de Sra. Notley. Eu preferiria muito mais chamá-la de Cora ou, no mínimo, Srta. Notley. Eu gostaria que você voltasse à casa dos Shepherds e permitisse que eles a lançassem na sociedade local para que eu pudesse vê-la em jantares, almoços e bailes. Eu quero jogar cartas com você, dançar com você, e ser capaz de fazer a corte da maneira que você merece ser cortejada. Eu quero arrebatá-la com a esperança de um dia provar-lhe exatamente o quanto eu vim a admirá-la. Você se tornou muito mais do que uma governanta para mim. Você se tornou a razão pela qual estou aqui nesta noite fria e úmida, a razão pela qual me levanto de manhã e encontro algo para sorrir, a razão pela qual meu aniversário passou de ruim a ótimo. Estou me apaixonando por você, e preciso que não seja mais minha governanta.

Cora não conseguia respirar. Tudo à sua volta parecia inclinar-se e balançar. Teria ele realmente dito que estava se apaixonando por ela – *ela*, a humilde filha de um comerciante que se tornou governanta? Como é que isso era possível? Ela não podia acreditar e, mesmo assim, ele tinha dito aquelas mesmas palavras. Não tinha? Ela teria imaginado aquilo de alguma forma? Não parecia real. Na verdade, parecia tão irreal.

Meu Deus, ela precisava se sentar. Ela precisava respirar.

— Eu te peguei tão desprevenida assim? — ele perguntou.

Ela só podia acenar afirmativamente. É claro que ele a pegou desprevenida!

Ele achava que ela tinha assumido o papel de governanta com a esperança de atrair seus afetos? Ele tinha alguma ideia da luta que ela teve que travar para mantê-lo à distância e não permitir que seu coração se apegasse demais? Como é que ela podia sequer esperar por um desfecho assim, quando não estava na esfera das possibilidades?

Cora olhou para cima, implorando-lhe que compreendesse a sua confusão e incerteza. Ela engoliu e forçou sua voz a falar.

— Sr. Ludlow, eu preciso...

— Por favor, me chame de Jonathan quando estamos sozinhos.

— Jonathan — ela suspirou, gostando bastante do som. — Eu... Eu não sei o que pensar. Eu não sei nem mesmo como eu deveria me sentir. Tudo o que eu esperava hoje era que você não ficasse angustiado em seu aniversário, e agora... — Ela olhou para ele, balançando a cabeça mais uma vez.

— Agora eu lhe pedi para passear comigo, tomei algumas liberdades com você, e anunciei o meu amor quando você não tinha ideia dos meus sentimentos até este momento. É por isso que você está chocada?

Novamente, tudo o que ela podia fazer era acenar com a cabeça. Será que aquilo realmente estava acontecendo? A cabeça dela parecia tão confusa e enevoada, como se tivesse tomado uma dose de láudano. Só que ela não estava nem um pouco bêbada. Na verdade, ela tinha certeza de que não iria conseguir dormir naquela noite.

O Sr. Ludlow pegou as mãos frias e frouxas dela e começou a esfregar a vida e o calor de volta para elas.

— Perdoe-me por lhe ter dito isso tão repentinamente. Pensei que o aumento das minhas atenções a teriam preparado, mas vejo que não. Só me diga isso, se puder. Você se importa o suficiente comigo para pensar em deixar o emprego e retornar aos Shepherds onde você realmente pertence? Você é uma Lady, minha querida. O seu lugar é nas salas de estar, não nas cozinhas.

— Asseguro-lhe que não sou uma Lady, senhor. Eu pertenço exatamente a onde estou.

— Como pode dizer isso quando ambos sabemos que é uma governanta terrível?

Cora piscou os olhos, arregalando-os conforme as palavras dele foram registradas. Ela soltou as mãos e franziu o cenho para ele.

— Como pode dizer isso? Admito que fui uma péssima governanta no início, mas aprendi muito desde aquele tempo e agora sou bastante hábil.

Ele pressionou os lábios como se estivesse tentando pensar em uma maneira delicada de refutar suas palavras.

— Vou concordar que você é mais competente agora do que era, mas... bem, para ser bastante franco, minha querida, suas compotas ainda são grossas, seus bolos permanecem muito secos e quebradiços, e suas habilidades para fazer compras deixa muito a desejar. Eu vou acabar pobre se você continuar a ser a compradora de todos os suprimentos. Você pode ter uma cabeça para números, mas certamente não tem cabeça para negociar – ou melhor, a espinha dorsal para isso. Você é gentil demais para discutir preço.

Cora não teria ficado mais atordoada se ele a tivesse esbofeteado.

— Como é que é?

— Isso foi um elogio, Cora, não uma crítica.

Um elogio? O homem ficou completamente louco?

— Obviamente você confundiu o significado dessas duas palavras. Um elogio deve servir para agradar e inspirar, não para irritar. Isso certamente não foi um elogio, senhor.

— Meu nome é Jonathan.

— E o meu nome é *Sra.* Notley.

Ele levantou uma sobrancelha, observando-a de perto.

— Você pretende ficar como governanta, então?

— Claro que sim! — disse ela, permitindo que sua frustração tirasse o melhor dela. — Aparentemente eu ainda tenho que provar que sou capaz, e até que eu faça isso, eu... — Ela parou de falar, não tendo ideia de como terminar essa frase. Ela faria o quê? Continuaria a fazer compotas grosseiras? Continuaria com a má gestão de compras de suprimentos? Persistiria em fazer bolos secos e quebradiços?

Deus, ele não tinha pintado um quadro muito bonito dela. Não admirava que ele não gostasse de pinturas com pessoas. Ele provavelmente iria encontrar todos os tipos de falhas em alguém ou qualquer coisa que tivesse a infelicidade de ser o tema de seu escrutínio.

— Você vai o quê? — ele perguntou. — Teimosamente se recusará a viver de acordo com seu potencial, porque eu lhe disse que você foi criada para se tornar uma Lady e não uma governanta? Seu orgulho ficou tão facilmente ferido?

Cora olhou para ele. *Facilmente* ferido? Como ele poderia chamar isso de fácil? O homem tinha pegado qualquer traço de confiança que ela havia começado a sentir nas últimas semanas e pisoteara como se fosse uma aranha. Se tivesse dito a ele que ela poderia tomar conta de um poste melhor do que ele gerenciava sua equipe, ele também não ficaria *facilmente* ofendido? Será que ele realmente esperava que ela desconsiderasse as suas muitas críticas assim? Parecia que ele havia aproveitado um belo momento e virado um balde cheio de água fria por cima dela, deixando-a molhada, fria e nada feliz.

— Isso é exatamente o que pretendo fazer — respondeu ela, sem outra razão que não fosse contrariá-lo.

A mandíbula dele se apertou, e seus lábios se estreitaram em uma fina linha.

— Então você terá que provar a si mesma na casa de outra pessoa.

— O que você está dizendo, senhor?

— A partir deste momento, você não está mais empregada em Tanglewood.

Cora abriu a boca para discutir, mas ela imediatamente a fechou quando percebeu que não tinha argumentos para discutir. Como seu empregador, ele podia demiti-la ou qualquer outra pessoa quando quisesse. Era seu direito, seu poder como proprietário de Tanglewood. O que poderia uma governanta inapta dizer para influenciá-lo? Nada. Absolutamente nada. Ela só podia encará-lo, o que fez, e bater as suas botas, o que ela também fez, enquanto se afastava, alimentada pela raiva, frustração e orgulho ferido.

Se ela não pudesse provar a si mesma em Tanglewood, ela iria provar a si mesma em outro lugar.

14

Jonathan acordou com uma dor de cabeça atordoante. Ele gemeu e estendeu a mão para tomar um pouco de chá restaurador, mas se lembrou que tinha dispensado a pessoa cujo dever era fazê-lo. Cora já teria partido? Provavelmente. Ele caiu de volta em seu travesseiro e olhou para o teto, imaginando como uma noite que tinha começado com tal promessa poderia ter terminado tão desastrosamente.

Ele ainda podia ver a postura irritada dos ombros dela e a maneira como suas botas esfaquearam a neve enquanto ela se afastava. Ele teria ido atrás dela se não fosse a lição que aprendeu com seu pai quando era criança. Seu pai uma vez perdeu a paciência com sua mãe, e ela tinha saído da sala bufando. Em vez de correr atrás dela, como Jonathan achava que seu pai deveria fazer, ele suspirou e sentou-se em uma grande cadeira de espaldar.

— Jonathan — disse ele —, se há uma coisa que aprendi sobre as mulheres, é que uma mulher com raiva não é uma mulher sensata. Não adianta ir atrás dela agora. Só o tempo e um pedido de desculpas sincero têm alguma esperança de restaurar a razão.

No dia seguinte, quando ele viu seus pais se abraçando, a lição foi selada na mente de Jonathan como sendo valiosa. Ele pensou nisso agora, esperando que as palavras de sabedoria fossem verdadeiras para todas as mulheres e não apenas para sua mãe.

Com um estremecimento, ele chamou seu valete. Poucos momentos depois, o homem muito magro entrou e imediatamente abriu as cortinas, permitindo que a luz brilhante entrasse no quarto. Jonathan gemeu e cobriu os olhos com o antebraço.

— Deus, Drew, tenha um pouco de compaixão!

As cortinas imediatamente foram fechadas e a escuridão abençoada caiu sobre Jonathan mais uma vez.

— Perdoe-me senhor — disse Drew. — Eu presumi que o senhor estava pronto para se levantar. O senhor está doente?

— Sim — Jonathan gemeu, jogando o travesseiro de lado. — Eu tenho o diabo de uma dor de cabeça. Você faria a gentileza de pedir um chá restaurador?

Drew deslocou-se desconfortavelmente.

— Er... Eu creio que a Sra. Notley tenha ido embora, senhor.

— Bom — ele resmungou. — Seu chá tem o gosto da água da chuva que foi coletada em uma lata e deixada para esquentar no sol por semanas. Por favor, peça à Sally para preparar alguma coisa.

Os olhos cintilantes de Drew se alargaram, mas ele rapidamente mascarou sua surpresa e fez uma breve reverência.

— Muito bem, senhor. Vou passar o pedido imediatamente. Mais alguma coisa? O senhor quer que sua bandeja de café da manhã seja enviada também?

— Apenas chá por enquanto. Então suponho que eu deveria me vestir. Preciso ir a Knotting Tree esta manhã.

— Muito bem, senhor. Voltarei em breve.

— Obrigado, Drew.

Seu valete saiu, o chá logo chegou e Jonathan bebeu a xícara inteira em alguns goles. Embora ele tivesse exagerado sobre o sabor do chá da Sra. Notley, a versão de Sally era certamente mais agradável ao seu paladar. Ele também estava na temperatura perfeita, ao contrário do da Sra. Notley, que nunca deixou de escaldar sua língua.

Quando Drew voltou novamente, Jonathan estava se sentindo muito melhor. Ele permitiu que as cortinas fossem puxadas para o lado sem discussão, e uma vez que seus olhos se ajustaram à luz, ele lentamente levantou-se da cama com apenas uma pequena martelada em sua cabeça.

Drew o ajudou a se barbear e a se vestir, e menos de trinta minutos mais tarde, depois que Sally informou a ele que sua antiga governanta havia de fato ido embora, Jonathan pediu seu cavalo. Enquanto ele percorria a pista gelada e puxava seu casaco mais apertado, amaldiçoou-se por não ter se levantado mais cedo para ordenar que sua carruagem estivesse pronta para Cora. Ele odiava a ideia de que ela fizesse a viagem a pé e rezou para que ela não ficasse doente por causa da sua falta de consideração.

Quando chegou à Knotting Tree, entregou o cavalo a um cavalariço, subiu os degraus e bateu com a aldrava de latão contra a porta. O cansado

148

Geoffries foi lento para responder, e quando finalmente o atendeu, seus olhos se estreitaram quando olhou por cima de seu nariz angular para Jonathan.

— Vejo que o senhor voltou em um horário bem cedo novamente, Sr. Ludlow.

— Perdoe a intrusão, Geoffries — disse Jonathan. — Mas eu preciso falar com a Srta. Notley imediatamente.

— Ela está tomando o café da manhã ao pé da lareira, senhor. Ela chegou à nossa porta momentos atrás, meio congelada pelo frio. Parece que ela deu seu casaco e botas a uma das criadas e se aventurou esta manhã sem o traje apropriado para o clima.

Desta vez, Jonathan amaldiçoou Cora. O que é que ela estava pensando para desistir do casaco e das botas? Se ela estava tão determinada a deixá-las para trás, certamente poderia tê-las usado até ali e mandado de volta mais tarde com outro criado.

— Talvez se o senhor voltar em uma hora mais razoável, ela estará se sentindo à vontade para receber visitas. — Geoffries começou a fechar a porta, mas a mão de Jonathan o impediu.

— Geoffries, eu sinto muito por qualquer desconforto que eu possa ter causado à Srta. Notley. Eu me comportei sem pensar e estou aqui para fazer reparações. Juro a você que só vou tomar alguns minutos do tempo dela.

Geoffries estudou Jonathan por alguns instantes antes de finalmente abrir a porta e permitir sua entrada.

— Se esperar aqui, senhor, eu farei as averiguações lá dentro.

— Obrigado.

O velho se virou e começou a andar pelo corredor. Jonathan esperou alguns momentos antes de tirar seu casaco, luvas e chapéu, então discretamente seguiu o mordomo, deixando alguma distância entre eles para que não fosse notado. O mordomo parou na frente de duas grandes portas de madeira, abriu uma, e entrou. Jonathan pisou atrás da segunda porta, ainda fechada, e se esforçou para ouvir a conversa que ocorria na sala.

— Você pode dizer a ele que esperar é inútil. Eu não quero vê-lo. — A voz da Srta. Notley era firme e decidida.

A Sra. Shepherd falou a seguir.

— Tem certeza, minha querida?

— Eu nunca tive tanta certeza de nada.

— Você gostaria que eu falasse com ele? — O Sr. Shepherd perguntou.

— Se esse é o seu desejo. Isso não me diz respeito.

Jonathan franziu o cenho. Aparentemente, o passar do tempo não tinha feito seu trabalho para restaurar o bom senso dela. Ou talvez a caminhada gelada até Knotting Tree tenha servido para desestabilizá-la. Mesmo assim, Jonathan ainda tinha um pedido de desculpas a fazer, e ele se recusava a sair daquela casa até que Cora ouvisse o que tinha a dizer.

— Você pode dizer ao Sr. Ludlow que eu vou vê-lo na sala de estar — disse o Sr. Shepherd.

Antes que Geoffries pudesse sair da sala, Jonathan entrou. Sua atenção foi imediatamente capturada pela grandeza da biblioteca. Prateleiras de livros o cercavam, subindo do chão até o topo das paredes. Uma pessoa precisaria de uma escada muito alta para alcançar a mais elevada das prateleiras e ainda assim, alguns livros estavam tortos como se tivessem sido lidos recentemente e devolvidos de uma maneira aleatória. Jonathan uma vez achou impressionante a coleção de sua família, mas não era nada igual à do Sr. Shepherd. Ele nunca tinha visto tantos livros em sua vida.

— Senhor, eu pedi que esperasse no grande hall — disse Geoffries.

O olhar de Jonathan se fixou em Cora, que estava sentada em uma grande cadeira junto à lareira com um cobertor pesado sobre seu colo. Ela usava o mesmo vestido de musselina branca que usara no dia em que se viram pela primeira vez. Embora suas bochechas estivessem avermelhadas pelo frio e ela não parecesse nada feliz em vê-lo, aparentava estar bem.

— Ah, Sr. Ludlow. Que bom da sua parte anunciar a si mesmo. — Sentado ao lado da esposa no sofá, o Sr. Shepherd parecia muito simpático dada as circunstâncias atuais. — Eu soube que o senhor dispensou nossa querida Srta. Notley mais uma vez. Que interessante. Você veio para convencê-la a voltar como antes? Será que isso vai se tornar uma constante com os criados? Se assim for, não estou certo de que tenho o temperamento para isso.

— Eu vim apenas para falar com Cora — disse Jonathan, mantendo o olhar fixo em sua antiga governanta.

Os olhos dela se estreitaram.

— Meu nome é Srta. Notley para você, senhor.

— Eu vim meramente para falar com a Srta. Notley, então.

A Sra. Shepherd deixou de lado sua agulha. Quando ela olhou para Jonathan, sua expressão foi astuta e cautelosa. Ele só podia esperar que ela não tivesse a intenção de mandá-lo embora.

— Diga-me, Sr. Ludlow — ela disse depois de um tempo. — Por que nossa querida Cora deveria ser solicitada a ouvir o que o senhor tem a dizer?

Ela parecia estar lhe oferecendo uma chance, ainda que pequena.

Jonathan considerou a pergunta, pensando em tudo o que tinha acontecido nas últimas semanas. Ele finalmente escolheu a única resposta que tinha alguma esperança de trazer Cora de volta. Ele olhou para ela.

— Uma mulher notável uma vez me disse que uma pessoa pode ter um bom motivo para se comportar mal e sempre se deve descobrir qual foi esse motivo, antes de julgá-la muito duramente.

Cora franziu o cenho e desviou o olhar, aparentemente infeliz por ele ter usado suas próprias palavras como argumento. Ela olhou por um longo momento para a sala em direção à uma prateleira de livros, antes de arrastar o olhar de volta para ele. Pareceu uma luta para ela dizer:

— Muito bem, Sr. Ludlow. Deixe-nos ouvir o que tem a dizer.

Jonathan olhou para o Sr. e a Sra. Shepherd, esperando que eles não tivessem a intenção de ficar para o que certamente seria uma conversa embaraçosa.

— Vocês teriam a gentileza de me permitir uma palavra em particular com a Srta. Notley?

A Sra. Shepherd o estudou um pouco mais, antes de se voltar para o marido.

— Eu acabei de perceber que preciso falar com Cook sobre algo. Você faria a gentileza de me acompanhar?

O Sr. Shepherd levantou uma sobrancelha para Cora, que acenou com a cabeça, e, como eles tinham feito antes, os Shepherds se levantaram para sair.

— Eu te peço para não fazer disso um hábito — disse o Sr. Shepherd discretamente enquanto passava.

— Não, senhor. — Jonathan notou que eles não fecharam a porta, mas não se importou. Ele foi até Cora e sentou-se no sofá perto dela. Ele se inclinou para frente, descansando os cotovelos sobre os joelhos, e apertou os dedos debaixo do queixo.

— Eu nunca tinha visto uma biblioteca dessa magnitude antes — ele comentou. — É bastante surpreendente.

Ela levantou uma sobrancelha para ele.

— Você veio falar comigo sobre livros, senhor?

— Não. — Ele suspirou. Ela obviamente não tinha intenção de facilitar aquilo para ele. Talvez fosse melhor ir direto ao assunto. — Eu vim para implorar o seu perdão pela maneira insensível que eu, er... aproximei-me de você ontem à noite.

Ela puxou o cobertor mais firmemente sobre ela.

— Insensível? Senhor, suas palavras foram muito além do insensível e eu não posso perdoar isso. Como você pode confessar gostar de uma mulher e ainda assim manchar seu caráter no próximo momento?

— Eu não estava manchando seu caráter, Cora.

— É Srta. Notley, senhor.

— Srta. Notley, então — ele disse. — Antes de continuar, ele forçou-se a respirar profundamente para acalmar sua frustração. Quando falou outra vez, seu tom era menos grave. — Por favor, entenda que não era minha intenção ofendê-la. Eu estava meramente apontando que, apesar do que você escolher acreditar sobre si mesma e suas circunstâncias, você é muito mais adequada para o papel de uma dama do que uma criada.

— Há melhores maneiras de fazer tal afirmação do que detalhando as falhas de uma pessoa, senhor. Não posso deixar de me perguntar como o senhor pode ter sentimentos ternos por uma criatura tão inepta como eu. O que há para se gostar?

Jonathan enfiou os dedos no cabelo, pensando se deveria ter deixado passar um pouco mais de tempo antes de confrontá-la. Ela parecia determinada a pensar o pior de si mesma e dele.

— Você pode não acreditar nisso — disse ele. — Mas eu acho que suas 'falhas', como você as chama, são cativantes. Se você pudesse se ver através dos meus olhos, você entenderia. Você tem um ar de gentileza que não pode disfarçar, não importa o quanto queira. Você se comporta com confiança, graça e integridade o que, garanto-lhe, não passa despercebido aos outros. Por favor, perdoe-me por dizer isso, mas um servo nunca deve ser notado, e você, minha querida, é sempre notada. Você sabe como se comportar em qualquer situação e tem a capacidade única de inspirar respeito e admiração em todos que a conhecem. Você não vê isso? Quem se importa se você não consegue produzir um bolo saboroso ou não tem coração para regatear suprimentos? Isso não importa em nada, porque não é o que você é. Você é a Srta. Coralynn Notley, uma herdeira linda, obstinada e compassiva. Quando olho para você, essa é a pessoa que eu vejo, e só posso ser grato por seu pai não poder disputar por uma introdução à sociedade para sua família. Tenho certeza de que se você tivesse feito sua estreia em Londres ou em qualquer outro lugar, os homens teriam se aglomerado em massa ao seu redor e eu nunca teria tido a chance de conquistar seus afetos. — Ele pausou, permitindo que suas palavras se acalmassem antes de acrescentar: — Por favor, diga que vai perdoar minhas tentativas confusas de me explicar ontem à noite. Não consigo imaginar encontrar uma mulher mais requintada em todo o mundo, e me recuso a te perder porque não transmiti meus sentimentos corretamente.

Cora olhou para ele com os olhos arregalados e a boca ligeiramente aberta. Sua mão se moveu sobre o coração enquanto lágrimas se juntavam em seus olhos. Ela rapidamente piscou antes de limpar a garganta.

— Eu gostei muito mais dessa versão, senhor.

Jonathan relaxou, feliz por saber que ele não tinha estragado as coisas dessa vez. Levantou-se lentamente e estendeu a mão para ela.

— Você não vai me chamar de Jonathan?

Ela acenou com a cabeça e colocou os dedos dela nos dele, permitindo que ele a levantasse para os seus braços. Ela colocou as mãos atrás do pescoço dele e levantou o rosto.

— Não há mais nada a perdoar, Jonathan.

Ele sorriu e não perdeu tempo em beijá-la. Ela tinha gosto de morango e parecia o céu e, naquele momento, Jonathan resolveu nunca mais deixá-la partir. Era assim que sua vida deveria ser vivida.

Até que alguém limpou a garganta atrás dele e Jonathan achou necessário liberar Cora. Eles se viraram para encontrar a Sra. Shepherd em pé do lado de dentro da porta, olhando como se não soubesse se deveria parabenizá-los ou repreendê-los.

— Devo lhe oferecer minhas felicitações? — ela perguntou.

A Srta. Notley corou profusamente e começou a balançar a cabeça, obviamente mortificada por terem sido pegos em uma situação tão comprometedora, especialmente quando Jonathan não tinha feito uma proposta oficialmente.

Ele apenas sorriu e pegou a mão da jovem, curvando-se para colocar um beijo nela. Quando levantou a cabeça de novo, ele se voltou para a Sra. Shepherd.

— Ainda não. Mas em breve, espero eu. Bom dia para você, Sra. Shepherd. — Ele se curvou e virou-se para Cora mais uma vez, e com um leve sorriso, acrescentou: — Cora.

Então ele saiu da sala e voltou para o grande hall, onde pegou seu chapéu, luvas e casaco. Desejou a Geoffries um bom dia antes de sair para uma paisagem de lama e neve derretida. O ar fresco encheu seus pulmões, enquanto ele descia os degraus até seu cavalo. Como era maravilhoso estar de volta em harmonia com Cora.

Um dia ele teria que agradecer ao seu pai pelos seus conselhos sagazes.

No momento em que o Sr. Ludlow saiu da sala, a Sra. Shepherd correu para a frente numa onda de musselina de lavanda para apertar as mãos de Cora e dar-lhes um aperto sincero.

— Minha querida, você obviamente escondeu informações importantes do Sr. Shepherd e de mim. Por que não nos disse que o Sr. Ludlow desenvolveu um sentimento por você? É esse o verdadeiro motivo de sua demissão?

— É uma das razões. — O coração de Cora ainda batia forte pelo beijo do Sr. Ludlow e por suas ternas palavras. Como ele a fizera se sentir revigorada, como se ela pudesse correr todo o comprimento de um prado sem nunca se cansar, mesmo depois de uma noite miserável de sono. Seus ânimos nunca estiveram tão bem. Parecia que tinham sido apanhados nas nuvens e lá permaneceriam eternamente, transbordando demais de euforia para voltarem a descer. Ela balançou a cabeça, incapaz de tirar o sorriso dos lábios. — Eu não sabia até ontem à noite. Ele me beijou de repente, alegou estar se apaixonando por mim, e no mesmo instante me informou que eu era a mais terrível das governantas. Ele continuou listando várias razões pelas quais eu nunca poderia esperar me tornar eficiente no trabalho e me demitiu imediatamente. Num momento eu estava em êxtase e no outro estava com raiva e ferida. Odeio admitir que me comportei como uma criança mimada. Passei a noite toda me perguntando se um de nós ou ambos teríamos enlouquecido e, pela manhã, cheguei à conclusão de que um homem como o Sr. Ludlow nunca poderia me amar de verdade. — Ela olhou para a Sra. Shepherd. — Felizmente, ele provou que eu estava errada, e agora estou toda aflita de novo. Honestamente, é como se eu tivesse sido jogada do fogo para a neve e de volta para o fogo. Tudo o que posso pensar é que estou muito perto das chamas e provavelmente vou sofrer uma queimadura.

Cora silenciosamente pediu ajuda à Sra. Shepherd para navegar nestas águas desconhecidas, mas a mulher não parecia nada preocupada com o estado angustiado da jovem. Em vez disso, o sorriso da mulher aumentou e ela agarrou os braços da Srta Notley.

— Oh, minha querida, essa é uma maneira perfeitamente normal de se sentir. O amor é ao mesmo tempo emocionante e aterrador, não é? Mas você não tem nada a temer, garanto-lhe. Eu não vejo um homem tão apaixonado desde que Lorde Drayson olhou para minha filha. Eu não poderia estar mais feliz por você.

As palavras da Sra. Shepherd aqueceram o coração da jovem, mas não aplacaram sua mente. Ela mordeu o lábio inferior e se preocupou por um momento.

— É maravilhoso, mas...

— Mas o quê?

Cora de repente se sentiu cansada e carregada de um peso que suas pernas não conseguiam mais suportar. Era interessante que uma pequena quantidade de dúvidas e preocupações pudesse ter um efeito tão enfraquecedor na euforia de uma pessoa. Ela afundou-se no sofá e apertou seus dedos trêmulos no colo.

— O Sr. Ludlow deseja que a Sra. e o Sr. Shepherd me apresentem à sociedade para que ele possa me cortejar adequadamente.

— Isso é compreensível. — A Sra. Shepherd se sentou ao seu lado, olhando para ela de perto. — Há algo errado, minha querida? Você não compartilha dos sentimentos dele?

— É claro que sim. — Essa era a menor das suas preocupações, ou talvez o motivo para elas. Ela não conseguia determinar qual era o caso.

— Por favor, não diga que você ainda se opõe a entrar na sociedade — disse a Sra. Shepherd. — Receio que o Sr. Ludlow tenha o direito a isso. Ele não pode lhe fazer a corte enquanto você ainda for sua governanta.

— Eu sei — disse Cora. — É só... — Ah, como explicar? Seus sentimentos eram tão confusos que as palavras escapavam.

— Você uma vez me disse — a Sra. Shepherd começou cuidadosamente — que nunca mais queria se sentir presa a alguém e por isso buscou o seu próprio caminho. Mas agora um futuro muito diferente está diante de você. Você sente que vai desistir de sua independência se continuar? É esse o problema?

Cora podia dizer com segurança que não, não era, mas as palavras da Sra. Shepherd deram a ela uma pausa, fazendo com que se sentisse como uma impostora. Apenas alguns meses antes tinha assumido uma posição firme sobre a importância da sua independência e agora ela se via hesitante e alarmada. Ou estava vacilando? Curiosamente, Cora não sentia que se comprometer com Jonathan exigiria esse sacrifício.

— Acho que não é nada disso — respondeu Cora. — O Sr. Ludlow me respeita. Ele procura minhas opiniões, as escuta e tenta entender meus sentimentos sobre vários assuntos. Embora eu esteja muito abaixo dele, ele nunca me fez sentir indigna de sua atenção. Pelo contrário, me fez sentir como se eu fosse igual ou sua parceira, embora achasse necessário lembrar-me do meu lugar muitas vezes. — Cora sorriu para as lembranças, pensando como eles tinham aprendido a "administrar" um ao outro muito bem. — Então, não, esse não é o problema. Serei feliz com o Sr. Ludlow pelo resto dos meus dias. Ele capturou meu coração tão completamente, entende?

Um sorriso gentil levantou os lábios da Sra. Shepherd, mas a expressão dela permaneceu confusa.

— Então o que é?

Cora sufocou um gemido. Se ela tivesse escutado os Shepherds desde o início, não estaria neste estado. No entanto, aqui estava ela sentada, numa poça turva da sua própria responsabilidade.

— A Sra. mesma o disse — continuou Cora —, se eu seguisse com minha obstinada ideia de servir, minha reputação sofreria com isso. O fato é que eu sou a governanta do Sr. Ludlow há meses. Sei como os criados falam e como essa conversa se espalha inevitavelmente pelos círculos da sociedade. Se as pessoas na cidade ainda não sabem que assumi um cargo de governanta, acabarão por saber a verdade e descobrirão exatamente até onde eu cheguei. Uma sombra foi lançada sobre o meu nome e não pode ser desfeita. Qual é a probabilidade de eu ser aceita por eles agora? E o seu bom nome não será manchado pela sua relação comigo? Eu nunca sonharia em prejudicá-la, ou o Sr. Shepherd, ou Jonathan de alguma forma.

A Sra. Shepherd liberou seu fôlego como se estivesse aliviada porque as preocupações de Cora não eram de natureza mais séria.

— Você não deve se preocupar com isso, minha querida — ela disse com uma palmadinha no joelho da jovem. — Oh, vão surgir fofocas e olhares esquisitos, talvez até alguns disparates, mas como todos os escândalos, vai passar com o tempo. Assim que o Sr. Ludlow deixar suas intenções claras, o que eu suponho que acontecerá muito em breve, e as pessoas virem que o Sr. Shepherd e eu estamos totalmente do seu lado, tudo será esquecido. Os únicos olhares que você vai receber serão aqueles cheios de inveja por você enlaçar o solteirão mais elegível da vizinhança. Mas isso não tem nenhuma consequência. Oh, minha querida, eu não posso dizer o quanto estou emocionada com esta virada de acontecimentos. É tudo o que eu queria para você.

Cora respondeu com um sorriso, mas não conseguiu acalmar a inquietação em seu coração. Não parecia provável que a situação se desenrolasse tão facilmente quanto a Sra. Shepherd parecia pensar. Cora tinha visto em primeira mão como as pessoas cruéis e vingativas poderiam ser. Toda vez que seu incansável pai tinha tentado fazer amizade ou mesmo aproximar-se de um membro da elite da sociedade, o encontro havia terminado em desastre e humilhação. Quando uma pessoa influente optava por evitar ou menosprezar outra, essa atitude tinha muito peso e chegava ao ponto de alterar a opinião de outra pessoa. Na experiência de Cora, havia muito poucas Lady Harrietts ou Srs. e Sras. Shepherds no mundo. Ela não podia deixar de se perguntar sobre a probabilidade de encontrar mais discriminação em Askern.

Quando a Sra. Shepherd começou a discutir a necessidade de novos vestidos e acessórios, Cora forçou seus pensamentos de volta ao presente e engoliu quaisquer argumentos que tivesse sobre o assunto. A Sra. Shepherd irradiava entusiasmo, e Cora seria realmente ingrata se não permitisse à ela sua diversão.

E por que elas não deveriam desfrutar de um passeio de compras? Cora conseguiu de alguma forma captar o interesse do Sr. Jonathan Ludlow – um cavalheiro que era bonito, charmoso, gentil, maravilhoso e bom. Não foi isso que ela sempre quis? Ter o que Lady Drayson e Mrs. Shepherd tinham – um homem ao seu lado que a amava tanto quanto ela o amava? O futuro dela nunca tinha parecido tão glorioso. Cora poderia um dia ser senhora de uma casa grande e bonita. Além do mais, ela poderia ser mãe. Imaginou meninos e meninas correndo desenfreados pelos corredores de Tanglewood e dando vida ao lugar. Soava perfeitamente feliz.

Infelizmente, a experiência tinha ensinado a Cora que as esperanças e os sonhos não eram muitas vezes realizados. A vida fora cheia de decepções, e Cora tinha conhecido uma parcela justa delas. Essa foi a razão pela qual o seu sorriso não atingiu o seu coração e o seu entusiasmo não voltou às nuvens como ela desejava.

15

Os DIAS COMEÇARAM A VOAR em uma enxurrada de compras, acessórios e mais compras. O Natal e tudo o que ele implicava veio e foi bastante tranquilo, com o Sr. e a Sra. Shepherd participando de apenas alguns eventos sociais e somente com o propósito específico de dizer que uma amiga íntima de Lady Harriett tinha vindo para ficar.

Na maioria das noites, os Shepherds preferiam jantar em família em Knotting Tree, onde podiam receber Jonathan, que visitava diariamente e muitas vezes voltava para jantar ou para um evento especial, como acender a lenha de Natal ou recolher vegetações para serem colocadas em volta da casa. Ele até criou um "raminho do beijo", que pendurou sobre as portas da sala de estar e usava quando o Sr. e a Sra. Shepherd não estavam presentes.

O quarteto também jantava uma ou duas vezes em Tanglewood. Ao chegar, Cora fugia por alguns momentos para visitar seus velhos amigos na cozinha. Sally, com sua fala aprimorada, ganhou a confiança de Jonathan mais uma vez. Ele tinha feito dela a nova governanta e Alice se tornou uma das camareiras. Uma nova garota havia sido contratada para ajudar Sally na copa e, por fim, tudo parecia feliz em Tanglewood.

A Sra. Caddy e Watts recepcionaram Cora com sorrisos carinhosos, enquanto Harry achava necessário continuar provocando.

— Ave... você mudou seu nome mais uma vez, Srta. Notley? — ele perguntou. — Ou é Sra. Notley agora? Em breve estaremos chamando você de Sra. Ludlow, hein? Por favor, diga que vai manter esse nome por pelo menos um tempo.

Cora tentou ao máximo não corar, mas falhou completamente. Ela apontou um dedo para Harry.

— Eu não vou falar nada disso e nem você deveria, Harry. Você nunca vai aprender a segurar sua língua?

— Receio que não, senhorita. Ou é Sra.? Não, é Senhorita, mas só por enquanto, não é?

A Sra. Caddy deu uma risada e os outros também riram. Cora sufocou sua própria risada e tentou encarar Harry, não que isso ajudasse muito. Ele sabia muito bem que ela gostava dele apesar de sua natureza incorrigível. Ela gostava de todos eles. Eles se tornaram muito queridos para ela e sempre permaneceriam assim.

No final de sua visita, Cora desejou felicidades a todos, antes de voltar para a sala de visitas, onde Jonathan a cumprimentou com um sorriso que deixou seu coração agitado.

Ele imediatamente se levantou e gesticulou para que ela ocupasse o lugar vago ao seu lado no sofá.

— Devo sentir inveja de você querer procurar meus servos primeiro e não a mim? — brincou ele.

— Muita inveja — ela disse com um aceno solene enquanto se sentava. — Eles são um grupo bastante animado na cozinha.

— Como? — Sr. Shepherd fingiu estar ofendido. — Você quer dizer que não somos?

— Céus, não — disse Cora. — Eu quero dizer que vocês não são tão animados.

A Sra. Shepherd riu, e Jonathan arqueou uma sobrancelha para o Sr. Shepherd.

— Eu acredito que Cora nos deu um desafio, senhor.

— Pareceu um insulto para mim.

— Aparentemente você não a conhece tão bem quanto eu. Cora é incapaz de lançar insultos. Portanto, deve ser um desafio.

— Se você diz — disse o Sr. Shepherd. — Como você propõe que enfrentemos tal desafio, Sr. Ludlow?

Jonathan pressionou os lábios como se estivesse pensando no assunto.

— Eu sei que Cora gosta de ser entretida. Eu me pergunto... o senhor dança?

— Só quando necessário.

— Malabarismo?

— Só metaforicamente.

Isso ganhou um riso dos outros.

— E quanto à música? O senhor canta?

— Nunca.

— Recita poesia?

O Sr. Shepherd fez uma cara, e Cora aproveitou a oportunidade para intervir.

— Talvez o senhor não, Sr. Shepherd, mas Jonathan tem uma habilidade com palavras quando se trata de poesia. Não é verdade? Parece que me lembro de um poema muito interessante que uma vez compôs sobre uma cabra. — Ela sorriu para ele, desafiando-o a negar.

— Você é um poeta? — A Sra. Shepherd perguntou, apertando as mãos em um gesto de prazer. — Que maravilha. Conte-nos sobre essa cabra.

— Sim, por favor — adicionou o Sr. Shepherd, recostando-se com um sorriso afiado no rosto. — Algo me diz que esta noite está prestes a ficar muito animada.

Jonathan dirigiu um olhar desafiador para Cora.

— É um poema divertido, admito. No entanto, só vou concordar em recitá-lo se Cora concordar em nos dar uma demonstração de confeitaria. Ou talvez nos instrua sobre o que ela coloca em seu chá para torná-lo assim tão... restaurador.

Cora tentou manter uma expressão séria, mas não conseguiu conter seu riso por muito tempo.

— Touché, Jonathan. Você certamente me colocou no meu lugar mais uma vez.

— Se ao menos você não fosse tão rápida para fugir desse lugar.

Sua provocação sempre fazia o coração dela brilhar como uma chama na ponta de um castiçal. Ela gostava que ele a conhecesse tão bem e que achasse suas fraquezas cativantes ao invés de irritantes.

O Sr. Shepherd relaxou nas costas do sofá e cruzou os braços.

— Eu acredito que não vamos mais conhecer o poema sobre uma cabra, minha querida Sra. Shepherd. Por favor, diga, o que vamos fazer agora? — Ele imediatamente se iluminou. — Que tal uma leitura? Você tem bons livros, Sr. Ludlow?

A Sra. Shepherd colocou a mão no braço do marido e balançou a cabeça.

— Esta noite é para ser animada, lembra-se?

— Eu proponho um jogo de cartas — disse Jonathan. — Em vez de apostar objetos de valor, podemos apostar beijos.

— Sim, isso seria definitivamente uma noite animada. — O Sr. Shepherd sorriu para a esposa. — O que você diz, minha querida?

— Eu diria que vocês são incorrigíveis — respondeu ela, fazendo todos rirem. — Mas um jogo de azar é sempre animado, mesmo sem uma aposta.

Sem outras ideias, Jonathan buscou um baralho e o grupo "não tão animado" passou o resto da noite agradavelmente envolvido em um jogo de azar. Eles riram, falaram, brincaram, e depois do jogo, enquanto o Sr. Shepherd ajudava a Sra. Shepherd com seu casaco, Jonathan roubou um breve beijo da amada.

Ela saiu com seus sapatinhos mal tocando o chão, pensando que não poderia se lembrar de um momento mais feliz em toda a sua vida. Se ao menos durasse para sempre.

No início de janeiro, em uma segunda-feira de manhã nublada, um convite dirigido ao Sr. e Sra. Shepherd e à Sra. Coralynn Notley chegou pelo correio. Cora estava sentada na sala de estar com os Shepherds mordendo o lábio inferior com preocupação, enquanto o Sr. Shepherd examinava a missiva.

— A Sra. Bidding está organizando uma festa em sua casa na próxima sexta-feira e gostaria que todos nós participássemos.

A Sra. Shepherd avaliou o convite com os lábios franzidos e um aceno pensativo.

— Eu gostaria que Cora fizesse sua estreia em um evento maior, mas a Sra. Bidding é uma amiga querida e não podemos recusar. Talvez seja melhor assim. — Ela pausou e olhou para Cora. — As festas da Sra. Bidding geralmente são eventos mornos e, portanto, não muito concorridos, o que facilitaria sua entrada lentamente. É provável que não haja mais de vinte pessoas presentes, não concorda, Stephen?

Ele acenou com a cabeça quando examinou outra carta que tinha chegado.

— O que você diz, Cora? — perguntou a Sra. Shepherd. — Devo aceitar por todos nós?

Festa grande ou pequena, Cora não conseguia se entusiasmar com aquela perspectiva. Ela tinha pouca experiência com eventos sociais e não sabia o que dizer às pessoas que provavelmente a olhariam com o nariz empinado.

O Sr. Shepherd olhou para Cora por cima dos óculos de leitura antes de baixar a carta. Ele se inclinou para frente, pegando a mão dela e dando um leve aperto.

— Os Biddings são gentis e graciosos. Eles vão te adorar quando te virem e te darão as boas-vindas em sua casa. Quanto ao resto, não sei como vão reagir ou o que poderão dizer. Mas não há necessidade de você admitir que foi governanta, minha querida. As pessoas ouvem o que querem ouvir e pensam o que querem pensar, mas se Julia, Sr. Ludlow, e eu ficarmos em silêncio sobre o assunto, ninguém jamais saberá o que realmente aconteceu, certo?

Cora não podia argumentar contra aquilo, mas estava bastante certa de que, se lhe perguntassem, não seria capaz de esconder a verdade. Não teria Jonathan dito que seus olhos eram muito honestos e suas expressões muito reveladoras? Do jeito que as coisas estavam agora, Cora estava muito mais propensa a adicionar combustível à fofoca do que sufocá-la, mas ela também sabia que não poderia ficar escondida em Knotting Tree para sempre. Aquilo seria um ato de covardia, e ela se recusava a pensar em si mesma como uma covarde.

Ela levantou o queixo e acenou com a cabeça.

— Vamos enviar a nossa confirmação para o que certamente será uma noite deliciosa.

— Eu não contaria com isso — disse o Sr. Shepherd com um pequeno sorriso. — Julia estava sendo gentil quando descreveu as festas dos Biddings como mornas. Na realidade, elas são muito parecidas com a leitura de um dicionário.

Cora decidiu confortar-se com isso. Uma pequena festa seria definitivamente o lugar ideal para começar e ela ficaria grata por isso. Mas a cada dia que passava, e a festa se aproximava, Cora não conseguia acalmar sua ansiedade. Embora ela fosse uma pessoa que não desconhecia um bom escárnio, ela nunca havia sido capaz de ignorar a ferroada que o acompanhava. O Sr. e a Sra. Bidding tiveram a gentileza de convidá-la, mas e se todos os outros presentes só aceitassem porque queriam dar uma olhada na mulher que se comportara de forma tão escandalosa? Uma vez que tivessem visto por si mesmos que não era ninguém importante, ela seria excluída para sempre da comunidade? Espalhariam rumores sobre ela e Jonathan? Será que ele chegaria à conclusão de que ela não valia a pena?

Quando chegou o dia da festa, o estômago de Cora estava completamente enrolado no mais intrincado dos nós. Ela olhou para seu reflexo no espelho enquanto Katy empurrava alguns últimos pinos para o lugar, criando um lindo penteado.

— Estou tremendo — disse Cora, segurando suas mãos trêmulas para inspeção.

A camareira não foi muito simpática.

— O que você espera, depois de não comer praticamente nada o dia todo? Claro que você está tremendo!

Katy tinha trazido uma bandeja mais cedo e Cora não tinha tocado em nada. Ela estava certa de que se tivesse dado uma única mordida, tudo voltaria para cima da maneira mais infeliz possível.

— Eu não estou com fome — disse Cora.

— Os seus nervos estão enganando sua barriga para pensar isso, senhorita. Você precisa comer alguma coisa ou vai desmaiar.

Com ou sem truques, Cora não podia nem olhar para a comida sem se sentir enjoada. Ela olhou para a camareira, odiando que precisasse fazer a pergunta que tinha prometido a si mesma que nunca iria dizer em voz alta. Mas ela tinha que saber.

— Katy, pode me dizer o que está sendo dito sobre mim lá embaixo?

Katy franziu o cenho por um momento, depois encolheu os ombros.

— Não muito, senhorita. Alguns costumavam pensar que você se tornou uma governanta para chamar a atenção do Sr. Ludlow, mas eu os adverti e disse a eles para pararem de fofocar.

A camareira parecia bastante satisfeita com sua resposta, mas não fez nada para acalmar os nervos da jovem. Ela deveria ter deixado a pergunta por fazer, mas já era tarde demais. Cora deu um sorriso gentil.

— Obrigada por dizer isso, Katy. E eu não sei como, mas você fez um milagre com o meu cabelo. Nunca esteve tão bonito.

Katy corou.

— Obrigada, senhorita, mas ambas sabemos que é você que o torna adorável. Agora não deixe o Sr. e a Sra. Shepherd esperando por mais tempo. Vá encontrá-los.

Cora pegou sua capa e lentamente foi para as escadas. O Sr. e Sra. Shepherd aguardavam no grande hall, conversando calmamente. Assim que ouviram os passos dela descendo as escadas, a Sra. Shepherd olhou para cima e bateu palmas.

— Oh, minha querida, é exatamente como eu suspeitava. Esse azul está arrebatador em você. Põe um brilho em seus olhos e a faz parecer mais angelical. Você não concorda, Stephen?

— Fervorosamente.

Quando Cora chegou ao degrau inferior, ele estendeu um braço para sua esposa e o outro para ela.

— Eu farei inveja a todos os homens presentes esta noite.

— Vamos rezar para que não haja muitos deles. — Cora pressionou a palma da mão contra o estômago enjoado. — Acho que nunca me senti tão nervosa, nem mesmo quando parti para Yorkshire.

O Sr. Shepherd deu um tapinha na mão dela.

— Você não tem nada a temer. Estamos um pouco atrasados, então você não será forçada a se misturar por muito tempo. Participaremos da refeição mais abençoada que você já comeu e seremos submetidos ao entretenimento mais enfadonho que poderia imaginar. A nossa última experiência envolveu ouvir uma leitura extremamente longa de A Senhora do Lago. Sendo um leitor ávido, você poderia pensar que eu apreciaria tal performance, mas a voz sem vida e monótona do homem me colocou imediatamente para dormir.

A Sra. Shepherd acenou com a cabeça.

— Ele está falando a verdade, infelizmente. Toda vez que Stephen começava a ressonar eu tinha que cutucá-lo e acordá-lo. Foi muito trabalhoso, acredite em mim, e eu nunca tinha ficado tão aliviada por uma performance terminar.

Cora sorriu, enquanto eles desciam para a carruagem. Se ela tivesse que fazer uma estreia, pelo menos poderia fazer isso com o Sr. e a Sra. Shepherd, ao lado deles e não de seus próprios pais. Esse pensamento por si só lhe deu algum conforto.

O ar frio chicoteou o nariz dela e atingiu a parte de trás do seu pescoço, enviando arrepios pela coluna. A jovem apertou mais a sua capa antes de subir para a carruagem e se acomodar no assento em frente aos Shepherds. O olhar dela imediatamente se desviou para a pequena janela, por onde olhou para a escuridão. A neve não tinha durado mais do que um ou dois dias e eles não tinham visto mais nada desde a noite que mudara a vida da jovem. Só havia céu nublado, chuva, granizo e ventos ferozes que haviam agitado os vidros das janelas e a despertado à noite.

Tudo parecia um presságio ruim, agora.

Enquanto o Sr. e a Sra. Shepherd conversavam calmamente sobre um livro que ele tinha lido recentemente, Cora ficou satisfeita em ver as sombras brincando pela paisagem, balançando para frente e para trás, enquanto a carruagem chacoalhava. Jonathan também estaria presente esta noite. O pensamento deveria ter-lhe dado algum conforto, mas Cora também não sabia o que esperar dele. Será que ele falaria breve e casualmente com ela, como se fossem meros conhecidos, ou olharia para ela com carinho e ternura, como fazia quando estavam juntos em Knotting Tree ou Tanglewood? Não se tratava de ficar pendurada no braço de um cavalheiro durante toda a noite, mas ela esperava que ele a fizesse companhia durante pelo menos um tempo. Ela precisava saber que ele não se arrependia de amá-la.

A carruagem abrandou e virou-se, subindo o caminho em direção à casa. Cora viu a construção crescer cada vez mais à medida que se aproximavam. Luz transbordava de cada janela, lançando um brilho amarelo sobre a pedra. Parecia quente e acolhedora, e Cora só podia rezar para que aqueles que já estavam lá dentro fossem semelhantes.

A carruagem parou e a porta se abriu. O Sr. Shepherd desceu primeiro, seguido pela Sra. Shepherd, e depois por Cora. Como antes, o Sr. Shepherd pegou as duas senhoras pelo braço e as levou até a entrada, onde um mordomo conduziu o grupo até onde o Sr. e a Sra. Bidding esperavam. Cora teve que apertar os dentes para evitar que a mandíbula caísse ao ver a anfitriã. Ela era a mulher mais alta que Cora já tinha visto e parecia triste. Suas características eram quase mais másculas do que femininas, mas seu vestido cor de vinho era impressionante. Tinha uma delicada saia prateada que brilhava a cada movimento que a mulher fazia. Ao lado dela estava um cavalheiro um pouco mais baixo, mais corpulento, careca, com o nariz pontudo, e a mesma expressão sombria.

— Sra. Bidding, Sr. Bidding, que visão agradável vocês fazem — a Sra. Shepherd disse com entusiasmo, embora o anfitrião e a anfitriã não fossem nada acolhedores. — Por favor, me permita apresentar a nossa querida Srta. Notley. — Ela gesticulou para Cora, e o Sr. Bidding conseguiu elaborar um sorriso sofrido.

Cora forçou seus lábios para cima também, todo o tempo se perguntando a respeito da recepção fria. A Sra. Shepherd não alegou que eles eram amigos queridos? A Sra. Bidding não tinha incluído o nome da Srta. Notley no convite, escrito por ela mesma? Por que, então, os Biddings pareciam tão descontentes em vê-los? Cora esperava essa reação dos outros, mas não de sua anfitriã e anfitrião.

— Sra. Bidding, qual é o problema? — perguntou a Sra. Shepherd, aparentemente incapaz de ignorar a tensão por mais tempo.

A Sra. Bidding suspirou e franziu o cenho.

— Eu gostaria de não ter que lhe dizer isso, mas parece que nossa festa será muito menor do que o esperado. Todos os outros convidados, com exceção do Sr. Ludlow, têm enviado suas desculpas desde esta manhã. Recebemos a última delas há menos de vinte minutos.

— O quê? — arfou a Sra. Shepherd ao mesmo tempo em que o Sr. Shepherd murmurava algumas palavras selecionadas que lhe valeram um olhar de sua esposa.

O olhar da Sra. Bidding se desviou para Cora por um momento.

— Ainda ontem, Lorde e Lady Pembroke ficaram suspeitosamente doentes e enviaram um bilhete dizendo que não poderiam vir. Aparentemente, seja o que for que os aflige, é bastante contagioso, porque hoje todos parecem estar afetados pelo mesmo mal, além de nós, claro.

165

— Quão afortunados por ainda estarmos em posse de boa saúde — disse o Sr. Shepherd secamente.

— De fato — comentou a Sra. Bidding, olhando para Cora mais uma vez. Ela deve ter pensado que Cora precisava de algum esclarecimento adicional, porque acrescentou: — Os Pembrokes são a família de mais alta posição na província e têm muita influência.

Cora já tinha suposto aquilo, mas isso não impediu que seus dedos se apertassem ao redor do braço do Sr. Shepherd como se um sentimento parecido com raiva se agitasse dentro dela. Que tola ela tinha sido ao preocupar-se em ter uma conversa com os outros. Nunca lhe tinha ocorrido que não lhe seria dada a oportunidade de falar com eles. Ela sentiu o corte tão intensamente quanto sentira várias vezes antes, só que desta vez ele foi mais profundo porque se estendeu aos Shepherds, a Jonathan, e até mesmo aos Biddings. Como as pessoas poderiam ser tão insensíveis e cruéis? Ela nunca iria entender.

— Isto é tudo culpa minha — disse Cora pausadamente. — Vocês não deveriam ter me convidado, Sr. e Sra. Bidding, ou eu não deveria ter aceitado.

A Sra. Bidding suspirou.

— É claro que deveríamos ter convidado. São apenas circunstâncias. Começo a pensar que Tanglewood inspira escândalo a quem a ocupa.

O Sr. Shepherd proferiu um riso sem alegria.

— Parece ser esse o caso, não é? E falando em Tanglewood, o Sr. Ludlow ainda não chegou? Eu pensei que iríamos ser os últimos.

— Oh, sim. Ele veio e foi embora, receio eu — disse a Sra. Bidding, bufando. — Uma vez que ouviu a notícia, decidiu fazer uma visita aos Pembrokes e certificar-se de que eles não estão sofrendo muito. Fiz o meu melhor para desencorajá-lo, mas claro que ele não quis ouvir a razão. Sem dúvida, ele irá esfolá-los e será rejeitado para sempre pela família também.

— É lamentável para os negócios — acrescentou o Sr. Bidding com um abano de cabeça.

— Por favor, me diga que o Sr. está brincando — disse Cora, com os olhos arregalados pelas notícias. Por que a Sra. Bidding esperara até agora para revelar essa informação? Por que ela não os encontrara lá fora e dissera a eles para irem atrás de Jonathan com a maior pressa possível? Santo Deus, o que ele estava pensando? Um confronto com uma família tão estimada só pioraria as coisas.

Seus joelhos de repente ficaram fracos e trêmulos, pois ela sabia o que ele estava pensando. Ele queria defender a honra dela. Sem dúvida, sua raiva diante da situação superou seu bom senso, e ela só podia rezar para que o ar frio esfriasse seu temperamento antes que ele chegasse ao seu destino. Pessoas como os Pembrokes não perdoavam facilmente.

A Sra. Shepherd balançou a cabeça, parecendo tão oprimida quanto Cora se sentia.

— Que coisa absolutamente lastimável. Sinto muito, Cora. Suponho que eu deveria ter percebido melhor, tendo experimentado uma situação semelhante no meu passado, mas eu esperava mais das pessoas em Askern.

Cora só podia engolir em seco e desejar que estivesse em qualquer lugar, menos ali. Ela estava bem ciente das regras da sociedade e das repercussões que advinham de quebrá-las ou mesmo distorcê-las. Talvez tudo tivesse sido perdoado a tempo se ela tivesse nascido de uma família distinta. Mas não fora assim. Ela não tinha nada além do apoio dos Shepherds e das atenções de Jonathan para inspirar o perdão, e embora ela tivesse esperanças de que fosse suficiente, no fundo ela sabia que não seria. Tudo o que ela tinha feito era trazer as pessoas de quem mais gostava para baixo com ela.

— Espero que vocês fiquem — disse a Sra. Bidding. — Eu me recuso a dizer à minha cozinheira que ela trabalhou o dia todo apenas para o Sr. Bidding e para mim.

O Sr. Bidding deve ser um homem de poucas palavras e ainda menos opiniões. Seu aceno de cabeça era quase habitual, como se estivesse acostumado a concordar com sua esposa em todos e quaisquer assuntos.

— Claro que vamos ficar — disse a Sra. Shepherd firmemente.

Cora acenou com a cabeça também. Ela era a razão por trás do fiasco daquela noite e ser gentil era o mínimo que podia fazer. Ela só queria que Jonathan também tivesse ficado.

16

DURANTE O TRAJETO DE VOLTA PARA CASA, o Sr. e a Sra. Shepherd tentaram envolver Cora em vários tópicos de conversa, sem dúvida para distraí-la. Mas não importava o quanto a jovem tentasse, ela não conseguia desviar seus pensamentos de Jonathan. Teria ele realmente ido aos Pembrokes? Teriam eles o convencido de que era um tolo por nutrir sentimentos por ela? Seus sentimentos em relação à Cora mudariam? Ela não tinha como saber o que havia ocorrido. Ele não tinha retornado aos Biddings e certamente não os visitaria em Knotting Tree tão tarde. Portanto, Cora só teria notícias na manhã seguinte. Quão terrivelmente longe aquilo parecia.

A carruagem parou e os três ocupantes saíram de um modo muito mais sombrio do que tinham entrado. Com um suspiro, Cora levantou suas belas saias azuis e, cansada, subiu os degraus até a casa, pensando que todos os seus novos vestidos tinham sido um desperdício de gastos. Geoffries segurou a porta quando entraram. Quando a jovem entrou, ele colocou uma carta na mão dela.

— Esta missiva chegou por um mensageiro há cerca de uma hora, Srta. Notley.

Ela a aceitou com uma expressão de desagrado, perguntando-se quem poderia ter escrito. As únicas cartas que havia trocado até então tinham sido com Lady Harriett, mas suas respostas sempre chegaram com o correio normal, não por mensageiro.

Uma preocupação petrificante a invadiu. Será que seus pais finalmente descobriram seu paradeiro? Tinham escrito para exigir o seu regresso?

Com as mãos trêmulas, ela rapidamente rasgou o envelope e leu a assinatura da carta, antes de respirar de alívio.

— É apenas Lady Harriett — disse ela a ninguém em particular.

— Deve ser urgente se veio por meio de um mensageiro — disse o Sr. Shepherd com uma sobrancelha erguida. — Está tudo bem?

Cora percorreu o primeiro parágrafo apenas para balançar a cabeça com divertimento. Lady Harriett tinha recebido um convite para uma festa e não conseguia decidir se devia usar a seda verde ou o tafetá azul. "O que você acha que faria meus olhos brilharem mais?", ela escreveu. "Eu realmente preciso da sua opinião porque não posso decidir sozinha. É um enigma do pior tipo."

Cora suspirou e enfiou a carta debaixo do braço.

— É apenas uma emergência de moda — disse ela. — Lady Harriett pode ser dramática, às vezes.

— Sim — disse o Sr. Shepherd. — Conhecemos bem os dramas de Lady Harriett. Fico contente por saber que não é nada grave.

A Sra. Shepherd pôs a mão no braço da jovem e apertou-o suavemente.

— Aproveite sua carta e tente descansar um pouco, minha querida. Amanhã será um dia novo e melhor, prometo.

— Será que vai ser? — Cora tentou sorrir, mas não conseguiu. A manhã certamente traria um novo dia, não havia como mudar isso, mas seria um dia melhor? Como poderia ser, especialmente se Jonathan trouxesse notícias ainda mais angustiantes depois de sua visita aos Pembrokes? Será que ele realmente acreditava que poderia convencê-los a mudar de opinião?

Do seu ponto de vista, Cora era a única pessoa que poderia melhorar a situação para todos, e a única maneira que ela podia pensar em fazer isso era deixar Askern e começar de novo em outro lugar. Só então o assunto poderia ser encerrado.

Mas essa também não era a solução, não quando o simples pensamento de partir fez com que seu coração se fundisse em algo parecido com a lama que restava depois da neve. Ela não tinha forças para partir, a menos que Jonathan também fosse junto. Talvez eles pudessem embarcar em uma nova vida juntos, onde ninguém soubesse de sua loucura. Ela poderia pedir tal coisa a ele, ou isso significaria que ela não o amava como deveria? Que cenário seria melhor para ele? Ficar e lutar por algum tipo de vida com ele ou sair tranquilamente por conta própria e permitir que ele continue sem ela?

Uma onda de medo consumiu seu estômago já pesado. Ela não podia mais pensar naquilo esta noite sem repercussões severas. Talvez a Sra. Shepherd estivesse certa e a manhã trouxesse o amanhecer de uma esperança diferente – uma esperança que ela não podia conceber no momento.

— Obrigada por ser tão maravilhosa para mim — Cora disse, precisando se retirar para o quarto.

O olhar da Sra. Shepherd se estreitou.

— Isso soa como o início de um adeus. Você não está pensando em partir, não é, minha querida? Porque eu não vou permitir isso.

Cora conseguiu elaborar um sorriso.

— Não quando eu não tenho para onde ir neste momento.

A Sra. Shepherd abriu a boca para dizer algo mais, mas o Sr. Shepherd levantou a mão.

— Não vamos discutir mais nada esta noite. Seria melhor esperar e ver o que o amanhã traz.

Cora acenou de acordo, agradecida pela sua intervenção. O corpo dela doía e clamava por uma cama macia.

— Desejo a ambos uma boa noite.

— Boa noite, minha querida — disse a Sra. Shepherd.

Cora arrastou o corpo até o quarto, onde se submeteu gratamente aos cuidados de Katy. Não demorou muito e ela estava escondida debaixo das cobertas com uma xícara de chá quente em sua mesa de cabeceira.

Assim que Katy saiu pela porta, Cora tomou um gole do líquido calmante e abriu a carta de Lady Harriett mais uma vez, permitindo que sua cabeça relaxasse nos travesseiros. A nota não poderia ter chegado num momento mais oportuno. Se alguém podia distrair Cora de seu humor fúnebre, era Lady Harriett e seus ridículos infortúnios de moda.

Cora pulou algumas partes para a frente, para começar a ler de onde tinha parado.

Você deve pensar que eu sou a mais tola e trivial das criaturas. Enquanto você se levanta a uma hora desumana e se esforça para cumprir as tarefas domésticas, eu lamento sobre meus problemas de moda. Estou começando a pensar que preciso encontrar algum tipo de propósito. Se continuar assim por muito mais tempo, é provável que me torne tão aborrecida quanto a Senhora Rosemont, que só consegue falar inteligentemente sobre dois assuntos: moda e as últimas novidades em pontos. Foi dito por alguns que ela tem penas no cérebro, e eu odiaria muito que as pessoas pensassem o mesmo de mim, mas também não quero ser considerada uma mulher erudita. Hmm...

Oh, meu Deus, lá vou eu novamente. Talvez eu tenha penas no cérebro, afinal de contas. (Você deve escrever imediatamente e me assegurar de que não. Eu não vou pregar os olhos enquanto não receber notícias suas.) Por falar nisso, está tudo bem com você? O senhor Ludlow achou necessário demiti-la novamente, só para lhe chamar de volta? Ah, minha querida, como sua última carta me fez rir. Conheci o senhor Ludlow, sabe, e ele me pareceu sério demais. Você simplesmente solidificou esse aspecto do caráter dele em minha mente. Rezo para que você o instrua, pelo seu próprio exemplo maravilhoso, sobre como sorrir mais. A vida deveria ser uma aventura e não uma tarefa, como ambas sabemos. Apesar dos muitos deveres e dificuldades que você deve suportar, estou certa de que encontra algo para sorrir todos os dias. Esse é o seu dom, e é o meu maior desejo que o Sr. Ludlow ache a emoção contagiante. Talvez ele se apaixone loucamente por você, e os dois juntos podem criar um escândalo delicioso casando-se - ou melhor ainda, fugindo. Oh, como eu adoraria ouvir tais notícias! O Sr. Ludlow subiria muito no meu conceito se provasse ser tão romântico.

Você provavelmente está corando com fervor, então vou parar de brincar, embora você deva admitir que é uma ideia adorável, não é? Talvez essa deva ser minha nova causa - colocar minha caneta no papel e escrever um romance ousado. Eu seria muito boa nisso, você tem que admitir. Claro que seria necessário publicar sob um pseudônimo, pois eu nunca poderia admitir publicamente fazer algo tão escandaloso, mas seria muito divertido, mesmo assim.

Infelizmente chegou a hora de eu ir jantar. Quem me dera que estivesse aqui para me aconselhar sobre o baile da próxima semana, pois o seu gosto é sempre impecável. Mas, infelizmente, você foi e me deixou sozinha. Sinto muito a sua falta, minha amiga. Por favor, escreva em breve para que eu possa saber que você está bem.

Todo o meu amor,
Harriett

No final, foi acrescentada uma nota, escrita no que parecia ser com muita pressa. As letras, ainda com o estilo de Harriett, não estavam tão nítidas e bem escritas como o resto da carta.

Oh, minha querida, mamãe acaba de chegar da cidade com uma notícia muito angustiante. Parece que um anúncio foi feito para o Sr. Gowen e sua irmã, Srta. Rose Notley. Ela não tem apenas 16 anos? O que seus pais poderiam estar pensando? Estou enviando esta carta diretamente a você para que seja informada o mais rápido possível. Eu não sei a hora e o local do casamento, só sei que deve ser daqui a quinze dias. Por favor, escreva depressa e diga-me o que quer que eu faça. Agirei imediatamente.

Todo o seu corpo ficou rígido enquanto ela olhava para o último parágrafo. Rose ia se casar com o Sr. Gowen? Isso poderia ser verdade? Como seus pais poderiam permitir que tal união acontecesse? Se Cora soubesse que sua fuga resultaria na prisão de Rose, ela teria ficado ou levado sua irmã com ela. Rose era muito doce, muito tímida, muito submissa para desafiar seus pais como Cora havia feito. E agora, porque Cora não era tímida ou submissa, Rose sacrificaria sua vida e se casaria com o horrível Sr. Gowen.

Por que você não poderia desafiá-los também, Rose? Por quê?

Sem pensar duas vezes, Cora jogou a carta de lado e saltou da cama. Ela tinha que voltar para casa imediatamente para acabar com o casamento. Como ela faria isso permanecia um mistério, mas Cora não queria ficar parada e não fazer nada enquanto sua jovem e inocente irmã tomava seu lugar.

Depois de procurar em seu quarto, ela localizou a pequena mala no fundo de seu guarda-roupa e jogou um dos vestidos que tinha trazido com ela, juntamente com algumas roupas íntimas. Então sentou-se na pequena escrivaninha e escreveu duas cartas: uma para o Sr. e Sra. Shepherd e outra para o Sr. Jonathan Ludlow. Se ela esperasse para explicar pessoalmente, eles insistiriam em acompanhá-la, o que era algo que se recusava a permitir que fizessem. Ela já os havia sobrecarregado o suficiente.

Sua mão tremia enquanto escrevia a carta para Jonathan, sabendo que seu futuro havia se tornado ainda menos definido agora. Cora não podia fazer promessas ou propor quaisquer planos. Ela só podia explicar o que tinha acontecido e por que tinha de partir tão repentinamente, concluindo com um pedido de desculpas e "Com todo meu amor, Cora". Mesmo que Jonathan ainda quisesse se casar com ela, o Sr. Notley nunca se contentaria com um cavalheiro sem título quando uma de suas filhas pudesse se casar com um barão. Ela assinou seu nome e olhou fixamente para a carta. Seu coração nunca havia se sentido tão abalado. Ele continuava a bater, mas com uma cadência lenta e sem vida. Talvez ela tivesse razão em não esperar que a felicidade durasse.

Cora rastejou de volta para a cama e dormiu até que o céu coberto de nuvens começou a clarear. Com um bocejo, ela arrastou seu corpo cansado da cama mais uma vez e colocou seu vestido de musselina branca e touca combinando. Então, ela vestiu uma capa quente, colocou as luvas e agarrou a alça de sua pequena mala. Deu um último olhar no seu lindo quarto antes de deixá-lo para trás, descer as escadas e sair pela porta.

O ar da manhã estava úmido e frio, mas a chuva havia parado, e ela estava grata por isso. A caminhada até a cidade seria relativamente seca. Com alguma sorte, ela podia subir na diligência e seguir seu caminho antes que os Shepherds descobrissem a sua partida.

Jonathan tinha acabado de se vestir quando Watts bateu à porta e entrou no quarto.

— O Sr. Shepherd está aqui para vê-lo, senhor. Ele diz que o assunto é de extrema urgência e pede que o senhor venha imediatamente.

Jonathan franziu o cenho e seguiu seu mordomo para fora do quarto e para baixo, até a sala de estar onde o Sr. Shepherd andava em frente à lareira. Ele parou e estendeu uma carta lacrada, sem dizer nada. Jonathan franziu o cenho quando reconheceu a caligrafia. Ele rasgou o selo e rapidamente leu a carta antes de murmurar uma maldição.

— É exatamente o que eu estou sentindo — disse o Sr. Shepherd.

— Então ela se foi?

Ele acenou com a cabeça.

— Katy informou à Julia assim que encontrou o quarto vazio e as duas cartas. Enquanto nos vestíamos, eu mandei um criado à cidade para atrasar a diligência, mas ela já tinha partido. Senti que a carta que ela recebeu de Lady Harriett continha notícias graves, mas Cora parecia tão frágil ontem à noite que achei melhor não me intrometer e deixá-la descansar.

— Por que ela não esperou? Eu a teria mandado com uma camareira em uma das minhas carruagens e a teria acompanhado — disse Jonathan, embora não estivesse nada surpreso. Cora tinha vontade própria e se comportaria obstinadamente como quisesse. Era uma qualidade que ele achava admirável e ao mesmo tempo frustrante.

— Tenho certeza de que ela não queria nos sobrecarregar com seus problemas.

Claro que não. O que Cora não percebeu, no entanto, era que Jonathan nunca a consideraria um fardo. Ela era uma luz brilhante em sua vida, uma luz que ele não queria ver enfraquecida. Essa era a razão pela qual ele ficou tão irritado com os Pembrokes na noite anterior. Cora era a pessoa que menos merecia ser tratada com desprezo.

— Eu vou atrás dela — disse ele, caminhando em direção à porta.

— Você gostaria que eu o acompanhasse? — ofereceu o Sr. Shepherd.

Jonathan parou e olhou para trás, se perguntando por que demorou tanto tempo para conhecer mais o Sr. Shepherd. Ele era um bom homem e nas últimas semanas se tornara um bom amigo.

— Eu lhe agradeço, mas não. Eu irei sozinho.

O Sr. Shepherd acenou, como se estivesse esperando aquela resposta.

— Quando eu saí, Julia tinha começado uma carta para a filha, informando a Lady Drayson que o Sr. Jonathan Ludlow provavelmente os visitaria em breve. Espero que você não se importe. Eles não estão longe de Mooreston e atenderão alegremente às suas necessidades enquanto você estiver lá. Nós enviaremos a carta rapidamente para que ela chegue antes de você.

Jonathan engoliu, agradecido por sua consideração.

— Isso seria muito bom, e eu ficaria muito grato.

O Sr. Shepherd caminhou em direção a Jonathan e bateu em seu ombro.

— Boa sorte, meu amigo. Espero ver você e Cora de volta a Askern em breve. — Ele colocou o chapéu na cabeça e saiu pela porta.

Menos de uma hora depois, Jonathan fez o mesmo.

17

QUANDO CORA FINALMENTE saiu da diligência em Danbury, nunca se sentira tão cansada. Ela tinha planejado caminhar até Mooreston e falar com seus pais diretamente, mas Lady Harriett já estava no jardim, esperando pela amiga dentro de sua carruagem.

— Você vai primeiro para Langtry Park — insistiu Lady Harriett, assim que Cora entrou. — Lá você vai comer, tomar banho e mudar para um vestido novo, antes que eu permita que você enfrente seus pais.

Cora sorriu para seu discurso franco e se acomodou nas almofadas. Como ela sentiu falta de Lady Harriett.

— Você não vai ouvir nenhum comentário meu. Obrigada, minha amiga, por me escrever e estar aqui. Ficarei para sempre em dívida com você.

Lady Harriett inclinou-se para a frente e agarrou a mão da amiga. Numa rara demonstração de seriedade, ela disse:

— Prometa-me apenas que não se oferecerá para tomar o lugar da sua irmã.

Enquanto a carruagem se afastava e se dirigia para a estrada que levava a Langtry Park, Cora olhou pela janela, desejando poder fazer tal promessa.

— Você sabe que não posso. Se meu pai se recusa a ouvir a razão e Rose se recusar a reclamar, o que é altamente provável, não sei o que vou fazer. Rose ainda não atingiu a maioridade e não é livre como eu.

— Só você para considerar a possibilidade de ser livre trabalhando como governanta — disse Lady Harriett ironicamente.

Cora inspirou profundamente e exalou lentamente, pensando que ela tinha sentido muito mais alegria em Tanglewood do que em todos os seus anos em casa.

— Quando estamos felizes somos livres, não importa o que estejamos fazendo ou onde estamos. E na maior parte das vezes, eu era feliz em Tanglewood.

Cora ainda não tinha contado à amiga tudo o que havia acontecido entre ela e Jonathan. Lady Harriett não sabia nada sobre suas declarações, seus beijos ou sua bondade. Ela não sabia que Jonathan, afinal, era um romântico, mas Cora não conseguia falar mais nada. Muita coisa havia mudado desde aquelas semanas maravilhosas e abençoadas, e Cora não sabia se alguma vez voltaria a conhecer tal felicidade.

Lady Harriett sentou-se ereta mais uma vez, seu corpo balançando para frente e para trás com os movimentos da carruagem.

— Escreva as minhas palavras — disse ela. — Veremos você restabelecida em Tanglewood assim que for possível. Se for preciso sequestrar Rose e amarrá-la no meu porão para impedi-la de ir adiante com este casamento, que assim seja.

Cora riu da imagem de sua irmã algemada na adega de Langtry Park. Talvez Lady Harriett realmente devesse escrever um romance.

— Conte-me sobre Lady Drayson — disse Cora em uma tentativa de desviar a conversa. — Seu tão esperado sobrinho já nasceu? Nada me agradaria mais do que segurar um recém-nascido neste momento.

Os olhos de Lady Harriett brilhavam de excitação.

— Ainda não, mas em breve. Ela deve chegar daqui a quatro semanas e eu não vejo a hora. Tenho certeza de que ela será perfeita.

— Ela? — perguntou Cora.

— Claro que é ela. Um filho nunca se atreveria a chegar primeiro, não quando a mãe e eu já fizemos o mais lindo vestido de batizado de seda com fitas de cetim branco e botões de rosa. Pareceria totalmente ridículo para um menino.

— E se for menino? — desafiou Cora.

— Pare — disse Lady Harriett. — Você parece demais com meu irmão, e eu não posso tolerar tal impertinência. É uma menina e está decidido. Até Lucy concorda comigo.

— Muito bem — concordou Cora, agradecida por ter algo divertido em que pensar. Ela havia passado dias demais em uma diligência abafada com passageiros descontentes e abatidos. Apenas cinco minutos na companhia de Lady Harriett já havia levantado o seu ânimo. Talvez o plano de sequestrar Rose não fosse tão bizarro, afinal de contas. Tudo parecia possível com Lady Harriett.

A carruagem finalmente chegou ao Langtry Park, e Cora foi levada para um belo quarto azul e dourado, onde uma pequena e gentil camareira a aguardava com um banho já preparado. Cora não precisou ser convencida a sair de suas roupas e entrar na água quente, fechando os olhos e a mente para tudo o mais. Mas os pensamentos sobre Jonathan logo a invadiram, exigindo sua atenção. Seus olhos verdes, lábios cheios, e aquela covinha que não havia ficado tão escondida nos últimos tempos. Será que ela voltaria a se esconder agora? Ele estaria zangado com ela por deixar apenas uma carta para trás? Ele viria atrás dela? Ele planejava esperar para ver se ela retornaria? Ela retornaria? Ou será que no próximo mês ele a encontraria casada com Sir Gowen?

Cora tremeu de medo do pensamento e afundou mais na banheira, odiando não saber as respostas para nenhuma dessas perguntas. Ela só sabia que estava sofrendo por Jonathan. Ela sentia falta dele como nunca tinha sentido falta de outra pessoa. Antes de conhecê-lo, havia pensado que não precisava de mais nada em sua vida. Mas agora que ela tinha experimentado o gosto de como poderia ser a vida com ele, de repente sentiu como se uma parte dela tivesse desaparecido – a parte feliz.

Sabendo que não podia ficar ali indefinidamente, Cora afinal tirou seu corpo enrugado da banheira e permitiu que a camareira a ajudasse a colocar um dos vestidos de Lady Harriett. Era um bonito vestido azul com uma faixa branca contrastante na cintura e parecia maravilhosamente limpo. Enquanto a camareira enrolava seu cabelo em um lindo laço no topo da cabeça, Cora olhava para seu reflexo, imaginando se a tristeza eventualmente desapareceria de seus olhos.

Cora agradeceu à camareira por sua ajuda e endireitou os ombros, pronta para seguir em frente para que pudesse deixar esse dia para trás. Ela se sentiu tão refrescada quanto possível, apesar das circunstâncias, e era chegada a hora de enfrentar seus pais. Seu coração batia forte, enquanto ela andava devagar, descendo as escadas, sentindo como se estivesse prestes a ser julgada. Será que seus pais a receberiam? Possivelmente não. Eles provavelmente a haviam esquecido depois que ela partiu, e mesmo que a aceitassem de volta, a opinião dela sobre o assunto não seria grande coisa. No entanto, por causa da irmã, ela precisava tentar.

O mordomo a aguardava no grande hall e levou-a para a sala de estar, onde toda a família já estava reunida, tomando o chá da tarde. Cora sorriu primeiro para Lady Harriett no sofá, depois para a condessa viúva ao seu lado. Lorde e Lady Drayson estavam sentados em frente a eles, e Cora não pôde deixar de notar a barriga saliente da jovem. Ela parecia pronta para explodir a qualquer momento, mas irradiava alegria. Cora se esforçou ao máximo para não sentir inveja.

Por fim, Cora levantou o olhar para o cavalheiro que estava além do grupo, ao lado da lareira. No momento em que os olhos deles se encontraram, seu sorriso congelou e seu coração começou a bater de forma desenfreada. Jonathan. Ela poderia estar sonhando? Os olhos dela o tomaram como se tivesse sido privada dele por muito tempo. De seu cabelo arrumado e mandíbula firme, até seus braços fortes e mãos hábeis, ele parecia muito envolvente. Ela queria correr até ele, jogar os braços em volta do seu pescoço e reivindicá-lo como dela. Mas ele não era dela e ela não era dele. Sua reputação arruinada e o horrível título do Sr. Gowen tinham colocado uma divisão entre os dois.

No entanto, ele estava ali. Ele tinha vindo.

— Você parece muito mais linda nesse vestido do que eu jamais estive — disse Lady Harriett, bebendo seu chá como se nada de anormal estivesse acontecendo. — Talvez você devesse guardá-lo.

Cora desviou os olhos de Jonathan e notou que Lorde Drayson estava agora em pé como todos os cavalheiros, obviamente esperando que ela parasse de olhar para Jonathan e se sentasse em uma das cadeiras. Mas Cora não podia se mover. Seu olhar se desviou de volta para Jonathan e seus belos olhos verdes. Ela não sabia o que dizer ou fazer, nem mesmo como pensar. Os ouvidos dela vibravam com cada batida de seu coração palpitante.

— Sente-se, Cora, para que eu possa lhe dizer como estou zangada com você — disse Lady Harriett. — Eu tive que descobrir pelo próprio Sr. Ludlow o quanto ele é romântico. Por que você não escreveu, ou pelo menos me informou durante nossa viagem de carruagem da cidade para casa? Eu tinha tanta esperança que você o fizesse, e ainda assim você não disse nada sobre o assunto. Você pode entender agora por que estou tão zangada? Pensei que éramos amigas.

Cora piscou por alguns instantes, tentando digerir tudo, só para olhar para Jonathan mais uma vez.

— O que você está fazendo aqui?

Ele revirou os olhos como se a pergunta o irritasse.

— Você realmente acreditou que eu não faria nada enquanto você voltava imprudentemente para casa? E com que propósito, eu me pergunto? Oferecer-se para se casar com o Sr. Gowen no lugar da sua irmã?

Cora franziu o cenho com o tom dele, não gostando nada daquilo.

— Eu nunca fugi, e se isso for necessário para libertá-la, então sim. Como a filha mais velha, é meu dever...

— Seu dever? — ele disse, caminhando em direção a ela. — Sacrificar sua vida? Para se comprometer com um homem que só lhe trará miséria?

Cora pressionou os lábios e apertou a mandíbula. Ele realmente não sabia que a vida de uma jovem não era dela? Um dia ela achou que poderia ser livre, mas aprendeu o contrário.

— Eu não posso deixar Rose se casar com aquele homem. — Com certeza ele podia entender isso.

— Claro que não pode — ele disse, parando bem na frente dela.

— Por favor, diga-me, que outras opções existem?

— Eu posso pensar em uma óbvia. — Ele agarrou as mãos dela e as segurou com força. — Case-se comigo ao invés disso.

A respiração dela travou e seu coração parou de bater, apenas para voltar à vida momentos depois. Ela olhou para os dedos apertados, pensando como eles se encaixam perfeitamente. Oh, como ela desejava ouvi-lo dizer aquelas palavras. Como seria maravilhoso, emocionante e requintadamente fácil concordar e compartilhar o resto de sua vida com ele. Ela não queria mais nada. E, no entanto, não era tão fácil assim. Nada nunca fora.

— Asseguro-lhe, senhor, que adoraria isso acima de tudo, mas...

— Deus, espere, Cora — ele rosnou. — Eu posso abrir muito mais portas para seus pais do que o Sr. Gowen faria. A senhorita Rose poderia estabelecer metas muito mais elevadas do que ele, eu garanto a você.

Ela balançou a cabeça, desejando que assim fosse.

— Você ignora minhas baixas conexões sem pensar, mas os outros não. O Sr. e Sra. Notley sempre serão meus pais, e o que eles mais anseiam é que uma de suas filhas se case em uma família com título. A posição social significa mais para eles do que boa criação, inteligência ou bondade. Eles não vão deixar passar de bom grado esta oportunidade, não quando você não pode garantir uma melhor combinação para Rose. — O peito dela começou a bater mais dolorosamente, enquanto ela procurava seus belos olhos. — Há algo que você também deve considerar. Certamente precisa saber que conhecer meu pai, para não dizer que se tornará genro dele, não lhe trará nada além de constrangimento. Confie em mim, senhor, você está melhor sem mim em sua vida.

A mandíbula de Jonathan endureceu, e um brilho furioso apareceu em seus olhos.

— Isso cabe a mim decidir, e não a você. — Ele soltou as mãos dela e virou-se para os Draysons, executando uma graciosa reverência. — Se vocês nos dão licença, acredito que Cora e eu temos alguns assuntos a tratar na casa da família dela. Voltaremos em breve.

— Por favor, faça isso — disse Lady Drayson. — Sinto-me como se estivesse no meio de um romance delicioso e alguém o estivesse roubando.

Jonathan estendeu o braço para Cora e ela o encarou com surpresa.

— Você quer ir comigo?

Os olhos dele se alargaram como se não pudesse acreditar que ela perguntaria tal coisa.

— É claro que eu vou com você. Como uma mulher tão inteligente pode ser tão tola ao mesmo tempo? Honestamente.

Cora abriu a boca para discutir, mas o riso de Lady Harriett se intrometeu.

— Eu mesma não poderia ter dito nada melhor, Sr. Ludlow — ela disse, agitando as mãos e mandando-os embora. — Agora vão para que meu irmão possa finalmente sentar-se. Você vai encontrar uma carruagem esperando lá fora.

Cora lançou um olhar de desculpas para Lorde Drayson, que apenas balançou a cabeça e sorriu.

— Desejamos-lhe felicidades nos seus esforços e esperamos que volte em breve com boas notícias.

— Mamãe e eu começaremos os preparativos para o casamento enquanto você estiver fora — brincou Lady Harriett.

— Sim — respondeu Jonathan ao mesmo tempo em que Cora disse:

— Não. — Ela olhou para ele, e ele a puxou para fora da porta onde uma carruagem esperava. A camareira que havia ajudado Cora antes já estava aguardando lá dentro.

— Lady Harriett disse que eu deveria acompanhá-la — ela explicou.

Cora acenou com a cabeça e sentou-se ao lado da jovem. Jonathan sentou-se em frente a elas e dirigiu seu olhar para a janela, sem dizer nada durante toda a viagem até Mooreston. Quando a casa finalmente apareceu, Cora olhou para ela como se fosse uma estranha. Ela não sentiu nostalgia ou sentimentos de ternura ou qualquer coisa do tipo. Tudo o que sentia era pavor.

18

OLÁ, EVANS. — CORA DEU um sorriso para o mordomo quando os olhos bondosos dele se arregalaram em choque ao vê-la. Ele parecia mais velho do que quando ela o vira pela última vez, como se tivesse envelhecido uma década em apenas alguns meses. Ela não ficou muito surpresa com a mudança. O pai dela tinha esse efeito nas pessoas, mais particularmente nos seus criados.

Evans olhou brevemente para Jonathan antes de se recompor e se curvar.

— É bom vê-la novamente, Srta. Notley. Você está aqui para falar com o Sr. e Sra. Notley ou devo convocar a Srta. Rose?

— Meus pais, se você puder, por favor — disse Cora, soando muito mais confiante do que ela se sentia. Ela não podia negar que a presença de Jonathan ao seu lado a confortava e fortalecia.

Momentos depois, a voz do Sr. Notley cresceu, vindo da direção da biblioteca.

— A audácia de algumas pessoas! Ela deveria saber melhor do que ninguém como seria recebida aqui depois do que fez. Você pode dizer à mulher na porta para seguir seu caminho. Ela não é mais minha filha.

Cora esperava uma reação como esta, mas aquilo não fez nada para diminuir seu embaraço. O que Jonathan devia achar dela e de sua família? Ela se esforçou para parecer indiferente quando Evans voltou e ficou grata por sua expressão de simpatia.

— Eu sinto muito, Srta. Notley, mas seu pai...

— É um tolo — interveio Jonathan. — Poderia gentilmente dizer ao Sr. Notley que o Lorde Jonathan Ludlow, filho do Duque de Rutland, gostaria de falar com ele?

Cora arregalou os olhos em espanto, mas ela não disse nada até que Evans tivesse recuado mais uma vez. Só então ela agarrou o braço de Jonathan.

— Senhor, não se pode inventar tais coisas como títulos! Meu pai vai descobrir em breve que você não é quem diz e isso só vai irritá-lo ainda mais.

Além do ranger da mandíbula, Jonathan não mostrou nenhuma reação. Ele simplesmente olhou para frente.

— Eu não inventei nada.

Cora conseguiu apenas gaguejar até que Evans retornou.

— O Sr. Notley vai vê-lo agora, meu senhor!

Jonathan seguiu o homem, e Cora ficou olhando para ele, sem saber em que acreditar. Seu nome poderia ser realmente Lorde Jonathan Ludlow? Ele era realmente o filho do Duque de Rutland? Não, impossível. Isso significaria que ele tinha enganado a ela e a todos os outros em Askern e em Tanglewood. Se havia alguém que valorizava a honestidade e a integridade acima dela, era o Sr. Jonathan Ludlow.

Ou era Lorde Ludlow? Lorde Jonathan talvez, já que ele mencionou que tinha um irmão mais velho? Será que ele tinha mesmo um irmão?

Cora se sentiu profundamente abalada. Se ele fosse filho de um duque, que razão ele poderia ter para não revelar sua verdadeira identidade? Por que ele não havia dito isso a ela antes? Ele tinha acabado de lhe pedir em casamento, pelo amor de Deus! Certamente era algo que se diria à sua pretendida!

Sua expressão se tornou uma carranca, e ela começou a andar pelo chão de mármore. Seu pai ficaria emocionado com a notícia de que sua filha mais velha tinha enlaçado o filho de um duque, se fosse esse o caso. Essa revelação poderia ser a solução para tudo – desde sua reputação arruinada até se livrar do Sr. Gowen de uma vez por todas. E, no entanto, isso significaria que ele tinha mentido! Para ela! Cora não podia decidir se deveria ter esperanças ou ficar furiosa. Ela vacilava entre as duas emoções, sentindo-se em conflito consigo mesma. O que mais ele tinha escondido dela?

Sentindo-se tonta de repente, Cora afundou em uma banqueta próxima e se inclinou para frente, descansando os cotovelos sobre os joelhos e a cabeça nas mãos. A mente dela girava, gritando por uma pausa nos altos e baixos, torções e voltas, sacudidelas e surpresas. Ela se sentiria em paz de novo? Não parecia provável.

— Coralynn? — uma voz calma e gentil soou.

Cora olhou para cima para ver Rose em pé no degrau inferior, parecendo uma cachorrinha assustada com seus grandes olhos castanhos. Ela usava um lindo vestido de musselina rosa com acabamento cinza, e com seu cabelo loiro escuro descendo de um laço no topo da cabeça, parecia que os últimos meses a haviam mudado de uma garota para uma mulher. Mas a aparência dela por si só não a preparava para assumir o papel de esposa ou mãe, não com uma pessoa como o Sr. Gowen.

Cora levantou-se lentamente, perguntando-se o que dizer à irmã. Elas nunca tinham sido próximas. Apenas quatro anos as separavam, mas foram as suas diferenças que as mantiveram afastadas. Enquanto Cora tinha abraçado os estudos, encontrando prazer em tudo, desde números e história até bordados e pianoforte, Rose não parecia gostar de nada. Os seus esforços tinham sido sempre sem brilho na melhor das hipóteses. Ela nem sequer gostava de fazer um passeio revigorante pelos jardins.

De vez em quando, Cora queria dar-lhe um bom safanão e dizer:

— Se você gosta de alguma coisa ou não gosta de alguma coisa, diga. De uma forma ou de outra, tenha uma opinião! Não se contente em não conhecer a sua própria cabeça. Isso é pior do que qualquer coisa.

Mas Cora nunca tinha sacudido a irmã ou tentado entendê-la. Ela simplesmente a deixou vagar despreocupadamente pelo caminho da vida com a esperança de que algum dia ela aprenderia a abraçá-la com todo o coração. Mas ela não o fez. Em vez disso, Rose havia permitido que seus pais vivessem para ela, e agora ela ia se casar com o Sr. Gowen que, sem dúvida, assumiria as rédeas da vida da irmã. Rose estava destinada a ficar para sempre sob o controle de alguém?

Cora estava cansada de ficar parada e não dizer nada.

— Por que diabos você concordou em se casar com o Sr. Gowen? — ela disse.

Algo parecido com pânico apareceu nos olhos de Rose, como se ela não soubesse o que fazer quando alguém pedia sua opinião.

— Eu... Eu não sei. Mamãe e Papai...

— Só se preocupam com eles mesmos. Eles estão sentenciando você a uma vida de miséria para que os dois possam ter suas próprias aspirações elevadas. Isso não te incomoda? Você não acha isso doloroso e inaceitável ao extremo?

— Não tenho certeza de como devo me sentir — ela gaguejava.

— Rose — gritou Cora, irritada com a aceitação cega de sua irmã. — O que você quer? Se você realmente deseja se casar com uma praga detestável, então, por favor, vá em frente com este casamento. Mas se você tem alguma dúvida, pelo amor de Deus, fale!

Os lábios de Rose começaram a tremer e as lágrimas transbordaram de seus olhos. Cora teria se arrependido de sua explosão se não tivesse ficado feliz de ver sua irmã mostrar alguma emoção pelo menos uma vez. Talvez houvesse esperança, finalmente.

Cora avançou e pegou as mãos da irmã, repetindo em um tom mais suave:

— O que você quer?

Rose balançou a cabeça, lutando para combater suas lágrimas.

— Eu... Eu suponho que quero ser como você, me importar com as coisas e ser forte. Mas você e o papai estavam sempre em confronto um com o outro, sempre brigando e discordando. Eu não sou assim para conseguir agir da mesma forma.

— Mesmo que isso signifique uma vida miserável?

Rose encolheu os ombros, enxugando as lágrimas com as costas da mão.

— Eu nunca fui verdadeiramente feliz... não como você. Eu nem sei como é sentir isso. Pelo que vejo, uma vida com o Sr. Gowen não seria muito diferente da vida que eu tenho agora.

Ela falou com timidez e sem qualquer sentimento, como sempre fizera. Mas ao invés de achar aquilo extenuante, Cora sentiu as palavras rasgarem seu coração. A irmã nunca sentiu verdadeiramente a felicidade? Como isso era possível?

Cora agarrou o braço de Rose e segurou-o com força.

— Você deve confiar em mim, Rose. A felicidade existe e você pode ter muito mais do que isso, se apenas escolher desejá-la.

Com olhos tristes, Rose balançou a cabeça.

— Mesmo que faça isso, já aceitei, os proclamas já estão correndo, e vamos nos casar daqui a uma semana.

— Você ainda não está casada — acrescentou Cora. — Você ainda pode acabar com isso se estiver disposta a lutar. Por favor, Rose! Se não houver mais nada, faça por mim. Eu ficarei do seu lado, prometo. Tudo o que você precisa fazer é dizer ao papai que não vai se casar com aquele homem.

— Mas...

Rose balançou a cabeça, parecendo sobrecarregada e hesitante.

— Srta. Notley. — A voz de Evans ecoou pela grande sala, surpreendendo Rose e fazendo-a girar com culpa, como se tivesse sido pega fazendo algo que não deveria. O que era ridículo. Não era um crime falar com a irmã, a menos que, é claro, seu pai o tivesse proibido, o que provavelmente era o caso.

— Sim? — Cora respondeu.

— Seu pai quer falar com a senhorita agora.

Sua ênfase na palavra pai e a forma como seus olhos brilhavam de diversão mostravam seu prazer em fazer o anúncio. Cora sempre gostou de Evans. Embora ele nunca tivesse frustrado os desejos do pai, sempre que ela e seu pai brigavam, ele se deleitava quando ela saía vitoriosa.

— Que gentil da parte dele me reconhecer agora — disse Cora secamente, olhando para a irmã. — Gostaria de se juntar a mim?

Os olhos de Rose se arregalaram de medo, e ela começou a balançar a cabeça negativamente, mas então ela parou e algo parecido com determinação despertou em seus olhos.

— Sim, eu gostaria.

— Ótimo. — Cora deu o braço para a irmã. — Eu acredito que as nossas vidas estão prestes a mudar para melhor, de alguma forma, supondo que você pode lutar pelo que quer e eu posso resistir à vontade de estrangular Jonathan – er... quero dizer, Lorde Jonathan.

Como esse nome era estranho.

No momento em que elas entraram na biblioteca, a Sra. Notley voou para Cora em uma confusão de tafetá laranja. A cor contrastava com o cabelo vermelho e as suas bochechas pintadas de rosa.

— Aí está você, minha querida menina! Estivemos tão preocupados.

— O abraço foi no mínimo desajeitado. Era óbvio que o afeto materno não vinha naturalmente de sua mãe, e Cora ficou grata quando ela a soltou.

— Sim, sim — concordou o Sr. Notley, sorrindo carinhosamente para a filha mais velha. Ele parecia o mesmo de sempre – calvo e corpulento, com olhos esbugalhados e desconfiados e com as sobrancelhas peludas. — Que maravilha ter a família de novo reunida. E pensar que durante todo esse tempo você esteve guardando a mão de um cavalheiro tão estimado! Por que não nos disse para onde tinha ido ou o que tinha planejado? Eu não teria negociado com o Sr. Gowen se soubesse.

Cora mal conteve o revirar de olhos. O absurdo de algumas pessoas. Ela estava certa de que, agora que Jonathan havia conhecido o homem, ele retiraria sua oferta de casamento imediatamente. Ninguém em seu perfeito juízo entraria de boa vontade em um compromisso que o ligaria ao Sr. e à Sra. Notley para sempre.

— Rose — disse Cora. — Eu acredito que você tem algo a dizer.

A irmã ficou pálida e vacilou, parecendo pronta para desmaiar a qualquer momento. Ela olhou fixamente para o chão, incapaz de encontrar os olhos do pai.

— Eu... — Ela começou devagar, só para limpar a garganta e falar com um pouco mais de força. — Eu não quero me casar com o Sr. Gowen, pai.

— Claro que você não vai se casar com ele — disse o Sr. Notley. — Lorde Jonathan assegurou-me que você pode assegurar metas muito mais altas do que aquele homem.

— E pensar — derramou a Sra. Notley — que minha filha mais velha vai se casar com o filho de um duque! Eu nunca teria pensado que tal feito seria possível! Mas você me mostrou que eu estava muito errada, Coralynn, e eu não poderia estar mais satisfeita.

Cora sentiu a necessidade de intervir antes que seus pais se deixassem levar completamente.

— Não sei do que você está falando, mãe. Eu não concordei em me casar com nenhum homem, nem mesmo com o Lorde Jonathan — disse ela, fazendo com que seu descontentamento com ele fosse conhecido. — E não tenho certeza se quero mais.

— O quê? — gritou o pai. — Não concorda em se casar com o Lorde Jonathan? Você está louca, garota?

— Ela obviamente está se sentindo mal — acrescentou a Sra. Notley em um tom frenético. — Agora Coralynn, você deve se acalmar e pensar racionalmente.

Cora ignorou seus pais e continuou a olhar para Jonathan, cujos lábios começaram a se contrair de uma maneira assustadora. Como ele ousa – o mentiroso – achar essa situação engraçada!

— Para que você não se esqueça, minha querida — ele disse, obviamente sem se preocupar com a raiva dela —, às vezes uma pessoa tem um bom motivo para se comportar mal.

— E às vezes esse motivo não é bom o suficiente — disse ela, fazendo Rose fugir para o canto de trás da sala.

Jonathan olhou para o Sr. Notley, cujo rosto ficou roxo.

— Senhor — disse Jonathan —, será que poderia ter a gentileza de me dar um momento a sós com sua filha? Tenho certeza de que posso fazê-la mudar de ideia.

Fazer-me mudar de ideia? Cora pensou com raiva. Como se eu fosse um cachorrinho para ser guiado por uma coleira? Acho que não!

A boca do Sr. Notley se abriu como se ele pretendesse discutir, mas a Sra. Notley enfiou o braço no dele e começou a puxá-lo para a porta.

— Claro que pode, meu senhor. Venha, Sr. Notley, e você também, Rose. Vamos dar a Lorde Jonathan e Coralynn alguns momentos em particular.

Cora fechou as mãos enquanto Jonathan – não, era Lorde Jonathan agora – aproximou-se dela, parando a alguns passos de distância, sem dúvida percebendo que não seria sábio aproximar-se mais no momento.

— Você tem certeza de que pode me fazer mudar de ideia, não é? — ela disse, enquanto a raiva fervilhava dentro dela.

Ao invés de responder a pergunta, ele falou uma frase de sua autoria.

— Você não vai perguntar sobre minhas razões para ocultar meu nome completo?

— Eu não me importo com as suas razões.

Os lábios dele se transformaram em um sorriso.

— Ah, as coisas mudaram, não é mesmo? Eu me lembro de ter dito isso a você não muito tempo atrás, e ainda assim você fez com que eu escutasse.

— Você mentiu para mim — ela exclamou.

— Não exatamente — disse ele. — Meu nome é Jonathan Ludlow.

— Você é da Cornualha?

— Sim.

— Você tem um irmão mais velho?

— Dois, na verdade. Peter e Oliver. É Peter que um dia se tornará Sua Senhoria, o Duque de Rutland, e sua nova esposa, Sua Senhora, a Duquesa de Rutland. Talvez agora você possa entender melhor porque Peter era muito mais atraente do que eu.

Ao se lembrar da perda dele, Cora sentiu sua raiva enfraquecer, transformando-se em algo muito mais patético.

— Por que você veio a Askern como Sr. Ludlow, e por que não me disse a verdade antes?

Jonathan pegou a mão dela, tocando-a tentadoramente e causando um surto de sensações que a percorreram pelos braços e corpo. Oh, como ela se deleitava com o toque dele. Ela não conseguiu reunir forças para se afastar, o que pareceu ser um sinal positivo, pois ele apertou o punho e se aproximou, traçando círculos inebriantes com o polegar na palma da mão dela.

— O dia em que fui enganado pelo meu irmão mais velho, percebi que a única razão pela qual a Srta. Baxter tinha focado suas atenções em mim foi por causa do meu título, riqueza e nome de família. Uma vez que ela conheceu meu irmão e descobriu que poderia estabelecer seus objetivos em um patamar muito mais alto, ela fez isso sem ao menos ficar com a consciência pesada. Eu soube então que ela nunca tinha me amado como eu a amara. A raiva que senti com a traição deles me fez odiar títulos, distinções e posições sociais. Eu soube que nunca poderia confiar no amor de outra mulher se meu nome fosse Lorde Jonathan Ludlow, e então fui para Yorkshire querendo um novo e imaculado começo como Sr. Ludlow. Sei que foi uma fraude de certa forma, mas era algo que eu tinha que fazer por mim, assim como você achou necessário fugir de sua casa e se tornar uma governanta, mesmo que isso não seja quem você é. — Ele tocou a bochecha dela com a mão, os olhos implorando para que ela entendesse. — Você pode me perdoar, minha querida? Eu tinha planejado te contar – de verdade. Eu estava apenas esperando pelo momento certo, que nunca parecia chegar. Quando os Pembrokes a desprezaram de maneira tão cruel, eu sabia que a única maneira de convencê-los a olhar além do seu falso passado era ir até eles como filho de um duque. E foi o que eu fiz. Os Pembrokes decidiram pensar em você como alguém original, e, a propósito, vão enviar-lhe um convite para o baile daqui a quinze dias.

Cora sentiu-se ligeiramente apaziguada, mas apenas um pouco. Por que ele não se deu ao trabalho de explicar tudo isto antes?

— Eu gostaria que tivesse me contado isso antes.

— E eu gostaria que você não tivesse ido embora sem um adeus adequado. Eu a teria acompanhado, sabe?

— Eu não queria que você sentisse nenhuma obrigação para comigo.

Ele riu, movendo o polegar para os lábios macios e cheios dela, traçando-os gentilmente.

— Não é uma obrigação, é uma honra. Você não consegue entender isso? Eu a amo e a adoro, Srta. Coralynn Notley, e não quero nada mais do que assumir suas preocupações como minhas. Por favor, faça de mim o mais feliz dos homens, aceitando a minha mão e tornando-se Lady Jonathan Ludlow?

O coração dela começou a bater como o som estrondoso que se ouve em uma pista de corrida. Como chegara a isso? Ela queria tanto dizer sim, mas ele realmente sabia o que estava perguntando e o que representaria para ele ser aceito por ela?

— Você tem certeza de que quer que meus parentes se tornem seus? — ela perguntou. Agora que ele tinha conhecido os pais dela, ele não poderia desejar tal destino.

— Se eles permanecerem em Danbury, acredito que nos daremos bem — ele brincou.

— E se eles se mudarem para Askern para estarem mais perto de seu estimado genro?

Jonathan já tinha uma resposta pronta.

— Então encontraremos uma casa adequada do outro lado da cidade, o mais próximo possível dos Pembrokes. Mas rezemos para que nunca chegue a isso.

Cora sorriu enquanto lágrimas alegres molhavam seus olhos. Meu Deus, aquele dia foi uma bagunça emocional. Sempre tão gentilmente, ele emoldurou seu rosto com as palmas das mãos antes de baixar a boca, no que se transformou em um beijo delicioso.

Cora se derreteu, enrolando seus braços nas costas dele e devolvendo seu beijo com um fervor que ele provavelmente achou bastante ousado. Mas não parecia se importar.

Jonathan acabou recuando e pressionou a testa dele contra a dela.

— Diga que você vai se casar comigo — ele murmurou.

— Sim — ela respondeu com absoluta certeza, a mente e o coração em total concordância.

Ele recuou e sorriu, com uma expressão de triunfo.

— Eu sabia que poderia te fazer mudar de ideia. — E ele tinha, muito eficientemente. Ela admitiu com um encolher de ombros.

— Você é muito bom em me colocar no meu lugar.

— E você é muito boa em não ficar no lugar.

Ela se levantou na ponta dos pés e enrolou os braços ao redor do pescoço dele, deixando a voz cair em um sussurro.

— É uma das coisas que você mais adora em mim, não é?

— Sem dúvida.

Ele se moveu para outro beijo, mas ela virou o rosto para o lado, e ele beijou a sua bochecha.

— Você gostaria de saber o que eu adoro em você? — ela perguntou, girando uma mecha do cabelo dele com o dedo.

Ele recuou e olhou para ela, sua expressão intrigada.

— Muito.

Ela moveu o dedo para a bochecha esquerda dele, perto dos lábios, e tocou levemente.

— Sua covinha. — O dedo dela se moveu para a ponta do nariz dele enquanto acrescentava — Seu nariz ligeiramente torto. — Depois disso, ela tocou o topo da cabeça dele e continuou lentamente até os lábios, dizendo: — Seu cabelo rebelde, olhos impressionantes, e lábios carinhosos. — As mãos dela pararam nos ombros dele. — Mas acima de tudo, eu amo que você tenha um gosto lamentável para pinturas.

Os lábios dele se contraíram, e ele levantou uma sobrancelha.

— Isso é verdade?

Ela acenou com a cabeça.

— Você deixou claro que acha que minhas habilidades domésticas deixam muito a desejar, então é justo que você seja lamentável em algo também. Caso contrário, não combinaríamos em nada.

— Ah — ele disse, como se achasse o raciocínio dela muito bom.

Ela sorriu e mexeu nas lapelas de seu casaco, pensando como ele ficava bonito em cores escuras.

— Eu adoro tudo o mais em você, sabe. — Ela olhou para ele, sem saber como dizer o que estava em seu coração. — Eu... — A voz dela desapareceu quando as palavras falharam. A alegria, o amor e a esperança que ela sentia não podiam ser descritos adequadamente, ou seja, não faziam jus ao seu poder. E, no entanto, ela queria que ele entendesse e, de alguma forma, compartilhasse o esplendor de tudo aquilo.

Ele apertou as mãos dela no seu coração e capturou o seu olhar.

— Eu sei exatamente como você se sente — foi tudo o que ele disse, e naquele incrível e mais memorável momento, ela soube que ele entendia.

19

NA MANHÃ DO DIA 15 DE FEVEREIRO, o vento soprava do lado de fora da janela do quarto de dormir de Jonathan, fazendo vibrar a vidraça não muito longe de onde ele estava. Enquanto o camareiro terminava de amarrar seu colarinho, Jonathan olhou para o reflexo no espelho. Ele estava vestido com calças bufantes, uma camisa branca, um colete azul claro e um casaco azul marinho. Era um conjunto bastante simples para um noivo usar no seu casamento e, no entanto, adequava-se perfeitamente ao evento. Era para ser um acontecimento pequeno na sua paróquia, com apenas amigos próximos e familiares presentes, incluindo todos os criados de Tanglewood. Em menos de duas horas, Jonathan faria da Srta. Notley sua esposa, e a única questão que restava era se seus pais os agraciariam com sua presença.

O Sr. e a Sra. Notley haviam insistido em ir a Askern com a filha para ajudar a planejar o casamento, mas durante as últimas semanas eles não fizeram nada além de criar tensão. Eles tinham feito sua moradia temporária em Knotting Tree e começaram imediatamente os planos para um casamento extravagante em junho em Londres, sem prestar atenção à filha e ao futuro genro, que se opunham ao exagero e à necessidade de esperar até o verão. Quando Cora insistiu que o casamento seria realizado na sexta-feira, dia 15 de fevereiro, na pequena paróquia de Askern, seu pai descartou a ideia com um aceno de mão enquanto sua mãe disse:

— Por favor, Coralynn, seja razoável. Não só a igreja paroquial é muito pequena e simples, como está muito longe de Londres. Devemos tornar o local o mais conveniente possível para todos os que desejarem participar.

De acordo com a sua lista de convidados, ela queria convocar todo o Reino Unido, provavelmente para que todos que fossem alguém soubessem que sua filha se casaria com o filho de um duque.

Jonathan e o Sr. Shepherd tentaram argumentar com os dois, mas eles pareciam determinados a fazer do casamento de sua filha mais velha um grande evento e espezinharam qualquer um que tentasse dizer o contrário. Eles não ouviriam quando Jonathan lhes dissesse que tinham contratado um pastor. Eles reviraram os olhos quando Cora os informou que os planos para o café da manhã do casamento estavam em andamento. E a Sra. Notley riu quando a filha lhe mostrou o vestido de noiva simples, mas elegante, que havia encomendado a uma costureira da cidade.

— Isso parece mais com uma camisola de dormir do que com um vestido de noiva — a Sra. Notley tinha zombado. — É claro que você não usará algo tão simples como isso. Suas roupas de casamento devem vir de Madame Lanchester em Londres e nenhuma outra. Por que você insiste em ser tão difícil?

Jonathan estava grato por não ter participado dessa conversa ou poderia ficar tentado a dar uma bofetada na mulher. Em vez disso, ele apenas bufou quando Cora lhe contou sobre aquilo mais tarde. Aparentemente, ela podia sentir a raiva dele, pois achou necessário colocar uma mão no braço do futuro marido e dizer:

— Acalme-se, meu amor. Nada de bom virá da discussão com eles. Nosso casamento seguirá como planejamos, e se eles continuarem acreditando que será de outra forma, tampouco irão. Não vejo isso como uma desvantagem.

Ela falou com franqueza, mas não conseguiu iludir Jonathan. Ele viu a dor em seus olhos e sabia que, embora ela não olhasse para seus pais com muito carinho, a jovem os queria em seu casamento.

Uma batida soou na porta dele, e um criado de libré entrou carregando uma missiva. Ele pegou-a e franziu o cenho para as manchas e vincos. Pelo aspecto geral, a carta tinha percorrido alguma distância. A família dele já tinha respondido ao comunicado que Cora tinha insistido em enviar? Jonathan a fizera esperar para enviar qualquer correspondência até uma semana antes do casamento, para que eles não tivessem tempo de ir. Ele sabia que mais tarde precisaria fazer as pazes com seu irmão, mas não queria que nenhum drama familiar turvasse o dia do casamento.

Ele dedilhou a missiva por vários minutos antes de quebrar o selo e abri-la. O rapaz imediatamente olhou para a assinatura e deu um suspiro de alívio. Era apenas Christopher Jamison, seu amigo inútil de uma vida atrás.

Jonathan começou a ler a carta, tentando decifrar a terrível caligrafia, que parecia ter piorado nos últimos dois anos.

Jono, velho amigo,

Já faz uma era – ou possivelmente duas. Você já começou a enrugar? Seu cabelo enfraqueceu, sua pele manchou, e seus dentes caíram de sua boca? – Eu imagino você bastante idoso agora. Parece que há muito tempo nos conhecemos e, por mais que eu tente, não consigo mais imaginar você jovem. Eu, por outro lado, envelheci muito bem. Tornei-me diabolicamente robusto e elegante, e embora a minha pele tenha escurecido a um tom de marrom alarmante, as damas não parecem se importar com isso. Eu declaro, como um herói de guerra ferido, que me tornei bastante popular entre elas. Eu consideraria isso um incômodo se não gostasse tanto de atenção. Para que você não se preocupe com o meu bem-estar, escapei da guerra um pouco coxo, embora eu admita mancar de forma um pouco mais pronunciada quando as damas estão presentes. Certamente você não pode me culpar por isso.

Como você sem dúvida concluiu, estou de volta à Inglaterra e não sou mais um tenente naval. Vivi muitas aventuras, pensei que meus dias estavam contados uma ou duas vezes, e minha pele, como mencionado acima, foi experimentada e testada. Visitei as nossas famílias na Cornualha durante quinze dias (a vossa família está bem, a propósito) e passei mais quinze dias em Londres. Mas falta-lhe o brilho que uma vez já teve. Julguei poder escrever e encorajar-te a se encontrar comigo aqui, mas só ontem à noite é que a notícia mais intrigante chegou aos meus ouvidos de que você vai se casar.

Casar!

Poderia isso ser verdade? Se assim for, devo ir imediatamente, para que eu possa conhecer a mulher que finalmente capturou o coração do grande Lorde Jonathan Ludlow. Por favor, diga que você vai me receber (não que você tenha alguma escolha). Quando receber esta carta, eu já estarei a caminho.

Eu o verei muito em breve, meu amigo.
Tenente Christopher Jamison.

Jonathan tocou na carta com um olhar de desaprovação. Seria maravilhoso ver Jamison novamente, mas o momento era terrível. Imediatamente após a cerimônia, Jonathan tinha providenciado para levar sua nova noiva em uma viagem de núpcias à costa, o que significava que Jamison chegaria a uma casa vazia com apenas os criados para lhe fazer companhia. Talvez os Sheperds pudessem ser persuadidos a convidá-lo para jantar. Se ao menos o seu amigo se tivesse dado ao trabalho de esperar por uma resposta... Tudo o que Jonathan podia fazer naquele momento era escrever uma nota de desculpas e deixá-la com Watts.

Ele foi imediatamente ao seu escritório e escreveu uma breve mensagem ao amigo. Watts entrou na sala assim que que ele terminou.

— Lady Harriett está aqui para vê-lo, meu senhor.

Jonathan olhou para cima de sua mesa, surpreso.

— Quem?

Certamente, ele tinha ouvido mal.

— Lady Harriett. O senhor não estava esperando por ela?

— De jeito nenhum. — Jonathan rapidamente rabiscou sua assinatura no final da carta e a selou, secando-a enquanto ficava em pé. Ele entregou a mensagem a Watts com uma breve explicação sobre o que fazer com ela e foi diretamente para a sala de estar onde, com certeza, Lady Harriett estava esperando por ele. Quando é que ela chegara?

— Lady Harriett, que surpresa feliz. Com a recente chegada do seu sobrinho, não esperávamos que fizesse a viagem.

Ela olhou com desconfiança, como se não apreciasse a sua falta de fé nela.

— Claro que vim. Eu não perderia o seu casamento por nada no mundo, embora tivesse gostado de ter um pouco mais de tempo. Você precisava ter sido tão rápido nisso? Eu mal tive tempo para perdoar meu sobrinho por não ser uma menina e transformar seu vestido de batizado em algo mais masculino.

Jonathan afastou a cauda do casaco e sentou-se em frente a ela.

— Cora sabe que você está aqui?

Lady Harriett balançou a cabeça.

— Eu pensei que seria divertido surpreendê-la. Cheguei ontem à noite e fiquei na estalagem.

— Não em Knotting Tree? Certamente a casa dos Shepherds teria sido mais confortável.

— Eu sinceramente duvido — disse Lady Harriett. — Ou estou errada em supor que eles estão hospedando o Sr. e o Sr. Notley?

Jonathan riu, acomodando-se em sua cadeira.

— Sim, eu posso compreender por que você preferiu a pousada. Eu reconheço que o casamento foi bastante apressado, mas Cora não deseja infligir seus pais nos Shepherds por muito tempo, como eu tenho certeza de que você entende. É por isso que ela queria que o casamento acontecesse o mais rápido possível.

Lady Harriett acenou com a cabeça, fazendo com que as penas do seu grande chapéu cor de pêssego balançassem para a frente e para trás.

— Eu entendo perfeitamente — disse ela. — Eu só posso imaginar a prova que eles foram para os Shepherds e para você.

— Você não tem ideia — murmurou Jonathan. Ele continuou a explicar o quão ridículos o Sr. e a Sra. Notley tinham sido nas últimas semanas. — No início eles não aceitaram que iríamos nos casar hoje, e quando finalmente perceberam que estávamos decididos, se recusaram a comparecer, dizendo que não podiam mais apoiar uma filha que tão voluntariamente os desafiava.

Lady Harriett olhou para ele.

— Certamente você está brincando. Eles realmente não pretendem ir ao casamento da própria filha?

Ele balançou a cabeça.

— Duvido muito. Ninguém de importância estará presente, além de mim, é claro, então por que eles deveriam? Seria uma concessão, e eles não gostam de ceder em nada.

— Imbecis — murmurou Lady Harriett, e Jonathan não poderia estar mais de acordo.

Ele se inclinou para frente, descansando os cotovelos sobre os joelhos. Ele devia partir muito em breve para a igreja, mas não queria parecer rude.

— Há alguma razão para você ter vindo aqui esta manhã?

Com um suspiro, ela reorganizou as saias antes de colocar as palmas das mãos no colo mais uma vez.

— Eu queria ter uma conversa particular com você antes do casamento. Depois de fazer uma viagem tão longa, eu gostaria de permanecer em Askern até que minha mãe esteja pronta para me encontrar em Londres para a temporada. Mas eu enlouqueceria vivendo sob o mesmo teto que os Notleys por um dia sequer, então Knotting Tree está, é claro, fora de questão. E não quero ficar na pousada por mais de um ou dois dias. Ouvi na cidade esta manhã que haverá uma viagem de núpcias, então vim até aqui com a esperança de que você me permita ficar em Tanglewood enquanto você e sua nova noiva estão fora.

Jonathan considerou o pedido, achando-o bastante providencial. Em vez de Jamison chegar a uma casa vazia, Lady Harriett poderia estar lá para lhe dar as boas-vindas.

— É claro que você pode ficar o tempo que quiser — disse ele. — Mas há uma ligeira complicação.

Lady Harriett inclinou a cabeça, balançando as penas no seu chapéu mais uma vez.

— Complicação?

— Ainda esta manhã chegou uma carta de um grande amigo meu, um ex-tenente da Marinha, me informando que ele está a caminho de Tanglewood para uma visita. Ele acredita que me encontrará em casa, mas, como você sabe, não estarei aqui. Você poderia considerar recebê-lo em meu lugar? Tenho certeza de que ele vai querer voltar imediatamente para Londres. Tudo o que vai precisar é de uma refeição e uma cama para a noite.

Ela piscou para ele, arregalando os olhos.

— Você deseja que eu, que tenho apenas minha camareira como acompanhante, receba um cavalheiro em uma casa que não é minha e o mantenha durante a noite? Certamente você deve saber como isso seria impróprio.

— Você está certa — concordou Jonathan com uma careta. — Talvez os Shepherds possam ser persuadidos a agir como anfitriões.

— Receio que não possam — disse Lady Harriett. — De acordo com Lucy, o Sr. e a Sra. Shepherd têm planos de viajar para Danbury depois do casamento. Eles estão muito ansiosos para ver seu novo neto, você sabe.

— Claro — disse Jonathan. — Como eu poderia ter me esquecido? Bem, suponho que tudo o que posso pedir é que você explique a situação ao Jamison e o encaminhe para a pousada local para passar a noite. Você não vai ter nenhum contratempo com ele, tenho certeza.

Lady Harriett acenou devagar, considerando o plano.

— Muito bem, nesse caso ficarei feliz em receber o seu amigo. — Os lábios dela encolheram até ficarem franzidos. — Você mencionou que ele é um ex-tenente da Marinha. Por favor, diga-me que ele é um cavalheiro e não um canalha.

Jonathan pensou em todas as brincadeiras e trapaças para as quais Jamison o arrastara ao longo dos anos e sorriu.

— Ele é um cavalheiro, mas apenas em termos mais flexíveis, receio eu. Esperemos que a Marinha o tenha dominado um pouco.

Lady Harriett piscou surpresa.

— Quer dizer que vou receber um homem que pode ou não se comportar como um cavalheiro.

Jonathan riu, perguntando-se o que seu amigo pensaria de Lady Harriett e o que ela pensaria dele.

— Ele é um cavalheiro, garanto-lhe. Ele é apenas um pouco desajeitado. Mas se existe alguém preparado para administrá-lo, é você, Lady Harriett. Você me parece um tipo de pessoa muito persuasiva, e tenho total confiança em suas habilidades. — A testa de Jonathan franziu como se uma nova ideia o atingisse. — Pensando bem, eu me pergunto se você poderia ser capaz de convencer um certo Sr. e Sra. Notley a assistir ao casamento de sua filha mais velha.

A carranca dela desvaneceu-se, e ela franziu os lábios, considerando as palavras dele. Depois de um momento, ela alisou suas saias cor de pêssego mais uma vez e levantou a sobrancelha.

— Tem toda a razão, Senhor Jonathan. Eu posso ser muito persuasiva quando quero, e de repente me sinto muito persuasiva esta manhã. Peço que me perdoe por detê-lo em um dia tão importante.

Jonathan levantou-se e estendeu seu braço até Lady Harriett, levando-a até a porta. Então ele se inclinou sobre a mão dela e disse:

— Vou informar a Watts que você vai chegar esta tarde, e vamos esperá-la chegar para celebrarmos o casamento.

— É melhor que assim seja — disse ela. — Eu odiaria viajar até aqui e não testemunhar o casamento de dois dos meus queridos amigos.

Jonathan endireitou-se, levemente surpreso com o elogio.

— Sinto-me honrado por ser chamado assim, Lady Harriett.

— É como deve ser — disse ela. — Afinal, não tenho muitos amigos queridos. Mas como eu posso pensar qualquer outra coisa de você quando fez de Cora a criatura mais feliz de toda a Inglaterra? Desde que a faça feliz, você sempre será querido para mim. Por favor, aceite minhas felicitações. Eu os verei em breve. — Com um sorriso de despedida, ela saiu da casa, com suas saias cor de pêssego balançando, enquanto descia as escadas.

Jonathan a viu ir embora com um sorriso. Ele podia ver agora por que Cora pensava tão bem de Lady Harriett. Não se podia deixar de admirar a mulher. Ele teve pena dos Notleys pelo que estavam prestes a enfrentar, mas apenas um pouco. Eles mereciam qualquer discurso que ela planejava fazer.

O relógio do avô atrás dele bateu, lembrando-o de que deveria seguir seu caminho também. Ele não poderia chegar atrasado ao seu próprio casamento.

— Acredito que está na hora. — O Sr. Shepherd olhou para Cora com algo parecido com orgulho paternal e estendeu o braço. Eles estavam em um pequeno guarda-volumes do lado de fora da capela, esperando pelo início do casamento.

Não fazia muito tempo que ela tinha entrado na igreja como Srta. Coralynn Notley e logo sairia como Sra. Jonathan Ludlow. Que estranho que o mero intervalo de uma hora pudesse mudar a vida de uma pessoa tão drasticamente. Isso a deixou emocionada e petrificada. Ela estava realmente pronta para aquilo?

Cora respirou fundo e fechou os olhos, evocando o rosto de Jonathan em sua mente. Nos olhos dele, ela viu o calor familiar, e a ternura e uma paz imediata se instalaram no coração dela.

Sim, ela estava definitivamente pronta.

Com confiança renovada, Cora pegou o braço do Sr. Shepherd, grata por ser ele quem a estaria levando até o altar. No curto espaço de tempo em que ela conhecera os Shepherds, eles foram muito mais como uma mãe e um pai do que os dela jamais haviam sido. Talvez tenha sido bom que o Sr. e a Sra. Notley tivessem escolhido não comparecer. O casamento poderia prosseguir sem discussões, dramas ou qualquer outro embaraço. No fundo, porém, Cora estava ferida pela relutância deles em se preocupar com ela.

A porta do vestíbulo se abriu e Harry entrou. Ele não estava vestido com suas roupas habituais, mas usava calças marrons e um casaco combinando. Ele parecia bonito e confiante em sua figura esguia, e Cora se perguntou se Sally tinha notado isso. Se eles parassem de brigar um com o outro, os dois fariam um belo par.

— Lorde Jonathan está esperando mais alguns convidados chegarem e pediu que você espere um pouco mais — disse Harry, pela primeira vez não brincando com ela sobre comprometer-se com um homem que mudara seu nome quase tanto quanto ela. — Um par feito no céu — dissera ele com um sorriso.

Cora teve que concordar.

Ela olhou para além de Harry, perguntando-se quais convidados ainda faltavam. Rose estava ali, junto com os Shepherds e todos os criados de Tanglewood. Até mesmo os Biddings tinham chegado. Jonathan não poderia estar esperando que seus pais mudassem de ideia, não é mesmo? Mas por quem mais ele poderia estar esperando?

Uma comoção soou às portas e, para espanto de Cora, entraram seus pais, parecendo envergonhados e descontentes. Mas que diabos?

O Sr. Notley olhou para Cora e para o Sr. Shepherd, franziu o cenho para seus braços unidos, e deu um passo determinado na direção deles.

— Sr. Notley, onde está indo? A capela é por aqui. Devemos nos apressar para que a cerimônia comece.

Lady Harriett entrou em cena, e Cora gritou de alegria, correndo para agarrar as mãos da amiga.

— Que surpresa maravilhosa! Não posso acreditar que você está aqui!

Lady Harriett dirigiu um olhar severo para Cora.

— Por que é que você e Lorde Jonathan insistem em ficar chocados com o fato de eu aparecer? Claro que estou aqui. Eu não sonharia em perder uma ocasião tão importante. Afinal, não é todos os dias que a nossa mais querida amiga se casa.

Cora nunca havia conhecido a bênção da amizade antes, mas agora ela a sentia intensamente. Maravilhosa e boa, parecia quase um abraço no seu coração. Ela não percebeu que as lágrimas tinham chegado aos seus olhos até que Lady Harriett olhou para ela alarmada.

— Meu Deus, você ainda não pode se tornar um regador, não antes de se casar!

— Controle-se, garota — assobiou o Sr. Notley, lembrando à filha de sua presença.

Ela rapidamente secou seus olhos e se compôs, voltando-se para enfrentar seus pais.

— Mãe, pai, eu sei que este não é o casamento que vocês desejavam para mim, mas estou feliz que tenham vindo mesmo assim. Espero que um dia consigam entender, como eu entendi, que há coisas mais importantes do que títulos, pompa e ostentação.

A Sra. Notley franziu a sobrancelha e olhou para o lado, enquanto o Sr. Notley ignorava completamente Cora, voltando o seu olhar para o Sr. Shepherd.

— Eu irei levar a minha filha, senhor.

O Sr. Shepherd acenou graciosamente, pronto para conceder o lugar, mas Cora não o permitiu. Ela pediu ao Sr. Shepherd que a conduzisse e que a entregasse. Ela voltou para o lado dele e pegou seu braço mais uma vez.

— Não, pai — ela disse firmemente. — É o Sr. Shepherd quem vai me levar.

O rosto do Sr. Notley ficou ainda mais vermelho. Ele girou no calcanhar para deixar a igreja, mas foi só olhar para a expressão severa de Lady Harriett que ele se virou rigidamente para a capela e entrou, fazendo sua esposa correr atrás dele.

Cora olhou para Lady Harriett maravilhada. Como é que ela os convencera a ir? Certamente não pareciam felizes por estarem ali.

Como se estivesse lendo seus pensamentos, Lady Harriett piscou, deu um sorriso e sussurrou.

— Apenas lembrei-lhes que a família Cavendish tem uma grande influência em Danbury – influência que nem mesmo os sogros de Lorde Jonathan conseguiram superar. O truque deu certo. A propósito, você está deslumbrante.

Com uma piscadela, ela continuou em direção à capela, deixando Cora sozinha com o Sr. Shepherd mais uma vez.

O Sr. Shepherd sorriu, dando um tapinha no braço dela.

— Você me honrou, minha querida. Estou me sentindo muito orgulhoso no momento e não poderia estar mais feliz em te levar.

Cora devolveu o sorriso, detendo-o por mais um momento.

— Antes de entrarmos, devo explicar minha decisão. Quando Lady Drayson propôs pela primeira vez que eu viesse para Knotting Tree, eu fiquei ansiosa com a perspectiva de viajar até tão longe e me colocar à mercê de estranhos. Ela me assegurou que assim que eu conhecesse o Sr. e a Sra. Shepherd, eu me sentiria mais como uma filha do que como uma estranha. E ela estava certa. Eu não consigo pensar em mais ninguém que eu deseje que me entregue do que o senhor.

O Sr. Shepherd sorriu, os olhos dele brilhando com lágrimas não derramadas.

— Eu a declararei alegremente como filha, minha querida. Vamos entrar?

Ela respirou fundo, fortalecendo a respiração antes de acenar com a cabeça. Juntos eles entraram na capela, onde Cora imediatamente procurou por Jonathan. Os olhos dele já estavam fixos nela, quentes e ternos, seus lábios se erguendo em um pequeno sorriso. Enquanto ela se aproximava lentamente, Cora se maravilhava como um simples olhar poderia fazer com que se sentisse tão amada e valorizada. Como é que ela encontrou um homem assim? Ela nunca iria entender, mas não precisava. Ela só precisava abraçar o sentimento – e ele – com todo o seu corpo e alma, agradecendo a Deus todos os dias por colocar pessoas e circunstâncias em sua vida que a tinham levado a este ponto e a ele.

Cora chegou ao lado de Jonathan, onde o Sr. Shepherd a deixou com um beijo na testa. Ela virou-se para encarar o homem com quem ia se casar, e a cerimônia começou.

— Queridos amigos, estamos aqui reunidos...

Cora nem sequer tentou ouvir. Naquele momento, não havia ninguém além de Jonathan. Ela sentiu o cheiro suave e familiar dele e notou seu rosto recém-barbeado, seus lábios lisos, e a maneira como sua covinha a provocava, não completamente aparente, mas, ainda assim, ali estava ela. Seus olhos brilhavam em um verde vivo, capturando o dela com um olhar que lhe prometia o mundo e um pouco mais.

Em algum momento, ela deve ter dito "Aceito", porque Jonathan estava pegando sua mão direita na dele e repetindo depois do pastor:

— Eu, Lorde Jonathan Benjamin Ludlow, aceito você, Srta. Coralynn Eliza Notley, como minha esposa, para sustentá-la e defendê-la de hoje em diante, na alegria e na tristeza, na riqueza e na pobreza, na saúde e na doença, amando-te e respeitando-te, até que a morte nos separe, de acordo com a santa ordenança de Deus; e para isso atesto minha lealdade.

Cora conseguiu repetir as palavras também, embora seu coração tenha batido alto em seus ouvidos e sua voz tenha vacilado e tremido.

Jonathan levantou sua mão esquerda e deslizou um anel de ouro sobre seu quarto dedo, mantendo ambas as mãos dela presas nas dele. Ela sentiu o calor do seu corpo e a respiração dele em seu rosto enquanto ele falava.

— Com este anel eu te recebo, com meu corpo eu te adoro, e todos os meus bens são seus: Em nome do Pai, do Filho e do Espírito Santo. Amém.

Nunca tinham sido ditas palavras mais belas. O resto da cerimônia se tornou um borrão com a voz do pastor ao fundo. Uma vez terminada a cerimônia, eles foram conduzidos para fora, para uma manhã ventosa e fria de fevereiro. Uma multidão sorridente cercou-os de ambos os lados, aplaudindo, dando felicitações, e jogando punhados de arroz e sementes sobre eles. Tudo parecia estranho, como se fosse um belo sonho.

O casal acenou enquanto subia na carruagem, finalmente sozinhos. Assim que a porta foi trancada, Jonathan se inclinou para perto, murmurando: — Olá, minha esposa — antes de beijá-la. A carruagem começou a se mover, separando-os, então ele a soltou e baixou sua voz em um sussurro conspiratório: — Lady Jonathan, se eu sugerisse que esquecêssemos nosso café da manhã de casamento e partíssemos imediatamente para a lua de mel, o que você diria?

Ela sorriu, gostando imensamente da ideia e sabendo que não podiam fazer isso.

— Eu diria que deveria ter quebrado meu jejum antes da cerimônia. Embora bonita e inesquecível, eu não esperava que durasse tanto tempo. Receio que a experiência tenha me deixado bastante faminta. Você não está com fome? Certamente nós não podemos sair sem pelo menos provar uma mordida do bolo de limão que a Sra. Caddy preparou apenas para você.

Ele riu e relaxou contra as almofadas.

— Muito bem, você me convenceu. Iremos ao nosso café da manhã de casamento, mas só ficaremos o tempo que for preciso para que eu coma um pouco de bolo e para que você se sacie.

— De acordo. — Ela se aconchegou contra ele e deitou a cabeça em seu ombro, só para ser empurrada para longe quando a carruagem deu um solavanco.

O braço de Jonathan a cercou, puxando-a contra ele mais uma vez.

— Bom Deus, mulher, devo sempre colocar você de volta no seu lugar por direito?

— Que lugar é esse, senhor?

Ele deu um beijo na testa dela e olhou pela janela.

— Precisamente onde você está, meu amor. Ao meu lado, ao redor dos meus braços, e sempre no meu coração.

Cora se aqueceu com suas palavras, amando-as e a ele.

— Senhor Jonathan, isso soou quase poético.

— Foi, não foi? — Ele sorriu para ela. — Talvez ainda haja esperança para mim.

— Talvez haja.

Ela beijou-o novamente e continuou a fazê-lo até que eles chegaram a uma parada indesejada. A porta se abriu cedo demais, revelando uma grande casa de pedra que Cora havia visto apenas uma vez. Os Biddings tinham gentilmente se oferecido para oferecer o café da manhã do casamento, e pelo número de carruagens que estavam alinhadas no caminho em frente à casa, este evento particular, ao contrário do anterior, não estava desprovido de audiência. Parecia que toda Askern tinha comparecido.

Jonathan observou a cena apenas para olhar para trás e olhar sua esposa.

— Parece que a cidade está pronta para abraçar a nova senhora Jonathan Ludlow. Você tem certeza que deseja entrar?

Cora observou a casa, sentindo um pouco de nervosismo. A última vez que ela entrou por aquelas portas, suas esperanças haviam sido pisadas com muita crueldade. Mas as coisas tinham mudado desde então, sua esperança havia sido restaurada, e Cora agora podia dizer que não sentia nenhum mal-estar por ninguém dentro daquela casa, nem mesmo pelos Pembrokes. Se eles pudessem olhar para além das suas ofensas, ela poderia olhar para além das deles. Tanglewood seria sua casa agora, e ela faria tudo o que pudesse para criar laços entre o povo de Askern. Com alguns seria mais fácil, como acontecera com os Biddings. Com outros, poderia nunca acontecer. Mas se havia uma coisa que sua experiência como governanta lhe havia ensinado, era nunca desistir, independentemente dos obstáculos. Ela tinha aprendido que se ela persistisse, tudo se resolveria no final.

Cora não acreditava mais em destinos sombrios ou vidas inalteráveis. Ela acreditava em solavancos e buracos, mudanças e reviravoltas, altos e baixos. A vida era uma confusão de felicidade e tristeza, e sempre seria. Mas se uma pessoa se rodeava de amor, amizade e tanta felicidade quanto podia reunir, todos os solavancos, buracos e depressões se tornavam pequenos contratempos em uma estrada que levava a paisagens deslumbrantes. Cora estava a caminho de lá agora, podia sentir em sua alma e mal podia esperar para começar a viagem.

Caro leitor,

Muito obrigada por ler e apoiar o meu trabalho! Espero que esta história tenha lhe proporcionado uma pausa na rotina diária e o tenha renovado de alguma forma. Se você está curtindo a série Tanglewood, não deixe de conferir *A busca de Lady Harriett (Tanglewood 3)*.

Se você tem interesse em ser notificado sobre novos lançamentos, sinta-se à vontade para se inscrever na lista de lançamentos do meu site: rachaelreneeanderson.blogspot.com Eu vou mantê-lo informado e avisá-lo quando livros e audiolivros estiverem disponíveis.

Além disso, se você puder dispensar alguns minutos, eu ficaria incrivelmente grata por uma crítica sua no Goodreads ou na Amazon. Elas fazem uma enorme diferença em todos os aspectos da divulgação, e fico sempre muito agradecida quando os leitores gastam alguns minutos para resenhar um livro.

Obrigada novamente pelo seu apoio. Felicidades!
Rachael

AGRADECIMENTOS

Tenho várias pessoas a quem devo agradecer por me ajudarem com este livro. Minha incrível irmã Letha, por me ajudar no processo de elaboração de planejamentos e esboços. A Sarah e Samuel Adams, marido e mulher que serviram como governanta e mordomo durante o período da regência, por terem escrito um livro chamado *The Complete Servant*, que me ajudou imensamente. Muito obrigada a Braden Bell, Andrea Pearson, Karey White e Karen Porter, por serem meus primeiros leitores e por me darem o tipo de feedback valioso que torna um livro muito melhor. Minha querida amiga, Kathy Habel, por ler todos os meus livros e me ajudar com o marketing (minha parte menos favorita deste negócio). Eu nunca ousaria lançar um livro sem a ajuda dela. Eu também sou grata pela minha nova amiga no Reino Unido, Helen Taylor, por revisar e narrar o audiolivro tão lindamente. E, claro, a Kathy Hart, por me estimular a escrever esta série.

Por fim, devo agradecer à minha família por seu contínuo incentivo, a meus leitores por seu apoio e ao meu Pai Celestial por me desafiar e abençoar ao longo desta jornada.

Este livro foi composto com tipografia Electra Std
e impresso com papel Pólen 80m/g2